L'exist[…]
bouleversée par l'accident d'[…]
lequel ont péri de nombreux enfants du lieu.

Les réactions de la petite communauté sont rapportées par les récits de quatre acteurs principaux. Il y a d'abord Dolorès Driscoll, la conductrice du bus scolaire accidenté, femme solide et généreuse, sûre de ses compétences et de sa prudence, choquée par cette catastrophe qui ne *pouvait* pas lui arriver, à elle. Vient Billy Ansel, le père inconsolable de deux des enfants morts. Ensuite, Mitchell Stephens, un avocat new-yorkais qui se venge des douleurs de la vie en poursuivant avec une hargne passionnée les éventuels responsables de l'accident. Et enfin Nicole Burnell, la plus jolie (et la plus gentille) fille de la bourgade, adolescente promise à tous les succès, qui a perdu l'usage de ses jambes et découvre ses parents grâce à une lucidité chèrement payée.

Ces quatre voix font connaître les habitants du village, leur douleur, et ressassent la question lancinante – qui est responsable ? – avec cette étonnante capacité qu'a Russell Banks de se mettre intimement dans la peau de ses personnages.

RUSSELL BANKS

Russell Banks est né en 1940 en Nouvelle-Angleterre. Il a vécu et travaillé en Floride et en Jamaïque, et enseigne actuellement à l'université de Princeton. Son œuvre romanesque lui a valu de nombreux prix.

Chez Actes Sud, sont parus *Le Livre de la Jamaïque* (1991), *Affliction* (1992), *Hamilton Stark* (1992), *Histoire de réussir* (1994), *La Relation de mon emprisonnement* (1995), *Sous le règne de Bone* (1995) et *Trailerpark* (1996). En collection de poche Babel *Continents à la dérive* (n° 94) et *Sous le règne de Bone* (n° 216). *De Beaux lendemains* a fait l'objet d'une adaptation cinématographique par le réalisateur Atom Egoyan et a obtenu le grand prix du festival de Cannes 1997.

DU MÊME AUTEUR CHEZ ACTES SUD

LE LIVRE DE LA JAMAÏQUE, 1991.
HAMILTON STARK, 1992.
AFFLICTION, 1992.
HISTOIRE DE RÉUSSIR, 1994.
CONTINENTS A LA DÉRIVE, "Babel", 1994.
LA RELATION DE MON EMPRISONNEMENT, 1995.
SOUS LE RÈGNE DE BONE, 1995 ; "Babel", 1996.
TRAILERPARK, 1996.

DE BEAUX LENDEMAINS

Collection dirigée par Sabine Wespieser et Hubert Nyssen

Titre original :
The Sweet Hereafter

Editeur original :
Harper Collins, New York
© Russell Banks, 1991

© ACTES SUD, 1994
pour la traduction française
ISBN 2-7427-1444-8

Illustration de couverture :
Affiche du film *De beaux lendemains*
© Visuel ARP, 1997

RUSSELL BANKS

DE BEAUX LENDEMAINS

roman traduit de l'américain
par Christine Le Bœuf

BÁBEL

pour Chase

By homely gift and hindered Words
The human heart is told
Of Nothing–
"Nothing" is the force
That renovates the World–

EMILY DICKINSON *(# 1563)*

Par don modeste et Mots entravés
Le cœur humain apprend
Le Rien –
"Rien" est la force
Qui rend le Monde neuf –

(Traduction de Claire Malroux)

DOLORÈS DRISCOLL

Un chien – c'est un chien que j'ai vu, j'en suis sûre. Ou que j'ai cru voir. Il neigeait déjà assez fort à ce moment-là, et dans la neige on voit parfois des trucs qui n'existent pas, ou pas vraiment, mais on risque aussi de ne pas en apercevoir qui existent bel et bien alors, bon Dieu, quand on devine quelque chose, on réagit à tout hasard, pour plus de sûreté, si vous comprenez ce que je veux dire. Ça, c'est ma formation de chauffeur, et en plus c'est mon tempérament de mère de deux grands fils et d'épouse d'un invalide ; comme ça même si je me trompe, au moins suis-je du côté de l'ange.

Ça ressemblait au fantôme d'un chien, ce que j'ai vu : une tache floue, d'un brun roussâtre, beaucoup plus petite qu'un chevreuil – on s'attendrait à en rencontrer un dans ce coin-là si tôt le matin – mais de la même couleur de pain d'épice, et ça courait derrière le nuage de neige en train de tomber entre nous, et puis ça a ralenti et ça s'est arrêté pile au milieu de la route, comme hésitant à continuer ou à revenir sur ses pas.

Je ne l'ai pas vu nettement, je ne peux donc pas préciser avec certitude ce que c'était, mais j'ai nettement vu cette *tache*, c'est ça que je veux dire, et c'est à ça que j'ai réagi. Dans des cas pareils, il faut aller plus vite que la pensée, sinon on reste figé sur place juste comme ce chien ou ce chevreuil ou ce je ne sais quoi et on prend le choc en pleine figure, juste comme ce chien si je n'avais pas donné un coup de frein et tourné le volant sans réfléchir.

Mais ça n'a pas de sens maintenant de s'attarder là-dessus, de se demander si c'*était* un chien ou un petit chevreuil ou même une illusion d'optique, ce qui, pour être tout à fait honnête, paraît le plus vraisemblable. Tout ce qui compte, c'est que j'ai vu quelque chose à quoi je ne m'attendais pas et que je n'ai pas bien identifié au moment même, je n'avais pas le temps – alors disons simplement que ça *ressemblait* à un chien, un de ces petits épagneuls roux, plus petit qu'un setter, la taille d'un gamin en combinaison matelassée couleur rouille, et j'ai fait ce qu'aurait fait n'importe qui avec une moitié de cervelle : j'ai essayé de l'éviter.

Le jour était juste levé à ce moment-là et, comme je l'ai dit, il neigeait, alors qu'au matin, quand j'étais sortie de chez moi avant de commencer ma tournée, il faisait encore noir, évidemment, et il n'y avait pas de neige. En reniflant l'air, on la sentait venir, pourtant, mais malgré ça j'ai d'abord pensé qu'il faisait trop froid pour qu'elle tombe. C'est ce que j'ai dit à Abbott, mon mari, qui ne sort plus guère de la maison du fait qu'il est dans une chaise roulante, c'est pour ça que j'ai cette habitude de lui dire chaque matin quel temps il fait, plus ou moins, quand je sors de la cuisine sur le perron de derrière.

J'ai dit : "Ça sent la neige", et j'ai regardé le thermomètre à côté de la porte. Il est fixé dans le bas du châssis de la double porte, de façon qu'Abbott puisse se propulser jusque-là, ouvrir la porte intérieure et vérifier la température chaque fois qu'il en a envie. "Moins dix-sept*, ai-je annoncé. Trop froid pour la neige."

Abbott était autrefois un excellent charpentier, mais en quatre-vingt-quatre il a eu une attaque et, bien qu'il ait plus ou moins récupéré, il est encore pratiquement immobilisé et il a de la peine à parler de façon normale, certains le trouvent incompréhensible même si, moi, je le comprends parfaitement. Sans doute parce que je sais qu'il a l'esprit clair. L'attitude d'Abbott face aux conséquences de son attaque démontre assez que c'est un homme très courageux, il a toujours été un type logique, plein d'intérêt pour le monde alentour, c'est pourquoi je m'efforce de lui fournir sur ce monde toutes les informations que je peux. C'est le moins que je puisse faire.

"Jamais… si… froid", il a dit. Il s'est mis au point une manière de parler bien à lui, avec seulement le côté gauche de la bouche, mais il bégaie

* -17 °F, soit à peu près -27 °C. *(N.d.T.)*

parfois et crache un peu et fait une grimace que certains trouvent embarrassante alors ils évitent de le regarder et du coup ils ne le comprennent pas. Pour moi, sa façon de parler est très intéressante, en réalité, elle a même du charme. Et pas simplement parce que je m'y suis habituée. A vrai dire, je ne crois pas que je m'y habituerai jamais, c'est pourquoi elle m'intéresse et me plaît tant. Moi, je suis bavarde, et par conséquent, comme beaucoup de bavards, j'ai tendance à dire des choses que je ne pense pas vraiment. Mais pour Abbott, plus que pour n'importe qui d'autre à ma connaissance, il faut que chaque mot compte, presque comme pour un poète, et parce qu'il est passé si près de la mort il a envers la vie une lucidité que la plupart d'entre nous ne peuvent même pas imaginer.

"Pôle... Nord... sous la... neige", il a dit.

Rien à répliquer à ça. J'ai empoigné mon thermos de café, j'ai planté un baiser sur la joue d'Abbott et je lui ai fait au revoir d'un geste, comme d'habitude ; j'ai fermé la porte, je suis entrée dans la grange et j'ai mis le moteur en marche. Je gardais une batterie de rechange et des câbles de démarrage dans la cuisine, au cas où, mais mon vieux bahut se portait bien, ce matin-là, et il a démarré au quart de tour. Par nature, je suis quelqu'un de soigneux et pas d'un optimisme exagéré, surtout en ce qui concerne les mécaniques et les outils. Je maintiens tout en état impeccable, et je prends mes précautions. Batteries, pneus, huile, antigel, tout le truc. Je traitais ce bus comme s'il avait été à moi, peut-être même mieux, pour des raisons évidentes, mais aussi parce que c'est mon tempérament. Je suis du genre qui se conforme toujours au manuel. Pas de raccourcis.

Le mauvais temps, c'est-à-dire la neige ou le verglas, me bloquait plusieurs fois par an – bien sûr, ces jours-là, Gary Dillinger, le directeur, fermait l'école de toute façon, si bien que ça ne comptait pas – mais en vingt-deux ans je n'ai pas manqué un seul ramassage du matin ou du soir à cause d'un ennui mécanique, et si sur ce temps-là j'ai eu trois bus, c'est seulement parce que chacun a été remplacé par un plus gros, au fur et à mesure que le village se développait. J'ai commencé en soixante-huit, pour rendre service et par commodité, avec mon propre break Dodge flambant neuf où je trimballais mes deux gamins, qui étaient alors à l'école de Sam Dent, et avec eux les six ou huit autres gosses qui habitaient dans le quartier de Bartlett Hill Road. Ensuite le district a officialisé mon circuit, en l'étendant un peu, m'a salariée et m'a acheté un GMC de vingt-quatre places. Finalement, en quatre-vingt-sept, pour faire face aux bébés du *baby boom*, je crois que c'est comme ça qu'on les appelle, le district a dû me procurer l'International à cinquante places. Mon vieux break Dodge a fini par rendre l'âme à cent soixante-huit mille miles, et je l'ai rangé derrière la grange, je l'ai vidangé et mis sur cales, et maintenant comme véhicule personnel et quand j'emmène Abbott à sa thérapie à Lake Placid, je roule

15

dans un combi Voyager Plymouth presque neuf. Il y a un élévateur pour le fauteuil d'Abbott, qui peut se verrouiller à la place du passager, comme ça il est assis devant à côté de moi, ce qui lui fait un plaisir manifeste. Le vieux GMC sert à conduire les lycéens à Placid.

Heureusement, notre grange étant assez vaste et toujours vide, je pouvais encore garer le bus chez nous pendant la nuit, et ça me permettait de m'en occuper comme il faut. Je ne dis pas que je n'aurais pas fait confiance, pour l'entretien de mon bus, à Billy Ansel et à ses anciens du Viêt-nam, à la Sunoco, où les deux autres bus du district étaient garés et entretenus ; je leur faisais confiance – ce sont des mécanos intelligents et des hommes réfléchis, surtout Billy lui-même, et dans n'importe quel cas plus compliqué qu'un réglage j'étais toujours contente de m'en remettre à eux. Mais en ce qui concerne l'entretien quotidien, j'étais comme un pilote d'avion – personne ne se serait occupé de mon véhicule avec plus de soin que moi.

Ce matin-là c'était caractéristique, comme je le disais le bus a démarré au quart de tour, malgré les moins dix-sept qu'il faisait dehors, et je suis sortie de chez nous, à mi-hauteur de la colline, pour entamer ma journée. Le bus, je l'avais appelé Shoe, c'est juste un truc à moi, parce que les gosses avaient l'air contents de pouvoir le personnaliser. Je crois que ça leur rendait le trajet vers l'école un peu plus gai, surtout pour les plus jeunes, qui n'avaient pas tous chez eux une vie de famille tendre et claire, si vous voyez ce que je veux dire.

Mon vieux break Dodge, qui était d'allure masculine, avait été surnommé Boomer par mes propres gamins pendant une période où la suspension était mal en point. Comme en ce temps-là le district ne me payait pas les réparations, je n'avais pas les moyens de faire tout de suite remplacer les amortisseurs, si bien que le véhicule rebondissait avec des *boum* sonores sur les ornières de Bartlett Hill Road, qui à l'époque n'était pas encore pavée. J'avais remarqué à quelle vitesse les autres gosses avaient adopté l'usage de ce nom. "Comment y va ce bon vieux Boomer aujourd'hui ?" ils me demandaient quand je les embarquais, et des trucs comme ça, comme s'il s'était agi d'un cheval pour lequel ils auraient eu de l'affection. Alors par la suite, quand mes garçons sont partis à l'école secondaire et que j'ai touché le GMC, j'ai joué la petite comédie de le présenter aux enfants comme Rufus, le grand cousin un peu bête de Boomer, ce qui était l'effet qu'il me faisait et aux enfants aussi. L'International, je l'avais appelé Shoe parce que quand je le conduisais avec sa charge de trente à trente-cinq gosses, je me sentais comme la vieille qui vit dans un soulier et qui a tant d'enfants qu'elle ne sait comment se débrouiller, ça amusait les gosses de m'entendre raconter ça et il ne leur a pas fallu longtemps pour envoyer des claques sur les flancs de Shoe, quand ils faisaient la queue à leur arrêt au moment d'embarquer, en disant des trucs comme "Alors Shoe, t'as bien dormi ?" "T'as bien déjeuné ce matin, Shoe ?". Ce genre de choses. En évitant les surnoms gentillets, en préférant des noms avec un peu d'humour, j'avais obtenu que les plus grands entrent dans le jeu (même les garçons, pourtant peu complaisants), et ça rendait le trajet plus joyeux pour tout le monde. C'était une chose à laquelle nous pouvions participer tous ensemble, et ça c'est une valeur que je m'efforçais de promouvoir chez les jeunes.

Mon premier arrêt ce matin-là était au sommet de Bartlett Hill Road, à l'embranchement d'Avalanche Road et de McNeil. Je me suis arrêtée après avoir manœuvré de façon que le bus soit tourné vers l'est, et j'ai attendu que les petits Lamston descendent McNeil. Tous les trois, depuis le jour où l'aîné, Harold, avait commencé à aller à l'école, arrivaient toujours en retard à l'arrêt, malgré mes fréquentes menaces de les laisser en plan si je ne les trouvais pas à m'attendre, alors j'avais fini par prendre l'habitude de venir un peu en avance et de me verser une tasse de café en patientant. C'est comme si, à leur naissance, leurs horloges avaient été réglées une fois pour toutes cinq minutes en retard sur celles de tous les autres, et la seule façon de les retrouver à l'heure était d'avancer sa propre montre de cinq minutes.

Ça ne me dérangeait pas. Ça me donnait l'occasion de savourer ma deuxième tasse de café dans la solitude du bus avec le chauffage en marche. Il faisait paisible, tout là-haut sur Bartlett Hill, d'où on découvre, à l'est, les monts Giant, Noonmark et Wolf Jaw ; je regardais le ciel en train de s'éclaircir et la silhouette noire des montagnes devant cette bande de lumière laiteuse s'élevant à l'horizon. Ça me faisait apprécier le fait de vivre ici, plutôt que dans un endroit plus clément où j'imagine que l'existence est un peu moins difficile. En bas, dans la vallée, on voyait les lumières des maisons de Sam Dent s'allumer l'une après l'autre, et le long des routes 9 et 73 les phares de quelques voitures filaient comme des lucioles quand des gens partaient au travail.

J'ai passé toute ma vie dans ce village, et je peux affirmer sans risque que j'y connais tout le monde, même les nouveaux venus, même les estivants. Pas tous les estivants, bien sûr, seulement les habitués, ceux qui sont propriétaires de leurs maisons, qui arrivent tôt et s'en vont tard. Eux je les connais parce que quand l'école est fermée je travaille à temps partiel à la poste, je trie leur courrier et j'aide Eden Schraft à le leur porter. Enfin, c'est ce que je faisais avant l'accident. Maintenant je travaille à Lake Placid, je roule pour les hôtels.

Ce matin-là, tandis que j'attendais les Lamston, je pensais à mes fils, Reginald et William. Nous les avons toujours appelés ainsi, jamais Reggie ou Billy. Je crois que ça les a aidés à grandir plus vite. Ce n'est pas que j'étais pressée qu'ils grandissent. C'est seulement que je ne voulais pas qu'ils deviennent le genre d'hommes qui se croient toujours des petits garçons et puis ont tendance à se conduire comme tels quand on a besoin qu'ils agissent en adultes. Non, merci ! William, le plus jeune, est à l'armée en Virginie et à ce moment-là il venait de rentrer de Panamá, et bien qu'il n'ait pas été blessé ni rien, il me paraissait un peu étrange et distant, ce qui est compréhensible, je suppose. Il n'avait pas encore été expédié en Arabie. Reginald avait des problèmes conjugaux, pourrait-on dire : sa femme, Tracy, s'ennuyait à son boulot au *Marriott* de Plattsburgh, où elle travaillait comme réceptionniste, et elle avait envie d'un enfant. Comme lui suivait encore les cours du soir au collège de Plattsburgh et ne gagnait pas grand-chose en tant que dessinateur, il préférait attendre quelques années avant de lui en faire un. Je lui avais demandé pourquoi il ne conseillait pas à Tracy de se trouver un emploi moins ennuyeux. Ça l'avait irrité. On bavardait au téléphone ; elle était sortie, je suppose. "Maman, c'est pas si *simple*", il m'avait dit, l'air de me considérer comme une demeurée. Bon, je savais que c'était compliqué – il y a vingt-huit ans que je suis mariée – mais qu'est-ce que je pouvais dire d'autre ? En tout cas, je me sentais coupée de mes fils, ce qui est inhabituel et provoque en moi une sensation de vide à l'estomac quand ça arrive, presque comme la faim, et j'avais envie de faire quelque chose pour que ça change, mais rien ne me venait à l'esprit.

Et puis tout à coup les Lamston sont arrivés : les deux aînés, Harold et Jesse, tambourinaient sur la portière et la petite, Sheila, qui avait à peine six ans, leur courait derrière. J'ai actionné l'ouvre-porte et ils sont montés, silencieux, l'air sérieux, comme toujours, vêtus de leurs combinaisons matelassées de seconde main et chargés de leurs déjeuners et de leurs livres de classe, et se sont laissés tomber tous les trois l'un à côté de l'autre vers la moitié du bus. Ils avaient le choix des sièges, mais ils s'installaient toujours derrière moi, juste au milieu du bus, entre les garçons, qui pour la plupart préféraient s'asseoir tout au fond, et les filles, qui avaient tendance à se grouper à l'avant, près de moi, tandis que ceux qui étaient ramassés les derniers prenaient ce qui restait comme sièges, d'habitude les plus proches des Lamston.

Je n'ai jamais eu beaucoup de sympathie pour les petits Lamston ; ils ne faisaient rien pour. Pourtant, j'en avais pitié, alors je me comportais au contraire comme si je les aimais beaucoup. Ils étaient ce qui s'appelle peu communicatifs, tous les trois, même s'ils communiquaient bien entre eux, c'est sûr, toujours à chuchoter l'un avec l'autre d'une manière qui vous donnait l'impression qu'ils vous critiquaient. Je crois qu'ils se sentaient différents des autres gosses. A cause de leur père, peintre en bâtiment à ses heures, qui buvait et était connu dans le pays pour sa propension à se comporter avec violence en public. Leur mère,

Doreen, avait la mine du chien battu d'une femme obligée d'épauler un tel homme. Les Lamston étaient pauvres comme Job et jusqu'à tout récemment ils habitaient un mobile-home sur un terrain à un demi-mile en haut de McNeil Road. Ni la misère ni les mobile-homes ne sont rares à Sam Dent, cependant. Non, je suis certaine que c'était la violence qui faisait agir ces enfants comme s'ils étaient différents des autres. Ils avaient des secrets.

Des petits mômes au visage pincé, un trio solennel, en train de s'apitoyer sur eux-mêmes en chuchotant derrière mon dos pendant que je conduisais et tentais de temps à autre de leur faire la conversation. "Comment ça va, ce matin ? Fin prêts pour lire et écrire, et pour calculer ?" Ce genre de choses. Ça me rend malade. "Il devait faire rudement froid en descendant de là-haut, je parie." Rien. Silence.

"Harold, t'as l'intention de jouer en petite ligue cet été ?" je lui ai demandé. Toujours rien, j'aurais pu parler toute seule ou à la radio.

La plupart du temps je me contentais de les ignorer, je leur fichais la paix, puisque c'était manifestement ce qu'ils voulaient, et je sifflotais en descendant vers le deuxième arrêt, traitant ça dans ma tête comme si c'était mon premier arrêt qui approchait et non le second, comme si j'étais encore seule dans le bus. Mais ce jour-là, pour je ne sais quelle raison, je voulais obtenir une réaction au moins d'un des trois. Peut-être parce que je me sentais si loin de mes propres enfants, peut-être par pure perversité. Qui peut savoir, maintenant ? Préciser les motifs, c'est comme évaluer la responsabilité – plus on s'éloigne de l'événement, plus il devient difficile de distinguer une chose comme une cause possible.

Leur père, Kyle Lamston, est un homme que j'ai connu tout gamin dans ce pays ; sa famille venait d'au-delà de la frontière, quelque part dans l'Ontario, et s'était installée ici au début des années cinquante, quand il y avait encore chez nous quelques fermes laitières qui donnaient du travail toute l'année aux gens non qualifiés. Aujourd'hui, les seuls Canadiens qu'on rencontre sont des touristes. Kyle était un jeune gars plein de promesses, athlétique, beau, assez intelligent, mais il a commencé à boire très tôt, quand il était encore en proie aux turbulences et à la hargne de l'adolescent mâle, et comme beaucoup de garçons rebelles, il semble en être resté là.

Doreen était une Pomeroy de Lake Placid, un gentil petit brin de fille, elle est tombée amoureuse de Kyle et avant d'avoir compris ce qui lui arrivait elle s'est retrouvée enceinte et installée dans un mobile-home tout en haut de McNeil Road, sur une parcelle de forêt qui avait un jour appartenu au père de Kyle, avec Kyle qui rentrait de plus en plus tard chaque soir du *Spread Eagle* ou du *Rendez-Vous*, soûl, se sentant piégé par la vie et le lui reprochant à elle, bien entendu, et se défoulant sur elle.

Ensuite, à trente ans et quelques, et déjà trop gros, après une demi-douzaine de condamnations pour conduite en état d'ivresse, il s'était vu retirer définitivement son permis de conduire, ce qui fait, évidemment, que c'était devenu difficile pour lui de descendre de sa montagne et d'aller travailler. Le peu d'argent que gagnait Kyle en peignant des maisons, il le claquait en gnôle au *Spread Eagle* et au *Rendez-Vous*. Les bons d'alimentation, l'aide sociale, la charité locale et l'église leur assuraient plus ou moins la nourriture, les vêtements et un gîte, mais les Lamston, après un bon départ, étaient devenus une famille caractérisée par un échec général et permanent, et la plupart des gens les évitaient à cause de ça. De leur côté, ils s'étaient repliés sur eux-mêmes. C'était leur seule manifestation d'amour-propre, je suppose. C'est pour ça que les enfants se montraient si moroses et si distants, même avec moi. Et qui pourrait leur en vouloir ?

J'ai insisté :

— Harold, tu m'as entendue te poser une question ? Je me suis retournée pour lui jeter un coup d'œil.

— Fichez-nous la paix, il a fait, me fixant à son tour de ses yeux bleus et froids. Son frère Jesse, assis près de la fenêtre, regardait dehors comme s'il pouvait voir dans l'obscurité. Harold s'efforçait d'essuyer le visage rouge de sa petite sœur avec le bout de son écharpe. Elle avait pleuré à la façon silencieuse de quelqu'un de très triste et qui a très peur, et je me suis tout à coup sentie terriblement moche, désolée d'avoir ouvert ma grande gueule.

En baissant la voix, j'ai dit : "Excuse-moi", et je suis revenue à mon volant.

Après l'arrêt des Lamston, au croisement de McNeil et d'Avalanche, la route longeait la montagne vers l'ouest dans l'obscurité, avec les sombres hauteurs de Big Hawk et de Little Hawk sur la droite et, à gauche, la vallée et le bourg de Sam Dent. Au sommet de la pente, je prenais un gosse que j'aimais vraiment beaucoup personnellement et que je voyais toujours avec plaisir. Bear Otto. C'était un garçon énergique, grand pour ses onze ans, un Indien abénaqui que Hartley et Wanda Otto avaient adopté. Pendant des années ils avaient tenté en vain de concevoir un enfant, et finalement ils avaient renoncé et, je ne sais comment, trouvé Bear dans un orphelinat quelque part dans le Vermont et, sans doute parce que Hartley est lui-même un quart-Indien, un Indien de l'Ouest, genre Shawnee ou Sioux, ils avaient aussitôt pu l'adopter. Maintenant, trois ans après – c'est ce qui arrive souvent, comme si l'arrivée d'un enfant adoptif décoinçait en quelque sorte les nouveaux parents – Wanda s'est soudain trouvée enceinte.

Bear était là, il m'attendait, et à l'instant où j'ai ouvert la portière il a sauté d'un bond dans le bus, comme s'il avait pris son élan, avec un sourire de triomphe, en me tendant sa paume avec les cinq doigts écartés à la façon des gamins noirs de la ville. Je lui ai donné une claque dans la main et il m'a dit : "Salut, Dolorès !" et a rebondi jusqu'au fond du bus où il s'est assis au milieu de la dernière banquette, jambes écartées, et s'est mis à inspecter son déjeuner en attendant les autres garçons. Il avait un visage rond de bébé, couleur orange brûlée, avec un éternel sourire paisible, comme si on venait de lui raconter une blague formidable et qu'il était en train de se la répéter. Ses cheveux, qui étaient raides, d'un noir de jais et longs dans le dos, pendaient en bandeaux sur son large front. En principe, Bear n'avait que onze ans, mais à cause de sa taille il en paraissait treize ou quatorze. Un garçon râblé, mais pas gros, bâti comme un lutteur de sumo. Fréquemment, lors de ces bagarres subites que les garçons déclenchent volontiers, je l'avais vu jouer le rôle du pacificateur calme et bon enfant et je l'admirais, j'imaginais qu'il deviendrait un homme merveilleux. Il était un de ces rares gosses qui font appel à ce qu'il y a de meilleur chez les gens et non au pire.

Les Otto étaient ce qu'on pourrait appeler des hippies, si on tenait compte seulement de leurs cheveux, de leur façon de s'habiller et de se comporter, de leurs opinions politiques, de leur maison, etc. – de leur mode de vie en général, disons, qui était un peu extrémiste et plutôt original. Mais en fait c'étaient des citoyens modèles. Assidus aux réunions municipales, où ils exprimaient des opinions sensées sur un ton respectueux, et membres de la brigade des pompiers volontaires. Ils avaient même suivi l'entraînement aux pratiques de réanimation et les cours de secourisme organisés à l'école, et ils aidaient toujours lors des nombreuses fêtes de charité et kermesses locales, même s'ils ne fréquentaient pour leur part aucune église. Ils étaient tous les deux grands et minces, lents de gestes et de parole. Et végétariens.

Hartley, qui fabriquait des meubles pour une entreprise de Keeseville, avait une barbe épaisse et négligée et les cheveux coiffés en une longue queue de cheval, ce qui me faisait un effet un peu pathétique compte tenu qu'il commençait à grisonner. Wanda, qui confectionnait des pots en terre avec des bouts de bois et de paille fichés dans des trous et des paniers avec des tubes en terre dans la paille – des objets très originaux, qu'elle vendait sur les foires dans tout l'Etat –, portait des lunettes à l'ancienne et se coiffait comme cette femme, Morticia, la mère dans la série *La Famille Addams*, à la télé. Leur maison ressemblait à un dôme, à moitié enterré dans le flanc du Little Hawk. Une structure d'allure bizarre qu'ils avaient construite eux-mêmes, mais des gens qui y sont entrés m'ont dit qu'elle était vaste et confortable, bien que sombre. Comme l'intérieur d'une tente militaire, à ce qu'on m'a dit. Les Otto s'intéressaient spécialement à la protection de l'environnement, ainsi qu'on pouvait s'y attendre ; ils venaient de quelque part dans le sud de l'Etat et ils avaient fait des études. Des bruits persistants suggéraient qu'ils faisaient pousser et fumaient de la marijuana, ce qui, à mon avis, était leur affaire, puisque ça ne faisait de mal à personne d'autre.

Je dis tout le temps "était", comme s'ils nous avaient quittés, comme les Lamston, qui sont partis à Plattsburgh. Mais en fait les Otto sont encore ici à Sam Dent, ils habitent dans leur dôme, Hartley fabrique ses sièges de jardin Adirondacks là-bas à Keeseville et Wanda ses pots de terre et ses paniers en paille chez elle. Elle a accouché sans problème, grâce à Dieu, d'un beau petit garçon (dont je ne connais pas le nom, du fait que je ne les vois plus beaucoup, je ne me tiens plus comme avant au courant de ce genre de choses). Mais je parle de la vie à Sam Dent avant l'accident, et tant de choses ont changé depuis que j'ai de la peine à décrire les gens ou les choses concernés par l'accident, sauf en termes qui les situent dans le passé.

Après les Otto et au-delà du sommet de Bartlett Hill, la route descend assez vite et je m'arrêtais trois fois sur une petite distance, si bien qu'à peine passée en seconde, je devais de nouveau écraser le frein pour arrêter le bus. Il y avait les petits Hamilton, les Prescott et les Walker, sept en tout, des gosses de première, deuxième et troisième année pour la plupart, les enfants de jeunes couples habitant dans des maisonnettes qu'ils se construisaient eux-mêmes pièce à pièce sur des parcelles d'un territoire qui appartenait autrefois à mon père et à mon grand-père.

Abbott et moi avons hérité des terres, ainsi que de la vieille maison de famille et de la grange, à la mort de mon père, en soixante-quatorze (ma mère est morte plus tôt, quand j'avais dix-neuf ans), et puis en quatre-vingt-quatre, quand Abbott a eu son attaque, nous avons vendu presque tous les terrains en amont de la route. Mal vendu, en fait, car c'était quelques années trop tôt pour profiter de ce qu'on a appelé le boom des résidences secondaires. Mais nous avions besoin d'argent tout de suite, pour les notes d'hôpital d'Abbott et tout ça, puisque son assurance avait été si vite dépensée, et ces jeunes couples avaient besoin de terrains où bâtir leurs maisons et élever leurs enfants.

Je ne l'ai jamais particulièrement regretté. J'aime autant voir pousser là-dessus les petits bungalows minables des gens d'ici, des gens que je connais depuis qu'ils étaient gamins, plutôt que les résidences d'été dernier cri et les chalets à toit pointu, avec terrasses et piscines chauffées, etc., construits pour les riches *yuppies* de New York qui se fichent pas mal de cette bourgade et de ses habitants.

Je n'ai rien contre les étrangers à priori, comprenez-moi. C'est juste qu'il faut aimer un endroit avant de pouvoir bien y vivre, et qu'il faut y vivre avant de pouvoir bien l'aimer. Sans quoi on est une espèce de parasite. Je sais que les touristes, les estivants valent aux gens d'ici une masse de rentrées saisonnières, mais comme le dit volontiers Abbott : "Gains… à court… terme… font… pertes… à… long terme." Ce qui est vrai pour beaucoup de choses.

Une fois les enfants Hamilton, Prescott et Walker bien embarqués, je suis passée en roulant lentement devant chez moi, où j'ai pu voir, par la fenêtre éclairée de la cuisine, qu'Abbott en était à sa seconde tasse de café, en train d'écouter les nouvelles à la radio – il aime les infos de la Radio publique nationale de Burlington, c'est une de ses mines d'événements inhabituels. Il écoute la radio à la façon dont certains lisent les journaux – il la regarde en face, les sourcils froncés, comme s'il mémorisait ce qu'il entend. Il déteste la télévision. Ce qui est rare chez un invalide, à ce qu'on dit, mais peut expliquer le fait qu'il paraît rarement déprimé par son état. Il a toujours eu une personnalité radio plutôt qu'une personnalité télévision, de toute façon. Je lui ai lancé un coup de klaxon, comme chaque fois, et j'ai dépassé la maison.

Il y avait alors un peu de bruit dans le bus, des bruits de petit matin, d'enfants en train de s'exercer à devenir adultes, de se faire connaître l'un à l'autre et à eux-mêmes de leurs petites voix (certaines pas si petites) : questions, discussions, échanges, commérages, vantardises, plaidoyers, séduction, menaces, tentatives, tout ce que nous faisons, nous aussi, de même que des chiots ou des chatons imitent dans leurs jeux les chiens et chats adultes en action. Ce n'est pas totalement paisible ni gentil, pas plus que les bruits que font les adultes ne sont paisibles ni gentils, mais ça reste sans gravité. Et parce qu'on peut écouter des enfants sans appréhension, de même qu'on peut regarder des chiots se bousculer et se mordre ou des chatons se guetter et se sauter dessus sans craindre qu'ils se fassent mal, les bavardages des enfants sont parfois très instructifs. Je suppose que c'est parce qu'ils jouent ouvertement à ce que nous autres, adultes, nous pratiquons en secret.

Il y avait assez de lumière à ce moment-là – une grisaille crépusculaire – pour que je remarque combien le ciel était bas, et je me suis rendu compte qu'il allait neiger. Les routes étaient sèches, non verglacées – il y avait plus d'une semaine qu'il faisait froid et qu'on n'avait pas eu de neige – et vu les basses températures, je me suis dit que la nouvelle neige serait sèche et dure, et je ne me suis donc pas inquiétée de ne pas avoir mis les chaînes ce matin-là. Je savais que j'en aurais besoin pour la tournée de l'après-midi, et j'ai gémi tout bas pour moi seule – la pose des chaînes dans le froid est pénible et dure pour les mains. On est obligé d'enlever ses gants pour fixer ces fichus machins, en tout cas je le suis, et la circulation dans mes doigts – à cause des cigarettes, me dit Abbott, bien que j'aie arrêté il y a quinze ans – n'est plus bien fameuse.

Mais dans l'immédiat je n'étais pas inquiète. Roulez en toute saison et par tous les temps sur ces routes pendant quarante-cinq ans, et plus grand-chose ne peut vous surprendre. C'est d'ailleurs une des raisons pour lesquelles on m'a confié ce boulot en soixante-huit, et réembauchée tous les ans depuis – les autres étant ma grande qualification en tant que chauffeur, purement et simplement, ainsi que ma fiabilité et ma ponctualité. Et, bien sûr, mon affection pour les enfants et mon aisance avec eux. Je ne suis pas en train de me vanter ; c'est un fait. Il n'y a pas deux façons de voir – j'étais le chauffeur de bus scolaire le plus qualifié du district.

Quand je suis arrivée en bas de Bartlett Hill Road, là où on rejoint la route 73 près du vieux moulin, j'avais à bord la moitié de mon chargement, plus de vingt gosses. Ils avaient gagné à pied leurs postes sur Bartlett Hill Road par les routes et les avenues plus petites qui y donnent, petits bouquets colorés de trois ou quatre enfants rassemblés pour m'attendre près des groupes de boîtes aux lettres – telles des baies attendant d'être cueillies, comme je me le disais souvent tandis que je descendais en nettoyant la montagne de ses enfants. J'avais toujours plaisir à voir les plus grands, ceux de septième et de huitième, en train d'écouter de la musique avec leurs walkmans et leurs radios portatives en dansant l'un autour de l'autre, de flirter et de jouer des coudes afin de prendre position dans leurs multiples et mystérieuses hiérarchies, impossibles à comprendre pour moi ou pour n'importe quel adulte, tandis que les garçons et les filles plus jeunes étudiaient et évaluaient sobrement les gestes de leurs aînés en vue d'un usage ultérieur. J'aimais la façon dont les garçons les plus âgés se plaquaient les cheveux en ondulations et crans précis, et dont les filles se pomponnaient à coups de rouge à lèvres et d'eyeliner, comme si elles n'étaient pas déjà aussi jolies qu'elles le seraient jamais.

Quand ils grimpaient dans le bus, ils devaient arrêter leurs radios. C'était l'une des trois règles que j'imposais chaque année dès le premier jour de classe. Règle numéro un : ni lecteurs de K7 ni radios allumés dans le bus. Les casques, les walkmans étaient tolérés, bien sûr, mais je ne pouvais pas subir une demi-douzaine de haut-parleurs minuscules en train de couiner dans mon dos trois rock and roll différents. Pas en plus de tous les autres bruits que faisaient ces gosses. Règle numéro deux : pas de bagarres. Si quelqu'un se bat, qu'il aille à pied, grand Dieu. Et sans tenir compte de qui a commencé, les deux adversaires vont à pied. Les filles comme les garçons. Ils pouvaient se disputer et se crier dessus autant qu'ils voulaient, mais que l'un d'entre eux en frappe un autre et en une seconde ils se retrouvaient tous les deux sur la route. En général je n'avais pas besoin d'appliquer cette règle plus d'une fois par an, après quoi les gosses l'appliquaient eux-mêmes. Ou, s'ils se tapaient dessus, ils le faisaient en silence, la victime sachant qu'il ou elle devrait aussi aller à pied. Je me rendais bien compte que je ne pourrais jamais tout à fait les empêcher de se battre, mais au moins je pouvais éveiller leur conscience, c'était un début. Règle numéro trois : ne rien lancer. Ni aliments, ni avions en papier, ni bonnets, ni gants – rien. Le fondement de cette règle était que je puisse conduire sans distraction superflue. Question de sécurité.

Je suis une assez forte femme, plus grande et plus lourde que même les plus grands garçons de huitième (sauf que Bear Otto serait bientôt devenu plus grand que moi) et j'ai une voix qui porte, ce n'était donc pas spécialement difficile, avec ces trois seules règles, de maintenir l'ordre et d'établir le calme. En plus, je n'essayais pas de leur apprendre les bonnes manières, je ne prétendais pas modérer ni restreindre leur langage – il me semblait qu'ils devaient en entendre assez là-dessus de la part de leurs professeurs et de leurs parents – et je crois que ça leur laissait assez de liberté pour qu'ils ne se sentent pas spécialement bridés. D'ailleurs j'ai toujours aimé écouter la façon de parler des enfants quand ils n'essaient pas de faire plaisir ou de mentir à un adulte. Perchée là-haut sur le siège du conducteur, je me contentais de conduire en les laissant m'oublier tandis que j'écoutais la rumeur de leurs mots, de leurs chansons, de leurs cris et protestations : c'était presque comme si je n'étais pas là, ou comme si j'étais invisible, ou redevenue enfant moi aussi, une enfant qui aurait eu le privilège ou la malédiction (j'hésite entre les deux) de connaître l'avenir, de voir quelles liquidations entraînerait l'âge adulte, et les plaisirs, la honte, les secrets, la crainte. Et enfin le silence ; ça aussi.

Arrivée à la route 73, près du vieux moulin, j'ai pris à gauche vers le nord le long de l'Ausable pour ramasser les gosses de la vallée. Il y avait toujours assez de circulation sur la 73 à cette heure-là, surtout des gens du pays se rendant à leur travail, ce qui ne pose jamais problème, et parfois aussi des skieurs partis tôt le matin du sud de l'Etat pour passer un long week-end à Lake Placid ou sur les pentes du Whiteface. Ceux-là, il fallait y prendre garde, spécialement ce jour-là, qui était un vendredi – c'étaient en général de jeunes conducteurs citadins, peu habitués à tomber tout à coup sur un bus scolaire arrêté au bord de la route pour ramasser des enfants, et les feux rouges clignotants du bus semblaient ne rien signifier pour eux, comme s'ils pensaient que tout ce qu'ils avaient à faire était de ralentir un peu avant de passer. Ils se disaient qu'ils se trouvaient en haute montagne et que personne n'habitait par ici. Afin de les renseigner, je me gardais un carnet et un stylo près de mon siège, et chaque fois qu'un de ces oiseaux me dépassait à toute pompe dans sa Porsche ou sa BMW, je notais son numéro et plus tard je téléphonais à Wyatt Pitney au quartier général de la police d'Etat, à Marlowe. Wyatt réussissait d'habitude à les assagir.

En tout cas, ce matin-là, j'avais stoppé en face du *Bide-a-Wile*, le motel dont Risa et Wendell Walker sont propriétaires et gérants, et, comme d'habitude, Risa faisait traverser la route 73 à son petit garçon, Sean. Sean souffrait d'une espèce d'incapacité scolaire – il avait près de dix ans mais on aurait plutôt dit un gamin de cinq ou six ans très nerveux, très angoissé, un petit bonhomme anormalement malingre, avec un teint pâle et maladif et d'immenses yeux noirs. Il était étrange, mais on ne pouvait s'empêcher de l'aimer ni d'avoir envie de le protéger. Apparemment, alors qu'à l'école il était très en retard sur les autres gosses de son âge, et trop fragile, trop nerveux pour pratiquer un sport, il était expert en jeux vidéo et fort admiré pour ce talent par les autres enfants. Un magicien, disait-on, avec une coordination fabuleuse entre les yeux et la main, et lorsqu'il était installé devant un jeu vidéo, on le disait capable d'une concentration effrayante. C'était sans doute la seule occasion où il se sentait compétent et pas solitaire.

Il avait commencé à neiger, des flocons légers voletaient dans le vent comme de la cendre de bois. Vêtue d'une parka en duvet par-dessus sa chemise de nuit et sa robe de chambre et chaussée de pantoufles, Risa tenait Sean par la main et le menait prudemment du bureau du motel, derrière lequel ils ont un appartement, à la route qui, bien qu'elle ne soit qu'à deux voies, est en fait une route nationale à cet endroit, le principal itinéraire pour les camions entre Placid, la région de Saranac, et l'autoroute du Nord.

Il n'y avait ni voiture ni camion en vue pendant que Risa faisait traverser son fils jusqu'au bus. C'était le seul enfant de Risa et Wendell, le frêle objet de toute leur attention. Wendell était un type plaisant, réservé, qui paraissait ne plus rien attendre de la vie, mais Risa, je le savais, rêvait encore. Quand il faisait beau, on la voyait occupée à refaire le toit du motel ou à repeindre les enseignes, tandis que Wendell restait à l'intérieur et regardait le base-ball à la télé. Ils avaient plein de problèmes financiers – le motel comptait une douzaine de chambres, il était vieux et en piteux état ; ils l'avaient acheté lors d'une vente forcée huit ou dix ans auparavant, et je crois que de tout ce temps ils n'avaient jamais affiché complet. (Sam Dent est l'un de ces endroits où l'on ne passe que pour se rendre ailleurs et, en général, les gens qui arrivent jusqu'ici poursuivent leur chemin.) En plus, je crois que le mariage des Walker battait de l'aile. Si j'en juge d'après ce qui leur est arrivé après l'accident, ils ne devaient plus être liés que par le motel et leur amour pour le gamin, Sean.

J'ai ouvert la portière et l'enfant, à cause de sa petite taille, est monté avec difficulté et, quand il est arrivé sur la plate-forme, il s'est retourné et a fait une chose très inhabituelle. Comme un bébé craintif qui veut que sa mère le prenne et le serre contre elle, il a tendu les bras vers Risa en disant :

— Je veux rester avec toi.

Risa avait de grands cernes sombres sous les yeux, comme si elle n'avait pas bien dormi, ou pas du tout, si ça se trouve, elle avait les cheveux tout emmêlés, et pendant une seconde je me suis demandé si elle avait un problème d'alcool.

— Allez, va, maintenant, a-t-elle dit au gamin d'une voix lasse. Va.

Les gosses assis près de la portière observaient Sean, surpris et intrigués par son comportement, peut-être gênés, parce qu'il faisait ce que tant d'entre eux auraient parfois aimé faire mais n'osaient pas, certainement pas comme ça, en public. Une des filles de huitième, Nicole Burnell, qui était assise à côté de la porte et qui a un merveilleux instinct maternel, s'est inclinée de quelques centimètres en tapotant le siège voisin du sien et en disant :

— Viens là, Sean, viens t'asseoir près de moi.

Sans détourner ses grands yeux du visage de Risa, le gamin s'est avancé de côté vers Nicole et a fini par s'asseoir, mais il fixait toujours sa mère, comme s'il avait peur. Pas pour lui, pour elle. J'ai demandé à Risa s'il allait bien. D'habitude il embarquait simplement, se trouvait un siège et regardait par la fenêtre pendant tout le trajet. Un garçon très secret, plongé dans ses pensées et ses rêves, songeant peut-être à ses jeux vidéo.

— Je ne sais pas. Il va bien, je veux dire. Pas malade, ni rien. C'est juste un de ces matins, j'imagine. Ça nous arrive à tous, Dolorès, pas vrai ? Elle avait un sourire mélancolique.

— Doux Jésus, je connais ça ! j'ai dit, pour lui remonter le moral, mais en réalité ça ne m'arrivait presque jamais, du temps où je conduisais ce bus scolaire. Presque impossible à dire, combien ce boulot avait d'importance pour moi et me donnait de plaisir. J'aimais bien rester à la maison avec Abbott, et mes étés étaient occupés grâce à ce travail à la poste et à la distribution du courrier, et pourtant j'attendais avec impatience la rentrée des classes en septembre pour pouvoir de nouveau sortir au petit jour, démarrer mon bus et commencer à ramasser les enfants du patelin afin de les conduire à l'école. J'ai un tempérament chaleureux, comme on dit. C'est ce que dit Abbott.

— Et vous, Risa, ça va ? j'ai demandé.

Elle m'a regardée, elle a soupiré. De femme à femme. "Voulez acheter un motel, une bonne occase ?" Elle a tourné la tête vers la rangée de loges vides de l'autre côté de la route. Pas une voiture sur le parking, à part leur Wagoneer. Ce sont les *Holiday Inn* et les *Marriott* qui empêchent des gens comme les Walker de gagner leur vie.

— L'hiver a été dur, hein ?

— Pas plus que la normale, il me semble. C'est seulement que la normale devient de plus en plus dure.

— Je pense bien, j'ai dit. Un énorme semi-remorque de la *Grand Union* venait de s'arrêter derrière moi. Mais j'ai assez de problèmes comme ça, ma cocotte. J'ai vraiment pas besoin d'un motel. On parlait finances, pas maris – moi, en tout cas. Je la soupçonnais de parler maris, cependant. Faut que j'y aille, j'ai dit, avant la neige.

— Oui. Il va neiger aujourd'hui. Dix à douze centimètres d'ici ce soir.

J'ai de nouveau pensé aux chaînes. Sean regardait toujours sa mère avec cette expression étrange, douloureuse, sur son petit visage osseux ; elle lui a fait un signe vague, comme pour le congédier, et s'est éloignée. Refermant la portière d'une main, j'ai desserré le frein de l'autre, attendu un instant que Risa passe devant le bus, et puis, lentement, j'ai démarré. J'ai entendu le soupir des freins à air comprimé du semi-remorque quand son chauffeur a embrayé et, en jetant un coup d'œil au rétroviseur latéral, je l'ai vu se mettre en ligne derrière moi.

Et puis tout à coup Sean a crié : "Maman !" et il s'est jeté sur moi, escaladant mes genoux pour atteindre la fenêtre, et j'ai aperçu Risa, sur ma gauche, qui se dégageait d'un bond de la trajectoire d'une Saab rouge apparemment sortie de nulle part. Elle avait surgi du virage devant moi et le camion, sans ralentir du tout, tandis que je me rengageais sur la chaussée, son conducteur avait dû se sentir coincé et accélérer, il avait manqué de peu Risa en train de traverser. J'ai écrasé le frein, et Dieu merci le chauffeur du camion derrière moi en a fait autant et a réussi à stopper à deux ou trois centimètres du bus.

J'ai gueulé :

— Sean, assis, bon Dieu ! Et puis j'ai ajouté : Elle n'a rien, va t'asseoir, maintenant, et il m'a obéi.

J'ai baissé ma vitre et crié à Risa :

— Vous avez son numéro ? Tout ce que j'avais pu voir, c'est que cette voiture était une Saab rouge avec une galerie porte-skis.

Le visage livide, plantée sur le parking du motel avec ses bras serrés autour d'elle, elle avait l'air secouée. Elle a fait non de la tête et s'est dirigée à pas lents vers le bureau. J'ai respiré deux ou trois grands coups et jeté un coup d'œil à Sean, qui s'était rassis mais tendait toujours le cou en fixant sur sa mère des yeux écarquillés. Nicole l'avait pris sur ses genoux et entourait de ses bras ses épaules étroites.

— Y a plein de sacrés foutus imbéciles par là, Sean, j'ai dit. Je crois que tu as raison de t'en faire. Je lui ai souri, mais il s'est contenté de me lancer un regard noir, comme si c'était ma faute.

J'ai de nouveau enclenché la première et commencé à avancer lentement sur la route, avec le camion *Grand Union* qui vrombissait derrière moi. J'ai repris :

— Je suis désolée, Sean. Vraiment désolée. C'était tout ce que je trouvais à dire.

Il y avait encore une demi-douzaine d'arrêts le long de la vallée, après quoi je tournais à droite sur Staples Mill Road que je grimpais jusqu'à la crête, d'où on a une vue fantastique vers l'est et le sud sur les monts Limekiln et Avalanche. On est dans la forêt domaniale là-haut, il y a peu de maisons, et les rares maisons qu'on voit sont vieilles, elles ont été construites avant la création du parc des Adirondacks.

La neige tombait, légère, en flocons durs et secs dansant dans la brise. J'aurais pu couper mes phares, la lumière était suffisante, mais je ne l'ai pas fait, même s'ils ne m'aidaient guère à voir la route. En fait, c'était le moment de la journée où ça ne fait aucune différence que les phares soient allumés ou non, mais ils permettent aux voitures

qui approchent de voir le bus plus tôt et plus nettement. Ce n'est pas qu'il y avait beaucoup de circulation sur Staples Mill Road, surtout si tôt. Mais
quand on conduit un bus scolaire il faut penser à
ces choses-là. Il faut prévoir le pire.

Bien sûr, on ne peut pas tout maîtriser, mais on
est obligé de faire attention aux quelques trucs
qu'on contrôle. Je suis une optimiste, fondamentalement, qui agit en pessimiste. Par principe. Au
cas où.

Abbott dit : "Principale… différence… entre…
les gens… c'est… qualité… d'attention." Et
puisque la qualité d'attention d'une personne est
une des rares choses qu'un être humain peut contrôler en soi, eh bien il faut le faire, bon Dieu, voilà ce
que je dis. Ça et la Règle d'or, en un mot comme en
cent, voilà ma philosophie de la vie. Celle d'Abbott
aussi. Et pas besoin de religion pour ça.

Oh, comme la plupart des gens, nous allons à
l'église – la méthodiste – mais de façon irrégulière et
surtout dans un but social, pour ne pas trop nous
mettre à l'écart de la communauté. Mais nous ne
sommes pas des gens religieux, Abbott et moi. Bien
que, depuis l'accident, j'aie souvent regretté de ne
pas l'être. La religion étant la meilleure façon d'expliquer l'inexplicable. La volonté de Dieu, et tout ça.

La première maison qu'on rencontre là-haut sur
la crête est celle de Billy Ansel, une maison en
pierres de taille, style colonial. J'aimais toujours
bien m'arrêter chez Billy. Ne fût-ce que parce que
je lui servais de pendule, il ne s'en allait au travail

qu'après que j'étais venue prendre ses enfants, Jessica et Mason, des jumeaux de neuf ans pratiquement identiques. J'appréciais que les parents soient conscients de mon arrivée, et lui se trouvait toujours à la fenêtre de la cuisine quand je m'arrêtais, et il regardait ses gosses grimper dans le bus. Ensuite, en repartant, je voyais s'éteindre les lumières de la maison et, deux ou trois kilomètres plus loin, en jetant un coup d'œil dans mon rétroviseur, je le voyais arriver derrière moi dans son pick-up, en route pour le bourg, où il allait ouvrir sa station Sunoco.

Normalement, il me suivait sur tout le parcours entre la crête et la route de Marlowe, et puis vers le sud jusqu'en ville, comme pour tenir compagnie au bus, lentement et à distance, sans jamais prendre la peine de me dépasser dans les lignes droites, et enfin, juste avant que j'arrive à l'école, il tournait vers son garage. Un jour, je lui ai demandé pourquoi il ne me dépassait pas, afin de ne plus avoir besoin de s'arrêter et d'attendre chaque fois que je stoppais pour un ramassage. Il s'est contenté de rire. "Eh bien, alors, j'arriverais au boulot avant huit heures, il m'a dit, et je devrais poireauter dans le garage en attendant l'arrivée de mes gars. Ça n'aurait aucun intérêt."

La vérité, à mon avis, c'est qu'il ne devait pas avoir très envie de se retrouver seul dans cette grande maison une fois que ses gosses étaient partis pour l'école, et je crois que ça lui faisait un plaisir tout spécial, que ça l'encourageait, quand il roulait vers le bourg, d'apercevoir son fils et sa fille, dans le bus, qui lui faisaient des signes. Leur mère, Lydia, une vraie princesse de conte de fées, est morte d'un cancer il y a environ quatre ans, et Billy a entrepris d'élever ses enfants tout seul – quoique, croyez-moi, il y a beaucoup de jeunes femmes qui auraient été heureuses de l'aider, un bel homme comme ça. Et intelligent et plein de charme. Et bon homme d'affaires. Même moi je le trouvais sexy, bien que, normalement, je ne me retourne pas sur les hommes jeunes.

Mais il était plus que sexy. Il a toujours eu quelque chose de noble, Billy Ansel. A l'école secondaire, c'était lui que les autres garçons imitaient et suivaient, *quarterback* et capitaine de l'équipe de football, président de sa classe en dernière année, etc. Après l'école, comme beaucoup de garçons de Sam Dent à cette époque, il a fait son service. Dans les *Marines*. Au Viêt-nam, il a été nommé lieutenant sur le terrain, et quand il est revenu à Sam Dent, au milieu des années soixante-dix, il a épousé sa petite amie du lycée, Lydia Storrow, emprunté une grosse somme à la banque et acheté à Creppitt sa vieille station Sunoco, où il avait travaillé plusieurs étés. Il en a fait un véritable atelier de réparations mécaniques, avec trois fosses et toutes sortes de détecteurs de pannes électroniques. Lydia, qui était allée au collège d'Etat à Plattsburgh et avait appris la comptabilité, tenait les livres, et Billy s'occupait du garage. La maison de pierre en haut de Staples

Mill Road, ils l'ont achetée plus tard, après la naissance des jumeaux, et ils l'ont rénovée de haut en bas, ce dont elle avait grand besoin. C'était un couple modèle. Une famille modèle.

Et Billy Ansel a toujours été un idéaliste. Rien ne le décourageait ni ne le rendait amer. Quand il est revenu à Sam Dent, il s'est aussitôt joint au groupe d'anciens combattants de Placid et très vite il est devenu officier et s'est appliqué à rendre respectables les gars qui avaient fait le Viêt-nam, à une époque où, presque partout, les gens les considéraient comme des drogués et des assassins. Il a réussi à les faire défiler fièrement avec les autres à chaque 4 Juillet et le jour de la fête des anciens combattants. En fait, récemment encore, pour travailler avec lui dans son garage, il fallait être un ancien du Viêt-nam. Il embauchait des jeunes gens de toute la région, des gars maussades aux cheveux longs et au visage douloureux. A plusieurs reprises, il a même eu des Noirs qui travaillaient pour lui – très inhabituel à Sam Dent. Ses gars lui étaient dévoués et le traitaient comme s'il était leur lieutenant, comme s'ils se trouvaient encore au Viêt-nam. C'était étrange et assez fascinant, en un sens, de voir un paumé ainsi réhabilité. Au bout d'un an ou deux, le type avait appris un métier, plus ou moins, et retrouvé le moral, et bientôt il s'en allait et une semaine plus tard un autre jeune homme en colère le remplaçait.

Tout au long de la crête, Billy a suivi le bus sur Staples Mill Road. Chaque fois que je ralentissais pour embarquer un enfant en train d'attendre, je regardais dans le rétroviseur et je l'y voyais, souriant dans sa barbe aux gosses de la banquette arrière, qui aimaient se retourner et lui faire des signes, des V-comme-Victoire. Surtout Bear Otto, qui considérait Billy Ansel comme un héros, et bien sûr les jumeaux qui, grâce à la protection de Bear, étaient autorisés par les aînés des garçons à s'asseoir à l'arrière du bus. Bear rêvait de devenir un *marine*, lui aussi, et de travailler ensuite dans le garage de Billy. "On peut plus aller au Viêt-nam, maintenant, il m'a dit un jour. Mais y a toujours besoin des *US Marines* quelque part, pas vrai ?" J'ai opiné, en espérant qu'il se trompait. J'ai un fils à l'armée, après tout. Mais je comprenais Bear Otto et son désir de devenir un homme noble, un homme comme Billy Ansel, et je le respectais, naturellement. Je regrettais seulement que le gamin n'ait pas d'autre façon d'imaginer ça que de devenir un bon soldat. Mais ça, c'est les garçons, je suppose.

Là-bas, de l'autre côté d'Irish Hill, juste avant le carrefour de Staples Mill Road avec la vieille route de Marlowe, qui file tout droit jusqu'à Sam Dent, à trois miles de là, il y a un bout de plateau qu'on appelle les Wilmot Flats. A ce qu'on dit, dans des temps reculés ce devait être le fond d'une rivière ou d'un lac glaciaire, mais aujourd'hui c'est surtout un sol pauvre et sablonneux, de la broussaille et des sapins rabougris, sans panorama sur la montagne ou les vallées, en tout cas pas de la route. La décharge municipale en occupe la moitié, et l'autre moitié a été lotie en parcelles inégales avec des mobile-homes et des maisons construites de bric et de broc, guère mieux que des cabanes, des ramassis de petites pièces couvertes de carton bitumé, chauffées au kérosène ou au bois. Les gens qui habitent là-dedans s'appellent presque tous Atwater, avec quelques Bilodeau par-ci, par-là. Chaque hiver, il y a un incendie grave dans les Flats, et pendant quelque temps, aux réunions municipales, tout le monde parle d'instituer des réglementations concernant le mode de chauffage des maisons, comme si les législateurs de l'Etat, à Albany, n'avaient pas déjà tenté de codifier ça. Mais ça ne donne jamais rien, on est trop nombreux chez nous à se chauffer au kérosène ou au bois pour pouvoir changer. C'est dangereux, bien sûr, mais qu'est-ce qui ne l'est pas ?

En tout cas, j'allais d'un arrêt à l'autre le long des Flats en ramassant mes derniers passagers – neuf enfants là-haut, sauf quand un virus y traîne –, des garçons et des filles d'âges divers qui sont, dans l'ensemble, les plus pauvres de notre communauté. Leurs parents sont jeunes, à peine plus que des adolescents, et ils sont tous cousins ou carrément frères et sœurs. Il y a des mariages consanguins dans ce coin, toutes sortes de mélanges dont il vaut mieux ne rien savoir, et entre ça, l'alcool et l'ignorance, les enfants ont peu de chances de faire mieux de leur vie qu'une imitation de celle de leurs parents. Avec eux, dit

Abbott, on ne peut que compatir. Quoi qu'on pense de leurs parents et du reste des adultes là-haut. C'est comme si tous ces pauvres gosses naissaient bannis et passaient leur vie à essayer de s'inventer un chez-eux. Seuls quelques-uns y arrivent. Parfois, l'un d'entre eux, avec du cran, et aussi de la chance, et s'il est doué d'intelligence, d'une bonne apparence et de charme, peut éventuellement réussir, avant sa mort, à s'intégrer. Mais les autres demeurent bannis, exilés à vie, ici sur les Wilmot Flats, ou dans un autre endroit juste pareil.

C'est alors que j'ai vu le chien. Le vrai chien, je veux dire – pas celui que j'ai cru voir sur la route de Marlowe quelques instants plus tard. Ça n'a sans doute aucun rapport, mais je le signale comme une explication possible du fait que j'aie ensuite vu ce que j'ai pris pour un chien, puisque l'un et l'autre étaient de la même couleur rougeâtre. Celui des Wilmot Flats était un pilleur de poubelles, un de ces chiens errants qu'on voit traîner autour de la décharge. Ils sont souvent malades et vicieux, et on les soupçonne de chasser les chevreuils, alors les gars d'ici les tirent chaque fois qu'ils en rencontrent un dans la forêt. Au cours des années, je suis tombée sur quatre ou cinq de leurs cadavres en train de pourrir dans les bois derrière notre maison, et ça me donne toujours un frisson pénible et puis une sensation de tristesse prolongée. Je n'aime pas du tout les chiens, mais je déteste les voir morts.

Je disais donc que j'avais ramassé les gosses des Flats, et je passais devant le portail grillagé de la décharge, qui était ouvert, quand ce bâtard miteux en a surgi en courant ; il a traversé la route devant moi et m'a flanqué une frousse de tous les diables, bien que sur ma vie je ne pourrais pas dire pourquoi, vu qu'il avait un air très ordinaire et qu'il n'y avait aucun danger que je l'écrase.

Je devais avoir l'esprit ailleurs – sans doute occupé de mes fils, Reginald et William, car ce matin-là je me sentais particulièrement loin d'eux, et on a tendance à embrasser en pensée ce qu'on n'est pas autorisé à embrasser en réalité. Parce que quand ce chien est entré dans mon champ de vision, il m'a comme surprise, et puis j'ai eu peur. Un chien maigre et décharné, un jeune mâle aux yeux jaunes avec un long museau pointu et de grandes oreilles aplaties sur le crâne, qui a traversé la route ventre à terre, sauté par-dessus le talus de neige et disparu dans l'obscurité de la sapinière broussailleuse qui se trouve là.

La neige tombait en vagues duveteuses à ce moment-là, mais la chaussée était encore sèche et noire, bien visible, et j'ai agrippé le volant et continué tout droit comme s'il ne s'était rien passé. Car il ne s'*était* rien passé ! J'avais pourtant une envie terrible de me rabattre et d'arrêter le bus, de rester immobile un moment afin d'essayer de rassembler mes idées éparses et de calmer mes nerfs agités.

J'ai jeté un coup d'œil dans le rétroviseur latéral au visage de Billy Ansel souriant derrière le pare-brise de son pick-up, cet homme innocent et attentif, qui faisait des signes aux gosses en train de jouer, et je me suis sentie envahie d'une houle de pitié pour lui, sans savoir la raison de cette pitié. J'ai détourné les yeux du rétro et fixé la route droit devant moi, les mains crispées sur le volant, jusqu'à l'intersection avec la route de Marlowe, où j'ai ralenti, et après avoir vu qu'il n'y avait aucune circulation dans un sens ni dans l'autre, j'ai tourné à droite et entamé la longue descente vers le bourg.

Cette route a été refaite récemment, elle est large et droite, avec une voie de dépassement, des bas-côtés étroits, une bande de gravier et des garde-fous, au-delà desquels, à droite, ça dégringole jusqu'au ruisseau de Jones, qui consiste surtout en blocs de rocher à ce niveau, presque sans eau. Au fur et à mesure qu'on descend, le ruisseau se remplit, et en bas, dans la vallée, lorsqu'il se jette dans l'Ausable, c'est un torrent non négligeable. Il y a là, en bas, une vieille sablière municipale creusée dans le fond de l'ancien lac, et une route condamnée qui vient des Flats, du côté de la décharge. A gauche, le terrain est boisé et monte en pente douce vers Knob Lock Mountain et le Giant au sud-est.

Quand je descendais des Flats sur la route de Marlowe en direction du bourg, le plus grand danger était que je roule trop lentement et qu'un transport de bois ou un quelconque idiot d'automobiliste s'amène en trombe à des soixante-quinze ou des quatre-vingts miles – ce qu'on fait facilement là-haut, une fois qu'on a gravi l'autre versant de la pente –, qu'il arrive sur moi à toute pompe et, ne pouvant ni ralentir ni dépasser, me rentre en plein dedans ou, plus vraisemblablement, heurte d'abord le pick-up de Billy Ansel en train de brandiller à ma traîne et puis le bus. Par conséquent, comme je n'avais plus d'arrêts à prévoir une fois que j'avais embarqué les gosses des Flats, j'avais tendance à rouler à bonne allure sur cette portion de route. Rien d'excessif, comprenez-moi bien. Rien d'illégal. Cinquante, cinquante-cinq, pas plus. En outre, s'il m'arrivait d'avoir quelques minutes de retard, c'était le seul endroit où je pouvais les rattraper.

Quand, en sortant de l'atmosphère triste et oppressante des Wilmot Flats, on s'engage sur la route de Marlowe pour se diriger vers le bourg, on se sent léger, libéré. Ou je me sentais toujours ainsi, devrais-je dire. La route est droite, on voit pour la première fois plus de ciel que de terre, et la vallée s'ouvre devant vous et sur votre droite, comme dans le Montana ou le Wyoming, une vaste cuvette enneigée entourée au loin par une chaîne de montagnes, et au-delà des montagnes, d'autres montagnes encore se bousculant vers le ciel, comme si la surface de la terre était partout pareille à ce qu'elle est ici. C'était toujours la partie la plus agréable de mon trajet – avec le moteur à plein régime ronronnant en douceur, assez de lumière pâle, à ce moment, pour voir le paysage entier étalé devant moi, et dans mon dos un plein

bus d'enfants paisibles qui bavardaient tranquille-
ment entre eux ou se préparaient en silence à
l'étape suivante de leur longue journée.

Et, oui, c'est alors que j'ai vu le chien, le
second chien, celui que j'ai peut-être seulement
cru voir. Il a émergé de la neige tombante, sur le
côté droit de la route, il a jailli du fossé, c'est ce
qu'il m'a semblé, et traversé vers le milieu de la
route, où il a paru s'arrêter, comme s'il hésitait à
continuer ou à revenir sur ses pas. Non, c'était une
illusion d'optique, j'en suis presque certaine
maintenant, ou un mirage, une sorte de reflet,
pourrait-on dire, du chien que j'avais vu sur les
Flats et qui m'avait tant effrayée et émue. Mais à
ce moment-là ça revenait au même pour moi.

Et ainsi que je l'ai toujours fait lorsque j'avais
le choix entre deux maux et aucune autre solution,
je me suis arrangée pour me retrouver, si je me
trompais, du côté de l'ange. C'est-à-dire que j'ai
réagi comme si c'était un vrai chien que j'avais
vu, ou un petit chevreuil ou même peut-être un
enfant égaré, venu des Flats, à peine distants d'un
demi-mile.

Aussi longtemps que je vivrai, je me souviendrai de cette ombre d'un brun rougeâtre, telle une
tache de sang séché, plantée sur la route avec un
mince écran de neige suspendu entre elle et moi,
de toute la masse du véhicule et des trente-quatre
enfants déferlant sur moi comme un mur d'eau. Et
je me souviendrai de la netteté formelle de ma
conscience, au-delà de la réflexion ou du choix

désormais, car j'avais choisi, quand j'avais braqué le volant à droite en écrasant du pied la pédale du frein, et je n'étais plus le conducteur, alors j'ai rentré la tête dans mes épaules comme si le bus était une énorme vague sur le point de se briser sur moi. Il y avait Bear Otto, et les petits Lamston, et les Walker, les Hamilton et les Prescott, les adolescents, garçons et filles, de Bartlett Hill, et Sean, le petit garçon triste de Risa et Wendell Walker, et la gentille Nicole Burnell, et tous les gosses de la vallée, et les enfants des Wilmot Flats, et les jumeaux de Billy Ansel, Jessica et Mason – les enfants de mon village –, leurs visages aux yeux agrandis et leurs corps fragiles tourbillonnant et culbutant en une masse enchevêtrée tandis que le bus quittait la route et que le ciel basculait et chavirait et que le sol surgissait brutalement devant nous.

BILLY ANSEL

Rien que pour vous indiquer à quel point j'étais loin de prévoir l'accident ou de soupçonner qu'il pût se produire – et pourtant, à part Dolorès Driscoll, qui conduisait le bus, je me suis certainement trouvé plus près des événements qu'aucun des habitants du village, le seul témoin, pourrait-on dire – au moment où il s'est produit je pensais à Risa Walker. Mon camion roulait juste derrière le bus quand celui-ci a basculé, et mon corps conduisait mon camion, une main sur le volant et l'autre en train de faire signe à Jessica et Mason, qui étaient dans le bus et me faisaient signe, eux aussi, par la lunette arrière – mais mes yeux contemplaient les seins, le ventre et les hanches de Risa Walker sous la lueur vague des néons filtrant entre les lamelles des stores vénitiens, dans la chambre 11 du *Bide-a-Wile*.

Je ne sais donc rien de ce qui a immédiatement précédé l'accident, même si, lorsque c'est arrivé, j'ai tout vu, évidemment, dans les moindres détails stupéfiants. Et je revois tout, chaque fois que je ferme les yeux. Le bus qui fait cette embardée vers la droite de la route, dérape, enfonce le garde-fou et le talus de neige ; et puis qui bascule, tombe en chute libre du haut de la berge jusqu'au fond de la sablière où, à grande vitesse et – allez savoir comment – encore debout, il glisse sur la surface gelée jusqu'à la rive opposée ; et alors la glace cède et la moitié arrière du bus jaune est aussitôt engloutie par l'eau glaciale, d'un vert bleuté.

Je ne ferme plus très souvent les yeux. Sauf si je suis soûl et ne peux m'en empêcher – un état auquel j'aspire souvent, comme qui dirait.

Beaucoup des gens de Sam Dent se sont manifestés depuis l'accident en prétendant qu'ils savaient que ça arriverait un jour, oh oui, ils le *savaient* : à cause de la façon de conduire de Dolorès qui, franchement, sans être téméraire, paraît décontractée ; ou à cause de l'état du bus lui-même, dont Dolorès assurait l'entretien chez elle, dans sa grange, si bien qu'il ne bénéficiait pas, comme les autres bus scolaires, de ma supervision ; ou à cause de ce bout de route en pente et du fait que les bas-côtés sont presque inexistants de part et d'autre du garde-fou ; ou à cause de cette sablière en contrebas de la grand-route, que la municipalité avait ouverte quelques années auparavant et puis abandonnée lorsqu'elle s'était remplie d'eau, dans l'idée que personne ne pouvait y avoir accès que par l'ancienne route désaffectée de l'autre côté des Flats.

C'est une façon de vivre avec une tragédie, je suppose, que d'affirmer après coup qu'on l'avait vue venir, comme si d'une certaine manière on s'y était déjà préparé. Je pouvais le comprendre. Mais ça m'irritait de l'entendre dire, surtout avec tous ces journalistes qui fourraient leurs micros sous le nez des gens et ces avocats de la ville qui rôdaient partout, à la recherche d'un coupable, c'est pourquoi je veux proclamer bien nettement que moi, qui me suis trouvé au plus près de l'accident, je ne l'avais pas prévu du tout.

Je connaissais ce bout de route aussi bien que n'importe quel habitant du village, je connaissais ce bus de fond en comble, et je connaissais mieux que quiconque les habitudes de Dolorès au volant, parce qu'une de *mes* habitudes consistait à la suivre chaque matin sur le chemin de l'école ; et, croyez-moi, je n'avais pas la moindre crainte d'un accident. J'en aurais maintenant, bien entendu, parce que l'accident a tout modifié, mais à l'époque, même si je craignais la mort en général autant que tout un chacun – sans doute plus, car je suis veuf et j'ai fait le Viêt-nam, et j'avais déjà appris un certain nombre de choses sur la précarité de la vie quotidienne – j'ai pu, ce matin-là, tout en roulant derrière le bus scolaire, laisser mes pensées se fixer sur l'image de la femme avec laquelle il se trouve que je couchais, une femme avec laquelle j'entretenais une liaison illicite. Illicite parce qu'elle était mariée avec l'un de mes amis.

Je m'en sens coupable, naturellement – coupable de cette liaison, pas d'avoir fantasmé à propos de sexe en cet instant affreux de ma vie, de sa vie à elle, de la vie de tous les habitants de ce village, pratiquement. J'aurais aussi bien pu être en train de penser fric – je n'en avais guère – que de m'imaginer baisant Risa, chose que je faisais très souvent à l'époque, sans doute à cause de ma liberté de mouvement et du fait qu'elle n'était pas heureuse avec son mari, Wendell, et leurs problèmes financiers – même si, alors, nous préférions nous croire amoureux l'un de l'autre et le disions souvent : Je t'aime, je t'aime, oh, Dieu, comme je t'aime ! Des trucs comme ça, une comédie qu'on se jouait. C'est ça qu'on se disait, alors. Plus maintenant.

C'était un mensonge, et je crois que nous le savions, l'un et l'autre. Moi, en tout cas. J'aimais toujours ma femme, Lydia, et à mon avis Risa n'aimait personne à part son fils, Sean. Néanmoins, nous nous sentions seuls tous les deux, et affligés d'une sexualité exigeante. Mais nous n'étions capables ni l'un, ni l'autre, de nous avouer ça sans nous faire mal. C'est pourquoi nous nous disions : Je t'aime, et nous en restions là. J'ai maintenant l'avantage du recul, bien sûr, et au moment même je pensais sans doute à moitié les mots tendres que je lui chuchotais à l'oreille après l'amour, quand j'étais encore en elle et autour d'elle, couvrant son corps du mien dans la pénombre de la chambre du motel.

Nous nous retrouvions ainsi, dans la chambre 11, après que Wendell était allé se coucher tôt, tout seul, comme il le faisait depuis des années, sauf quand la télé transmettait un match des Expos de

Montréal – Wendell adorait les Expos ; il doit toujours les aimer. Je confiais mes gosses à une baby-sitter, en général Nicole Burnell qui, deux fois par semaine, s'occupait de la maison et des gosses après l'école jusqu'à ce que son père, Sam, vienne de Bartlett Hill la chercher en voiture vers onze heures du soir. La manœuvre consistait à embrasser les jumeaux en leur souhaitant bonne nuit, à dire à Nicole que j'allais prendre une ou deux bières au *Spread Eagle*, ou au cinéma à Placid, et quelques minutes plus tard, avec la clé que Risa m'avait donnée, à m'introduire dans la chambre 11 et à m'asseoir dans l'obscurité en attendant qu'elle arrive.

Ça paraît sordide, je sais, mais ça ne me semblait ni moche ni méprisable. Je me sentais trop souvent seul, trop solitaire pour cela. Il arrivait fréquemment que Risa ne puisse pas venir à la chambre 11, et que je reste ainsi pendant une heure ou deux, assis dans le fauteuil d'osier, à fumer des cigarettes et à ruminer en me souvenant de mon existence avant la mort de Lydia jusqu'à ce que, finalement, je sorte de la chambre et m'en aille reprendre mon camion garé de l'autre côté de la route sur le parking du *Rendez-Vous*, et que je rentre chez moi.

Les soirs où Risa venait, nous passions dans l'obscurité tout notre temps ensemble, car nous ne pouvions pas allumer dans la chambre, et nous nous apercevions à peine, à part ce que nous distinguions à la faible lueur de l'enseigne du motel à travers les stores : un profil teinté de rose, la courbe d'une cuisse ou d'une épaule, un sein, un genou. C'était mélancolique et doux, et méditatif, et bien sûr très sexuel, ouvertement sexuel, pour tous les deux.

Nos rencontres représentaient des pauses dans nos vies réelles très difficiles, et nous le savions. Lorsque je voyais Risa en plein jour, en public, c'était comme si elle avait été quelqu'un d'autre, sa sœur, peut-être, ou sa cousine, quelqu'un qui ne ressemblait que très vaguement à la femme avec laquelle j'avais une liaison. Je ne suis pas certain que je lui faisais le même effet – les hommes et les femmes ont des façons différentes de se considérer. Par exemple, un homme ne se rend généralement pas compte de la petitesse d'une femme tant qu'il n'a pas tenu devant lui un de ses vêtements, disons une de ses chemises de nuit, et vu combien c'est petit et léger, plus semblable à des affaires d'enfant qu'à l'une des siennes, à lui, et combien ses mains lui paraissent épaisses et lourdes. Nous avons presque toujours l'impression que les femmes sont plus grandes qu'elles ne sont en réalité, et nous n'avons que rarement l'occasion d'observer la petitesse et la délicatesse de leurs corps en comparaison des nôtres.

Elles connaissent notre taille, bien sûr, elles la connaissent bien, car elles ont senti notre poids sur elles – les petits connaissent toujours la taille de ceux qui sont plus grands qu'eux. Mais nous, les hommes, nous ne prenons d'habitude la mesure physique des femmes de nos vies que par le regard et, parce qu'en secret nous avons peur d'elles, nous avons tendance à leur voir des corps au moins aussi grands que les nôtres. Je crois que c'est une des raisons pour lesquelles tant d'hommes s'étonnent qu'on puisse si facilement faire mal à une femme avec ses mains. Moi je n'ai jamais fait de mal à une femme avec mes mains. Mais vous savez comment les hommes parlent entre eux. L'étonnement est l'une de nos excuses préférées. Nous nous prétendons volontiers étonnés par ce que tout le monde sait.

Je me souviens qu'une nuit, peu après que ma femme, Lydia, fut partie à l'hôpital pour ne plus en revenir, j'ai rassemblé tous ses vêtements et je les ai étalés sur le lit – robes, blouses et jupes, jeans et chemisiers, chemises de nuit, même son linge – et j'ai tout plié soigneusement, tout rangé dans des boîtes, et j'ai transporté les boîtes au garage, au fond duquel nous avons une resserre. Je ne sais pas pourquoi j'ai fait ça ; elle n'était pas encore morte, mais je savais, évidemment, que dans quelques semaines tout au plus elle allait mourir du cancer. Je ne pouvais pas supporter la vue de ses affaires suspendues dans notre placard, ni de les voir chaque fois que j'ouvrais un tiroir de la commode ; je ne pouvais même pas supporter de passer à proximité du placard ou de la commode en sachant que ses affaires s'y trouvaient, suspendues ou bien pliées dans l'obscurité, tel un espoir absurde de son retour éventuel.

Ce soir-là, sans préméditation, je me suis servi un double scotch à l'eau (les jumeaux s'étaient enfin endormis), je suis rentré dans notre chambre et j'ai commencé à emballer ses affaires, tout simplement, et aussitôt cela m'a paru profondément juste, en quelque sorte, et j'ai donc continué jusqu'à ce que j'en finisse. Je devais me rendre compte que c'était une tâche qu'il me faudrait accomplir bientôt, de toute façon, et qui me serait beaucoup plus douloureuse plus tard, lorsqu'elle serait morte, et c'est pourquoi je m'y étais mis sans attendre, tant qu'elle vivait encore, tant que j'arrivais à me retenir de pleurer sur mon sort.

Ce n'était pas si terrible, c'était presque une gentillesse, comme si elle avait été sur le point de nous quitter, les enfants et moi, pour un long voyage, et en manipulant, en observant l'une après l'autre ses fines blouses ou ses chemises de nuit, je me sentais tout surpris de leur petitesse : de simples bouts de tissu, à les voir comme ça, sans son corps à l'intérieur pour les remplir et leur donner du poids.

Je me souviens de cette nuit, je me revois, debout près de notre lit en train de manipuler les vêtements de ma femme aussi clairement que si c'était la nuit dernière ; c'était la découverte d'un aspect de sa réalité la plus profonde et, du même coup, la découverte d'une partie de la mienne. Le deuil peut être très égoïste. Quand quelqu'un que vous aimez est mort, vous avez tendance à vous rappeler surtout les quelques instants et incidents qui vous ont permis de clarifier votre perception, non de la personne qui est morte, mais de vous-même. Et si votre amour était très grand, comme le mien pour Lydia et mes enfants, votre perception de vous-même aura été clarifiée plusieurs fois, et vous aurez beaucoup de ces instants à vous rappeler. J'ai appris cela.

Le soir, maintenant, je peux rester seul dans mon living, assis devant la baie vitrée, à regarder le reflet plat et blanc qu'elle me renvoie de mon corps et du verre dans ma main, du fauteuil et de la lampe près de moi, et je ne me sens pas du tout aussi réel dans cette pièce que dans mes souvenirs de ma femme et de mes enfants. Parfois, c'est moins comme s'ils étaient morts que comme si moi, j'étais mort, et devenu un fantôme. On pourrait croire que me rappeler ces instants est une façon de maintenir ma famille en vie, mais ce n'est pas ça ; c'est une façon de *me* maintenir en vie. De même, on pourrait croire que si je bois, c'est pour endormir la douleur ; ce n'est pas ça ; c'est pour mieux la sentir.

Il y a quatre ans – enfin, quatre ans avant l'accident, un an avant la mort de Lydia – nous avons passé quinze jours, elle, moi et les enfants, dans l'île de la Jamaïque. C'était la fin de l'hiver, les premiers jours de mars, l'époque où, si on en a la moindre possibilité, il faut s'en aller de Sam Dent. Peu importe combien vous croyez aimer la neige, la glace et l'obscurité du nord de l'Etat de New York ; au bout de quatre ou cinq mois de ce climat, personne dans le coin ne réussit à lutter contre la déprime quand l'hiver dure depuis si longtemps. Et si vous n'êtes pas conducteur d'un chasse-neige ou responsable d'un remonte-pente, vous ne gagnez de toute façon pas un sou par ici, alors si vous pouvez vous l'offrir, vous filez n'importe où au sud d'Albany. Cette année-là, pour la première fois de ma vie, je pouvais me l'offrir, les comptes du garage restaient enfin dans le noir, et Lydia commençait à se sentir fatiguée – nous ne savions pas encore pourquoi. En mai, on allait lui enlever la thyroïde ; en mai de l'année suivante, elle serait morte. Nous pensions simplement que nous avions bien droit à des vacances.

Nous avons loué une maison, une "villa", d'après l'agence de voyages, mais c'était une maison avec trois chambres, une construction modeste, en parpaings, entourée d'une clôture grillagée. Elle faisait partie d'une sorte de lotissement situé en haut d'une colline dans un village de l'intérieur des terres, à une douzaine de miles à l'ouest de Montego Bay. Il y avait une petite piscine, une terrasse et un jardin bourré de fleurs, et nous avions un jardinier à temps partiel et une cuisinière, comme promis par la publicité, des gens du pays dont les rapports avec nous étaient les mêmes que ceux de la plupart des gens de chez nous avec les estivants. A la Jamaïque, nous étions des hivernants, ce qui nous paraissait un peu troublant au début, mais en un jour ou deux nous nous sommes habitués (c'est étonnant, la vitesse à laquelle on se fait à des luxes tels que des domestiques ou une piscine), et ça m'a aidé à comprendre un peu mieux les estivants des Adirondacks.

Nous n'étions pas gros buveurs, Lydia et moi, mais nous fumions beaucoup d'herbe. Tous les deux. Pas tellement à Sam Dent, parce que, après tout, nous avions l'un et l'autre l'obligation quotidienne de travailler et de nous occuper des gosses, nous ne pouvions vraiment pas nous balader raides nuit et jour, et parce qu'à moins d'être un adolescent, il y était assez difficile de se procurer de l'herbe. Pourtant, à l'époque où nous sommes partis à la Jamaïque, la marijuana était devenue notre drogue récréative favorite, si on peut dire, ce qui signifie que trois ou quatre fois par semaine, en général tard le soir, chez nous, dans notre chambre, on se défonçait. A la Jamaïque, il y avait en abondance un truc très fort, un truc appelé *ganja* et vendu très bon marché. Il y avait aussi de la cocaïne, mais nous achetions de la *ganja*. Dans les rues, un gamin sur deux en vendait ; on en sentait l'odeur sur la place du marché, dans les rues encombrées de Montego Bay, jusque dans le jardin de notre maison.

Je me levais tôt et, plein d'une sensation étrange d'insoumission et de dislocation, je sortais sur la terrasse et contemplais, au-delà des montagnes, un croissant de mer argentée qui scintillait dans le soleil matinal. La brise m'apportait en pleine figure l'odeur des feux de bois sur lesquels les indigènes cuisinaient et celle de la fumée de marijuana et, exactement comme au Viêt-nam, je me disais : Quelle sacrément bonne idée de se défoncer dès l'aube et de continuer toute la journée et d'aller dormir comme ça. Alors je me roulais un joint et je décollais. Ça donnait au rêve et à l'inquiétude liés au voyage et au fait de me trouver entouré de gens de couleur, d'une pauvreté irrémédiable et dont le langage m'était incompréhensible, un caractère à la fois rassurant et réel – ça me réveillait sans m'angoisser.

Avec la marijuana, votre vie intérieure et votre vie réelle se mêlent et se confortent. Avec l'alcool aussi, elles se mêlent, mais elles ont plutôt tendance à vous retomber dessus, et je n'aime pas tellement qu'on me tombe dessus. C'est ce qui explique que je n'ai jamais eu de problème avec l'alcool. Jusqu'à présent, je veux dire. Depuis l'accident, je l'admets – qu'est-ce que je perds à l'admettre ? –, j'ai un problème avec l'alcool, et ça va sans doute continuer comme ça jusqu'à ce qu'il se passe quelque chose de terrible qui m'arrête net, quelque chose que je ne peux ni ne veux imaginer maintenant. Ça pourrait être la déconfiture de mon garage ; mais, franchement, je ne crois pas que ça suffirait. Ça pourrait être ma propre mort.

Mais à ce moment-là j'avais un problème avec la marijuana, et je ne le savais pas. Je pensais simplement que je prenais des risques inutiles, et j'étais encore assez jeune et assez indemne, malgré le Viêt-nam, pour croire qu'on peut s'en tirer en prenant des risques inutiles sans admettre qu'on a un problème. Je croyais que c'était une façon de vivre intéressante. Lydia aussi – mais elle était plus prudente que moi et me suivait avec un certain recul, au cas où j'aurais trébuché, où je serais tombé, ce qui correspondait à ses habitudes et à son tempérament en presque toutes choses. Nous formions un couple fort, et je ne peux pas penser à elle sans qu'instantanément je sente mon cœur se durcir contre ce souvenir, car lorsque je me souviens d'elle, lorsque je me rappelle combien nous étions forts et heureux et pourquoi je l'aimais tant, je pense aussitôt à sa mort. C'est pareil avec les jumeaux, Jessica et Mason. Je peux à peine dire leurs noms sans que la chair de mon cœur devienne comme du fer. Ce n'est pas de l'amertume ; c'est ce qui arrive quand on a mangé son amertume.

Nous avions loué une voiture pour toute la quinzaine, une Ford Escort jaune déglinguée, et chaque jour nous partions de la maison en expédition familiale – nous allions à la plage près de Doctor's Cave, à Rose Hall, au marché de la vannerie, nous allions en radeau sur la rivière, nous faisions tout ce qui nous passait par la tête – et d'habitude, en rentrant chez nous dans l'après-midi, nous nous arrêtions à Westgate, un petit centre commercial pathétiquement minable de Montego Bay, où nous faisions des courses pour la maison, genre papier hygiénique ou serviettes en papier, et achetions quelque chose à manger pour les enfants, qui étaient toujours fatigués et grincheux à ce moment de la journée. Ils adoraient des trucs appelés *coco-pops*, des tubes de plastique transparent pleins de glace colorée que vendaient des gamins sur le parking, des trucs collants et dégoûtants qui fondaient à peine achetés, et pendant que Lydia et moi parcourions en hâte les allées du magasin, les jumeaux suçaient leurs *coco-pops* en nous attendant dans la voiture.

Vers la fin de notre séjour, un après-midi où nous revenions, je crois, de la plage de Doctor's Cave – je ne me souviens pas exactement d'où nous revenions, mais je me rappelle que je me sentais brûlé par le soleil et couvert de sable, ce qui suggère assurément la plage – nous nous sommes arrêtés à Westgate. La dernière fois que nous y étions venus, Jessica et Mason avaient été embêtés sur le parking par une bande de gosses indigènes attirés par leur blancheur et le fait qu'ils étaient jumeaux, qui paraissait exercer sur les gens du pays une fascination particulière, même s'ils n'étaient pas de vrais jumeaux. Il n'y avait pas eu de mal mais, parce qu'aucun adulte ne se trouvait là pour contrôler les petits Jamaïcains, l'épisode avait effrayé Jessica et Mason. Ils n'avaient que quatre ans et ne s'intéressaient guère aux autres cultures.

En tout cas, cette fois-ci, au lieu de nous attendre dans la voiture sur le parking, ils nous ont suivis dans le magasin, un supermarché caverneux, non climatisé, qui sentait le lait sur, la viande douteuse et la saumure. Il ressemblait à tous les magasins d'alimentation dans lesquels il nous était arrivé de pénétrer au cours de ces deux semaines sur l'île : des rayons à moitié vides où l'on trouvait davantage d'articles en papier et de bouteilles de rhum pour les touristes que de nourriture pour les indigènes – dans l'ensemble, un endroit déprimant, que j'aurais préféré éviter et, sans les gosses, qui semblaient avoir besoin de quelques produits familiers à boire et à manger (des chips, des céréales, des paquets de biscuits, ce genre de choses), c'est ce que j'aurais fait. Ces trucs-là leur faisaient du bien au moral, d'une certaine manière. Ils se sentaient isolés à la Jamaïque, les seuls enfants blancs du village – c'est l'impression qu'ils devaient avoir –, et paraissaient tout le temps un peu tendus et inquiets. Leur mode de vie était bouleversé, et ils n'étaient pas habitués à se passer de télé, ni à ce que nous nous occupions autant d'eux pendant la journée. Les jumeaux étaient devenus un peu méfiants, ce printemps-là, et il se peut aussi qu'ils aient senti, avant moi et même avant elle, que leur mère était malade. De plus, ils n'avaient pas, comme Lydia et moi, la possibilité de se camer jour et nuit.

Quand j'y repense, ils me font pitié. Au moment même, je me disais qu'on passait des vacances formidables, grâce à quoi j'acceptais plus facilement le haut niveau d'anxiété qui était le prix de ces vacances formidables. Nous étions entourés de Noirs, des gens armés de machettes, qui vendaient ouvertement de la drogue et parlaient un anglais aux sonorités étrangères et bruyantes, qui nous montraient du doigt à cause de la couleur de notre peau, faisaient d'affreux bruits de lèvres à l'intention de ma femme, souriaient et mentaient pour essayer de nous soutirer de l'argent. Mais je me disais : Voilà, nous passons des vacances à la Jamaïque. N'est-ce pas le truc le plus épatant qu'un papa américain puisse offrir à sa famille ? Je crois que pour fêter ça et me récompenser, je vais me défoncer avec cette super *ganja* que j'ai achetée aujourd'hui pour dix dollars seulement quand j'ai fait le plein d'essence.

C'est ça qu'on se dit, là-bas.

Pendant que nous réglions nos achats à la caisse – un processus toujours lent et maussade, interrompu par de nombreuses disputes et parlottes entre les employés et les clients jamaïcains –, Mason est retourné sans nous attendre à la voiture, de sorte que lorsque nous y sommes arrivés il était déjà assis à l'arrière, en train de sucer son deuxième *coco-pop*. J'ai mis le sac de provisions dans le coffre, je me suis installé au volant, j'ai fait une marche arrière devant le magasin et suis rapidement sorti du parking ; je transpirais, ça me rendait distrait. Une fois de plus, je regrettais de ne pas avoir loué une voiture climatisée.

Je me souviens qu'on brûlait les champs de canne à sucre à cette époque de l'année. A l'ouest de Montego Bay s'étendaient de vastes étendues de chaumes en train de se calciner et l'air était plein d'une brume sucrée qui sentait la mélasse carbonisée. On se serait cru sur un champ de bataille, avec ces plaques d'herbes en flammes et cette brume fantomatique qui filtrait la lumière du soleil sans assourdir le vert brillant des feuillages ni le jaune des hautes herbes. Provoquée par l'énorme chaleur des feux dans le lointain, une sorte de fausse brise chaude vous soufflait au visage, aspirée par les feux brûlant derrière vous.

Après avoir traversé la plaine, on entrait dans un quartier de villas de bord de mer appartenant à des étrangers ou à de riches Jamaïcains, avec de hauts murs de béton surmontés de fil barbelé longeant la route côtière étroite et sinueuse. Ensuite, quelques miles plus loin, nous tournions à gauche et entamions la montée de trois miles dans les collines vers notre village. A mi-chemin de la première longue pente, je me suis retourné pour sourire aux jumeaux, à l'arrière. Depuis Westgate, ils étaient silencieux, et je m'attendais à les voir endormis, enroulés dans les bras l'un de l'autre comme deux petits animaux d'une même portée, des chiots ou des chatons, ainsi qu'ils en avaient alors l'habitude, si bien qu'on ne pouvait pas dire quelle tête blonde correspondait à quel ensemble de bras et de jambes, ni s'il s'agissait de deux enfants distincts ou d'une seule créature étrange à deux têtes et huit membres, comme ils devaient eux-mêmes en avoir parfois l'impression.

Mais ils ne dormaient pas. Mason regardait par la fenêtre d'un air absent ; il était seul sur le siège arrière. Jessica avait disparu.

S'était-elle débrouillée pour grimper devant et venir s'asseoir sur les genoux de sa mère sans que je le remarque ? Je lançai un coup d'œil à Lydia, qui somnolait, les yeux à demi fermés, assurée que je nous ramènerais tous à la maison sans encombre et en douceur. Elle portait un short et un bain de soleil, un foulard rose retenait ses cheveux blonds, le sel marin séché faisait scintiller ses bras et ses jambes bronzés. Elle n'avait pas d'enfant sur les genoux. Notre fille avait disparu.

Je n'ai rien dit ; j'ai continué à conduire l'Escort surchauffée sur la petite route sinueuse et, d'un regard oblique, je me suis assuré qu'aucune des portières arrière ne s'était ouverte et – trop affreux pour le croire, peut-être, mais pas trop affreux pour l'imaginer, pas pour moi – qu'elle n'était pas tombée de la voiture sans un cri et (inconcevable) sans que personne s'en aperçoive, pas même son frère jumeau, assis à côté d'elle. Les deux portières étaient bien fermées.

Nous arrivions en haut de la colline, à l'embranchement du chemin plein de nids-de-poule qui menait vers notre maison en suivant la crête étroite et boisée. Passant en oblique entre les arbres, les rayons du soleil mouchetaient de vert pâle la route et les lopins de terre battue entourant les petites maisons aux toits de tôle. Marchant le long des rigoles, des enfants aux pieds nus rapportaient chez eux, en équilibre sur leur tête, des seaux remplis au point d'eau du village. C'était presque le soir, l'heure de se mettre à préparer le dîner. Où était notre fille ? Comment avait-elle été séparée de nous ?

J'ai continué à rouler vers ce que nous appelions "chez nous", incapable de prononcer à voix haute les mots qui me fouaillaient, comme si j'avais pu, en gardant le silence, empêcher cette chose affreuse de s'être passée. Finalement, lorsque, après avoir franchi la barrière, j'ai arrêté la voiture devant la maison, j'ai lancé, sans me retourner : Mason, est-ce que Jessica dort ?

J'avais peur, j'étais terrifié, et pourtant je ne croyais pas encore qu'une chose pareille pût se produire en Amérique ni même pendant des vacances hors d'Amérique. Ma femme n'était pas encore morte, et je n'avais pas encore perdu mes deux enfants dans l'accident, je n'avais d'autres repères que ce qui m'était arrivé au Viêt-nam quand je n'étais qu'un gamin de dix-neuf ans et, selon une logique en quelque sorte nécessaire, je croyais que le fait d'avoir subi alors et là-bas des choses terribles devait me les épargner ici et maintenant. Je ne voulais pas renoncer à cette logique ; c'était comme mon enfance : si j'admettais que ma fille avait été kidnappée ou était tombée de la voiture ou, simplement, s'était perdue dans ce pays étranger, alors, pour le restant de mes jours, le monde entier serait le Viêt-nam. Ça, je le savais.

Mason a réagi de façon très étrange – c'est du moins ce dont je me souviens. Bien sûr, il ne faut pas oublier que Lydia et moi étions raides la plupart du temps, de sorte que pendant que l'effet retombait nous ne pensions qu'à ce que nous avions éprouvé lorsque nous planions, et quand il était retombé, comme c'était alors le cas, nous ne pensions qu'à planer à nouveau. Les choses nous apparaissaient dans une perspective faussée où l'avant-plan se mêlait à l'arrière-plan, et vice versa. Mason m'a répondu : Tu l'as oubliée dans le magasin. Tout de go, comme s'il était vaguement content que j'aie abandonné sa sœur jumelle et un peu irrité d'avoir à me le rappeler.

Mais c'est ainsi, avec les jumeaux. Leur comportement, surtout l'un avec l'autre, peut paraître très étrange à quelqu'un qui n'est pas soi-même un jumeau. Ils ont une morale différente de la nôtre – en tout cas tant qu'ils sont petits – parce que, à la différence des autres enfants, ils n'ont pas avant longtemps tendance à imiter les adultes. Pour eux, même s'ils ne sont pas identiques, le second jumeau est à la fois plus et moins réel que les autres membres de la famille, et leur attitude l'un envers l'autre est celle que nous avons envers nous-mêmes. Ça veut dire que des jumeaux donnent l'impression d'être raides en permanence. Je ne crois pas que ceci soit exagéré.

Je me suis mis à gueuler :

— Nom de Dieu, Mason ! Je l'ai oubliée dans le *magasin* ? Pourquoi t'as rien *dit* ?

— Mon Dieu, comment avons-nous pu faire ça ? a gémi Lydia. Comment avons-nous pu la laisser là ?

— Je croyais qu'elle dormait, lui ai-je crié.

J'avais alors tourné la voiture et je l'engageais sur le chemin vers la barrière.

— Je croyais qu'elle dormait derrière.

— Dépêche-toi, a-t-elle dit. Et tais-toi. Je t'en prie.

— Qu'est-ce que j'ai fait ? J'ai rien fait de mal, merde, c'est un *accident* !

— Ce n'est la faute de personne, c'est notre faute à tous les deux, à nous tous, même la sienne, alors retournons-y vite et espérons qu'elle n'a rien. Que personne…

— Elle n'a rien, ai-je affirmé. Personne ne lui fera aucun mal. Ces gens, ils aiment les enfants.

Je disais ça, mais je n'y croyais pas. Comment ma fille de quatre ans pouvait-elle se trouver en sécurité au milieu de gens dont, moi, j'avais peur ? L'image de ma Jessica aux cheveux de lin, en train de nous chercher entre les rayons, les yeux écarquillés, luttant contre ses larmes, commençant à nous appeler, la lèvre inférieure tremblante : Maman ? Papa ? Où êtes-vous ? – cette pensée me faisait trembler de rage, et comme je ne pouvais pas en vouloir à ma femme ni à mon fils de ce qu'endurait Jessica, je ne pouvais m'en vouloir qu'à moi-même, et comme, ainsi que l'avait dit Lydia, je ne pouvais pas m'en vouloir à moi seul, j'en voulais à l'amour.

De là date ce que j'en suis venu à considérer comme la fin définitive de mon enfance et de mon adolescence. La *vietnamisation* de ma vie privée. Et c'est la raison pour laquelle je vous raconte ça.

Ce que j'avais pris pour l'exception devenait désormais la règle probable. Ce retour précipité, terrifié, en bas des collines et à travers les champs de canne enfumés jusqu'à Westgate, Montego Bay, la Jamaïque : de là date le durcissement secret de mon cœur, un processus qui, aujourd'hui – c'est assez évident, je pense –, est pratiquement achevé.

Jessica ne se trouvait pas sur le parking. A grands coups de pieds nus, une bande de gamins efflanqués et sans chemise envoyaient une boule de chiffons voltiger dans les airs. Stoppant la voiture devant le magasin d'alimentation, je suis descendu d'un bond et me suis dirigé vers l'entrée ; puis, me souvenant de Mason, je suis revenu en courant. Lydia l'avait déjà sorti de la voiture et arrivait en hâte, le tenant par la main. Il paraissait curieusement calme et regardait avec envie les autres garçons, comme s'il ne comprenait pas ce qui arrivait à notre famille – mais, bien sûr, il le comprenait très bien.

En entrant dans ce magasin, je me sentais animé d'une seule pensée étrange : Je fais cette unique et dernière tentative de la sauver, et puis j'y renonce. Je devinais sans doute que si ma fille devait être perdue pour moi, je n'aurais pas trop de toutes mes forces rien que pour survivre à ce fait, et j'avais donc décidé d'avance de ne gaspiller aucune de ces forces à tenter de sauver ce qui serait déjà perdu.

Ça vous étonne sans doute que j'aie renoncé à elle si facilement. Et bien que vous puissiez penser que ce qui m'a brisé n'était dans ma vie qu'un événement mineur, une simple frayeur, vous seriez dans l'erreur ; je crois que j'étais brisé long-temps avant cet après-midi à la Jamaïque, peut-être au Viêt-nam mais sans doute non. Peut-être dès le sein de ma mère, ou même avant. Sinon brisé, du moins affaibli. Ce qui n'est pas totalement mauvais, vous comprenez. Notre façon de considérer la mort dépend de l'image qui nous en est préparée par nos parents et les gens qui les entourent, et de ce qui nous arrive au tout début de notre vie. Et si on avait une juste conception de la mort – comparable à la certitude qu'on a de la réalité des impôts, par exemple –, si on ne s'obstinait pas à se figurer qu'on peut y échapper, il n'y aurait peut-être jamais eu de guerre du Viêt-nam. Ni aucune guerre. Au lieu de ça, on croit ce mensonge : que, contrairement aux impôts, la mort peut être indéfiniment remise à plus tard, et on passe sa vie à défendre cette conviction. Il y a des gens qui excellent à ce jeu, et ils deviennent les héros de la nation. D'autres, comme moi, pour des raisons obscures, reconnaissent très tôt le mensonge pour ce qu'il est ; ils jouent le jeu pendant quelque temps, puis ils deviennent amers, et puis ils passent au-delà de l'amertume, vers… vers quoi ? Ceci, je suppose. La lâcheté. L'âge adulte.

Frénétiques, les yeux fous, l'air ridicule, j'en suis sûr, nous nous sommes précipités dans le magasin ; en nous voyant, les trois caissières, avec un sourire entendu, ont désigné ensemble, d'un seul geste, tel un corps de ballet, le comptoir du bout où Jessica, assise jambes croisées comme un petit yogi blond, suçait un *coco-pop* orange en examinant les pages d'une bande dessinée à l'eau de rose. Elle ne nous avait pas vus, ou alors elle avait décidé de nous ignorer.

Lydia est arrivée la première et l'a saisie dans ses bras. Mason et moi restions un peu en retrait – dominant nos émotions avec dignité. Dès que Lydia l'a posée à terre, Jessica est passée devant moi d'un pas rapide et est sortie, hautaine, forte de notre négligence, Mason lui a emboîté le pas, et ils se sont installés tous deux sur le siège arrière pour se plonger ensemble dans la contemplation des dessins représentant les amours d'hommes et de femmes noirs. Une grande caissière à la forte carrure m'a demandé deux dollars pour la bande dessinée et les *coco-pops* que Jessica avait consommés, je l'ai payée, et Lydia et moi avons quitté le magasin.

Nous n'y sommes jamais retournés ; je pense que nous n'aurions pas pu nous retrouver face à ces caissières. Et nous avons arrêté de fumer de l'herbe. Cet incident était de ceux qui clarifient les choses, qui façonnent et gouvernent votre comportement ultérieur. Nous ne sommes jamais retournés à la Jamaïque, bien entendu : un an plus tard, Lydia était morte. Quatre ans plus tard, les jumeaux étaient morts. Et maintenant, me voilà.

Je pourrais, à l'instar de la plupart des gens du pays, prétendre que j'avais senti venir ce qui est arrivé, mais contrairement à eux, je ferais presque un mensonge. Après la Jamaïque, si je m'attendais à la mort, je ne la pressentais pas.

C'est pourtant ce que pense Risa, elle en est persuadée, la pauvre – elle croit réellement avoir senti venir tout ça. Avant l'accident, depuis plusieurs années, surtout à cause de son mariage qui battait de l'aile et de ses nombreux problèmes financiers, elle était simplement déprimée et désemparée ; c'est ça qu'elle interprète à présent comme un pressentiment. C'est écrire l'histoire à l'envers, si vous voulez mon avis, en aménageant le passé pour l'adapter au présent. Transformer en prescience la sagesse venue après les faits.

— Oh, je le savais, Billy, m'a-t-elle dit après l'accident, quand nous avons enfin pu en parler ensemble. Il y avait une éternité que je le savais, que je savais que quelque chose de terrible se préparait. Quand j'ai entendu les sirènes et les signaux d'alarme de la caserne des pompiers, personne n'a eu besoin de me dire qu'il s'était passé quelque chose de terrible, que quelque chose d'inimaginable, d'affreux s'était abattu sur Wendell et moi, et aussi sur toi, et sur tout le monde, ici. Je l'ai compris tout de suite, parce qu'il y avait des mois que je le sentais venir. C'est pour ça que depuis tout ce temps, depuis qu'on se voyait, en fait, j'étais si malheureuse et si désordonnée dans mes émotions.

Risa m'a réellement dit ça. Et quand elle l'a dit, ça m'a refroidi, bien qu'il fût un temps où cette tournure d'esprit particulière, son côté superstitieux, pourrait-on dire, lui donnait à mes yeux un attrait merveilleux. Mais après l'accident, ça lui donnait l'air sotte et faible, et je trouvais gênant d'être en train de parler avec elle dans une telle intimité.

Pour l'essentiel, elle avait toujours été la même personne, bien entendu, exactement comme moi, mais le *Bide-a-Wile*, ce motel qu'elle et Wendell avaient acheté à la banque lors d'une vente aux enchères – et dont n'importe qui un peu au courant de l'économie de ce patelin aurait pu prédire qu'il ne ferait jamais qu'engloutir leur maigre pécule (c'est le genre de choses qu'on *peut* prédire) –, avait sans doute été le début de son déclin, la fin de son rêve, la fin de *sa* jeunesse. Il y a des gens qui, devant l'écroulement de leurs rêves, cherchent à l'expliquer par la superstition, et Risa est de ceux-là. En plus des difficultés financières insurmontables que le motel entraînait pour eux, Wendell, qui avait toujours travaillé derrière le comptoir de l'entreprise d'un autre, jamais de la sienne, avait commencé à lui paraître paresseux, un peu borné et pessimiste, ce qu'il était de toute façon et avait été depuis le jour de leur mariage. Mais elle ne s'en était pas aperçue auparavant, et elle considérait désormais le caractère de son mari comme un obstacle entre elle et la réalisation d'un rêve très important. Elle s'est mise à lui en vouloir profondément, ce qui a eu pour consé-quence qu'il s'est replié davantage sur lui-même, et malgré le grand amour qu'ils éprouvaient tous deux pour leur fils Sean, leur amour l'un pour l'autre a bientôt diminué. C'est alors qu'il a pris l'habitude d'aller se coucher tôt et seul, et Risa celle de me retrouver dans la chambre 11.

A cette époque-là, trois ans environ avant l'accident, leur mariage était mort, fondamentalement, sauf, bien sûr, en ce qui concerne leur amour pour Sean. Je suppose que c'est ce que je souhaite croire ; tout intrus dans un couple préfère croire que ce couple était désuni avant son arrivée ; mais dans ce cas-ci, je suis certain que c'est vrai.

Ça a commencé de façon assez innocente – c'est-à-dire sans que je me rende compte que quelque chose avait commencé. Je connaissais Risa et Wendell depuis toujours ; nous avions plus ou moins grandi ensemble ici à Sam Dent, même si Risa est un peu plus jeune que Wendell et moi. Pendant que j'étais au Viêt-nam, Wendell travaillait au *Valley Grocery*, à Keene Valley : il aidait les clients à emballer leurs achats ; il avait commencé à sortir avec Risa, qui venait tout juste de terminer sa huitième. Ils sont restés ensemble, et l'année où elle a été diplômée de l'école secondaire, il a trouvé un emploi de caissier à Marlowe dans un *Tru-Value*, et ils se sont mariés. J'ai toujours eu de la sympathie pour Wendell, bien qu'il fût en effet, ainsi que Risa allait finir par le découvrir, paresseux, assez borné et pessimiste. Difficile pour une femme d'aimer une telle combinaison et, en ce qui me concerne, c'est sûr que je n'aurais jamais embauché Wendell, même s'il avait été l'un de ces anciens du Viêt-nam qui furent longtemps les seuls à travailler dans mon garage. Mais pour ce qui est de considérer comme mon ami ce beau gars passif, pas de problème. (Il devait y avoir des gens qui le considéraient comme médiocre ou je-m'en-foutiste, mais moi je ne peux dire que passif.)

L'un dans l'autre, il en résultait surtout que Wendell ne se souciait pas réellement de grand-chose. Il aimait le sport – le sport à la télé, j'entends ; il avait un peu trop de bedaine pour en pratiquer un lui-même – et il aimait profondément son fils. Pas autant que Risa, bien sûr, car elle était en tout beaucoup plus intense que lui, mais assez pour avoir le cœur brisé par la mort du gamin.

Comme nous tous, Wendell est quelqu'un dont la vie a deux sens, un avant l'accident et un autre après. Je doute néanmoins qu'il se préoccupe beaucoup de connecter ces deux sens, ainsi que nous le faisons tous, mais ça c'est Wendell Walker. Il a toujours été comme ça. Je me sens coupable, pourtant, parce que, avant que sa vie ne se transforme en tragédie, c'était fondamentalement un type sympathique. De même qu'avant que la vie de Risa ne se transforme en tragédie, son tempérament superstitieux constituait une facette carrément séduisante de son caractère. A mes yeux, en tout cas.

Je me retrouvais, veuf et assez jeune encore, avec deux petits enfants dans une grande maison et une entreprise qui marchait bien mais était accablée de dettes. Telles étaient les réalités qui m'occupaient l'esprit nuit et jour – la mort de ma femme, les besoins de mes enfants et l'argent dans la caisse du garage. Pendant un an environ après la mort de Lydia et même pendant la plus grande partie de l'année avant sa mort, je suis resté comme dépourvu de sexualité. A partir du moment où elle est partie pour de bon à l'hôpital, je me suis réveillé seul chaque matin au point du jour dans ce lit gigantesque que nous avions, et pas une fois je n'ai eu d'érection ni même une pensée pour les plaisirs que Lydia et moi nous étions donnés l'un à l'autre dans ce lit à ce moment précis de la journée, tant de centaines de fois ; je ne pouvais pas me permettre d'y penser. J'avais du travail, il fallait laver et habiller les enfants, les nourrir et les envoyer à l'école de manière à me trouver au garage à huit heures, et au garage je travaillais comme deux hommes jusqu'à l'heure où les gosses sortaient de l'école, de manière à être libre à ce moment-là pour les conduire chez les louveteaux, chez leurs amis, chez le dentiste à Placid, chez Ames à Saranac pour des chaussures d'hiver, en passant au *Grand Union* acheter le dîner que j'allais leur préparer, sans oublier le pop-corn à grignoter après le dîner en regardant ensemble la télé, et une fois qu'ils étaient couchés je veillais tard, en buvant, et je tenais les livres de comptes du garage, dont Lydia avait eu l'habitude de s'occuper. Je m'étais mis à boire pas mal, à cette époque-là ; mais sans comparaison avec maintenant.

Longtemps, ç'a été toute ma vie. Pas question pour moi de penser à quoi que ce fût en dehors de ce qui se trouvait immédiatement devant moi – la mort de ma femme, les besoins matériels et affectifs de mes enfants, et mon entreprise. Comme si, durant cette période, j'avais marché sur un fil tendu par-dessus une crevasse et si un seul regard vers le bas, sur le côté ou même vers l'avant, avait pu me faire tomber, entraînant dans ma chute tout ce qui dépendait de moi, c'est-à-dire mes enfants.

Et puis, peu à peu, j'ai changé. Il y a d'abord eu des rêves érotiques et, après quelque temps, mes fantasmes – un petit cinéma pornographique où j'étais à la fois acteur et public : ma sexualité avait recommencé à se manifester. Ce n'était que l'effet de chromosomes et de glandes, et pourtant, chaque fois que cela se produisait, je me sentais bizarrement déloyal envers Lydia. Tant qu'elle vivait, j'avais pu m'éveiller de mon rêve ou de mon fantasme et, immédiatement, lui donner le premier rôle féminin et laisser la réalité prendre le dessus ; mais après sa disparition, si j'essayais de la mettre en scène, le rêve s'effaçait aussitôt devant la douleur et le chagrin. C'était dans le but précis d'éviter ce tourment que je faisais passer des auditions, pour les scènes érotiques, aux nombreuses femmes que je connaissais personnellement et par lesquelles je croyais pouvoir me sentir attiré – épouses et filles des citoyens de Sam Dent. Et je découvris avec surprise que ma déesse du sexe numéro un était Risa Walker.

Je dis avec surprise car Risa n'était pas, même avec un gros effort d'imagination, la femme la plus sexy des environs. De l'avis de tous les mâles, ce titre revenait à Wanda Otto, que les gars du garage appelaient la *Beatnik Queen* à cause de ses longs cheveux raides, de ses yeux fardés et des robes en tricot décolletées qu'elle portait. L'image qu'elle évoquait était sans doute celle des amours hippies dans les années soixante – de toute façon, la plupart de mes mécanos semblaient avoir perdu le sens du temps. En outre, Wanda avait ce qu'on pourrait appeler des manières provocantes – c'est en tout cas l'effet qu'elles faisaient sur les gars du garage, qui se précipitaient pour faire le plein de sa Peugeot chaque fois qu'elle arrivait. Normalement, quand quelqu'un s'arrêtait à la pompe, Bud ou Jimbo, ou quiconque était de corvée, se contentait de disparaître à l'intérieur du véhicule auquel il était en train de travailler en faisant semblant de n'avoir rien vu ni entendu. A vrai dire, la vente d'essence ne représentait pour la station qu'un à-côté nécessaire, et le type qui était de corvée était censé s'en occuper ; il n'y avait pas de pompiste régulier, et pour ma part je passais la majeure partie de mon temps dans le bureau, avec Lydia lorsqu'elle vivait et ensuite seul, ou à l'atelier, afin de superviser les travaux particulièrement délicats ou difficiles. Personne n'avait envie de servir l'essence. Mais Wanda Otto, à ma connaissance, ne portait jamais de soutien-gorge et, du moment qu'elle n'était accompagnée ni de son mari, Hartley, ni de son fils, le petit Indien Bear, elle avait l'habitude de s'amener à la station avec sa jupe remontée à mi-hauteur de ses très jolies cuisses. Wanda pouvait obtenir d'un mécano qu'il s'extirpe de sous un capot et se pointe près de sa vitre baissée plus vite que n'importe quel autre client. Elle riait volontiers, flirtait et utilisait des expressions comme merde ! ou bordel ! si on lui disait que sa jauge était au minimum, et ça excitait les hommes. Et pourtant, ça devait leur faire peur aussi, car je n'en connais aucun qui ait jamais fait des avances directes à Wanda, en tout cas lorsqu'il était sobre. Ils se contentaient d'en discuter ensemble.

Risa, par contre, bien que ce soit quelqu'un de très intense, dont la présence remplit votre écran et concentre toute votre attention, est sans ornement, timide, réservée. Elle avait, jusqu'à l'accident, un comportement positif et chaleureux, mais son sourire était contredit par une expression de tristesse permanente qu'elle semblait vouloir cacher, comme si elle s'efforçait de vous en protéger. Bien que tout le monde aimât Risa, lorsqu'elle s'amenait dans son Wagoneer, personne ne se précipitait pour lui faire le plein et bien souvent, comme la plupart des gens, elle devait se servir elle-même. Elle est grande, avec des épaules larges, des seins généreux et un beau gros cul féminin qu'elle cache sous des vêtements un peu masculins, chemises de flanelle et jeans flottants, ce genre de choses. Typique, dans le coin. Elle est de ces femmes qui vous font penser à votre sœur préférée, si vous en avez une, ou sinon à la sœur de votre meilleur ami. Pas le choix le plus évident pour des rêveries érotiques.

Pourtant, couché à moitié ivre au milieu de mon grand lit dans l'obscurité de ma maison sur la colline tandis que les jumeaux dormaient profondément au bout du couloir, j'imaginais Risa Walker nue et pâmée et ça me donnait le grand frisson. Ça me sortait complètement des misères de ma vie quotidienne, et pendant un moment mes hormones menaient la danse. Risa m'a libéré sexuellement quand aucune autre ne le pouvait. Des femmes comme Wanda Otto sont déjà, en public, si près de la nudité et de l'extase que ce n'est pas très excitant de leur faire faire un pas de plus seul et en privé. En fait, ce qu'on imagine est une femme qu'on ne peut satisfaire – une vraie douche froide pour l'ardeur d'un homme, c'est bien connu. Mais se représenter Risa – Risa Walker, la calme, la réservée, si maîtresse d'elle-même, si convenable et si modeste –, se la représenter en proie à une folle passion, nue, en transpiration, ses longues jambes écartées, ses mains vous labourant le dos, sa bouche gémissante, sa langue dans votre oreille… eh bien, voilà une scène où un homme peut trouver son content.

Avec le temps, les fantasmes ne m'ont plus suffi. C'est comme ça – plus les rapports imaginaires sont ardents, moins ils sont gratifiants au plan sexuel. Il faut sans cesse surenchérir, exactement comme dans les films pornos, et à la fin on est obligé de les remplacer par la réalité, ou de louer un autre film. Je n'avais pas envie d'un autre film ; à ce moment-là, la seule chose dont j'avais envie, c'était Risa Walker. Toute autre femme eût représenté une réduction, et une réduction, même infime, c'était la perte totale. Je voulais Risa, c'était d'elle que j'avais besoin.

L'ennui, c'est qu'elle était dûment mariée à l'un de mes amis et que, depuis tout ce temps que je la connaissais, elle n'avait pas une seule fois manifesté la moindre velléité de coucher avec un autre homme que son mari. Particulièrement pas avec moi. Il faut reconnaître que je ne lui en avais guère donné l'occasion. Je suis connu pour ma réserve et je parais sans doute peu abordable, c'est le caractère que je me suis choisi depuis toujours, dans la mesure où on peut choisir son caractère.

J'aime être l'homme fort et taciturne, le responsable, le patron, l'homme de pointe, le lieutenant, le chef de famille, et cetera, un goût qui me vient peut-être d'avoir été l'aîné de cinq enfants, avec une mère plus ou moins incompétente et un père qui est parti pour l'Alaska quand j'avais douze ans et n'a plus jamais donné signe de vie. Quand j'y repense, j'ai l'impression d'avoir passé une grande partie de ma jeunesse à réparer les bêtises de mon père et le reste de ma vie à m'assurer que personne ne me confondrait avec lui. C'était un homme dépourvu de sens pratique, un type qui se lançait dans des entreprises grandioses et ne les poursuivait pas, de ces gens qui offrent à leurs enfants et à leurs épouses des rêves au lieu de savoir-faire, du charme au lieu de discipline et une séduction constante au lieu d'amour et de loyauté. Quand il s'en est allé faire fortune dans les gisements de pétrole, il laissait derrière lui dans le jardin un énorme trou censé devenir une piscine, un tas de parpaings qui devait devenir un restaurant, une centaine de vieux châssis de fenêtre destinés à la construction d'une serre, une liasse de reconnaissances de dettes envers la moitié des gens de la ville et la promesse de revenir à l'automne, ce que personne ne souhaitait.

En tout cas, quand j'ai entrepris de séduire Risa Walker, je me suis surpris à me comporter comme mon père, ce qui m'embarrassait et, de plus, me donnait un sentiment d'incompétence. Je reconnaissais sur mon visage son sourire factice, je m'entendais parler avec sa faconde, et ça m'humiliait. En faisant le plein du Wagoneer, je prononçais des trucs comme : Eh, Risa, tu as l'air en forme ces jours-ci. La vie doit te sourire, ou c'est toi qui souris à la vie, ou en tout cas quelque chose comme ça... Je faisais le beau, je jacassais, je jouais un rôle. Et puis tout à coup je changeais de registre. Faisant soudain partie du public, j'entendais mon baratin, et je reconnaissais mon père, et je me voyais cligner de l'œil et grimacer, et je voyais mon père, alors je m'arrêtais pile et je laissais tomber Risa complètement, un peu ahurie, j'imagine. D'autres fois, je lui téléphonais, et si c'était Wendell qui répondait, je papotais à propos des Expos, du temps qu'il faisait et de la politique locale, comme si nous étions de vieux copains, ce qui n'était pas le cas ; si Risa répondait, je prétendais vouloir parler à Wendell. Si, en passant devant le motel dans mon camion, je la voyais devant chez elle, je ralentissais presque au point de m'arrêter en gesticulant comme un ami revenu du bout du monde, et si elle faisait mine de venir vers moi, j'accélérais et filais comme s'il y avait eu le feu.

Je n'ai jamais su m'y prendre avec les femmes, c'est-à-dire que je ne suis pas bon à ces jeux que jouent la plupart des hommes – qui flirtent, cajolent, sollicitent attentions et faveurs – et jusqu'à Risa je n'avais jamais spécialement souhaité l'être. Après tout, j'avais toujours pu compter sur Lydia. Quel besoin de flirter ? En un sens, Lydia et moi avons passé ensemble nos vies entières : nous étions des amis d'enfance, et puis des amoureux au lycée, et quand je suis revenu du Viêt-nam nous nous sommes aperçus que nous nous aimions toujours et nous nous sommes mariés. Techniquement, j'ai été fidèle à Lydia du début à la fin. Il est arrivé une ou deux fois, lorsque nous étions mariés, que je me laisse aller, parce que j'étais ivre ou raide, ou par simple inattention, à ce qu'on pourrait appeler une attitude compromettante avec quelques femmes des environs, qui resteront anonymes, mais je m'en suis dégagé avant qu'il se soit rien passé et j'ai même pu rentrer chez moi en me sentant vertueux. Et pendant mon service, au pays puis au Viêt-nam, et une fois à

Honolulu, j'avais eu quelques rapports avec des entraîneuses et des prostituées. Faut jeter sa gourme, dit-on. Mais en réalité, pour mon âge, j'étais particulièrement inexpérimenté dans le domaine sexuel.

Le soir où Risa et moi avons enfin commencé à coucher ensemble, ça n'a pas été de mon fait, c'est Risa qui est venue, tout simplement, me le proposer au bar du *Rendez-Vous*, où j'étais installé devant une bière à regarder les championnats de basket à la télé en compagnie de trois ou quatre autres gars. Elle est entrée, puis est restée un instant debout devant la porte, comme si elle cherchait quelqu'un de précis. Ensuite elle est venue droit vers moi, a glissé son bras sous le mien, s'est penchée et m'a murmuré à l'oreille : Ecoute, Billy, quand tu t'en iras d'ici, si tu venais en face me rendre visite ? La chambre 11, a-t-elle ajouté et, après m'avoir donné une petite tape sur le bras, elle est partie. Pas plus compliqué que ça.

Je suis sorti à la mi-temps. Los Angeles était en train de flanquer une raclée à l'Utah, et j'ai dit que je rentrais chez moi. La nuit était froide et claire, une nuit de printemps constellée d'étoiles, et mon haleine formait de petits nuages devant moi ; passant à côté de mon camion sur le parking, j'ai traversé la route puis l'ai longée presque au pas de course sur une centaine de mètres, jusqu'au motel, où je suis allé tout droit à la chambre 11.

En réalité, je ne sais pas dans quelle mesure j'avais suscité ou combiné ça, dans quelle mesure elle avait effectivement été séduite par mes assauts maladroits et embarrassés d'attention et de froideur alternées – sans doute beaucoup (il arrive parfois qu'on joue un rôle sans s'en rendre compte, le rôle d'un homme qui ne sait pas comment se comporter). Mais cette nuit-là, il m'a semblé que c'était Risa et elle seule qui m'avait permis de redevenir, non plus mon père, mais moi-même, ce type d'homme fort et taciturne que j'admirais et auquel j'avais pris l'habitude de m'identifier, et j'en ai ressenti un soulagement profond ainsi qu'une immense gratitude envers elle.

Dès lors, je suppose qu'on pourrait dire que nous nous sommes aimés. C'est du moins ce que nous nous disions. Mais, du début à la fin, c'est resté un secret. Risa m'a toujours assuré que personne ne savait que nous étions amants ; elle affirme que pendant les presque trois ans qu'a duré notre liaison elle ne s'est confiée à personne. Par conséquent, elle avait sa version à elle de l'aventure, j'avais la mienne, et il n'y avait pas de troisième version pour les corriger. Pas que je sache, en tout cas.

Le résultat, c'est que jusqu'au matin de l'accident nous nous sommes comportés l'un envers l'autre, Risa et moi, comme si nous avions pu continuer ainsi, éternellement, à nous retrouver pour faire l'amour deux ou trois fois par semaine dans une chambre obscure, tard le soir, pendant une heure ou deux, et à nous conduire le reste du temps comme de simples connaissances. Notre liaison paraissait suspendue en permanence entre fantasme et réalité. Notre sentiment du temps et de la continuité demeurait ouvert, tel un film sans commencement ni fin, et il l'est resté car nous n'avons rien fait pour rendre notre relation publique, pour y mêler d'autres gens, un processus qui aurait été déclenché si Risa s'en était confiée à quelqu'un ou si j'en avais parlé. En un sens, ça lui aurait donné une réalité, une existence en dehors de nos pensées, et ça aurait sans aucun doute poussé Risa à choisir entre Wendell et moi, ou moi à le demander. C'est moi qu'elle aurait choisi, j'en suis persuadé, et nous nous serions mariés rapidement. Et alors, au moment de l'accident, quand nous avons perdu nos enfants, nous aurions pu nous tourner l'un vers l'autre au lieu de nous détourner, ainsi que nous l'avons fait.

Ce matin-là, sous la neige, au bord de la route de Marlowe, je me souviens que je l'ai aperçue dans la foule en gravissant le talus lorsque je suis enfin remonté de la sablière. Un attroupement s'était alors formé sur le bas-côté, parents et voisins en état de choc essayant de se calmer et de se réconforter mutuellement, gendarmes, pompiers et sauveteurs transis et épuisés, plus une meute vorace de photographes et de journalistes. Il y avait même sur la scène une équipe de télé envoyée par l'antenne de la NBC à Plattsburgh, avec à sa tête une blonde en collants et jambières sous sa minijupe de cuir qui ne cessait de tendre son micro à la face blême des gens en leur demandant ce qu'ils éprouvaient. Comme s'ils avaient pu le dire.

Bien sûr, je pensais au Viêt-nam, mais rien de ce que j'avais vu ou ressenti au Viêt-nam ne m'avait préparé à ceci. Il n'y avait pas de feu, pas de fumée, pas de bruits d'explosion, ni cris sauvages ni hurlements de peur ; il y avait le silence, la glace brisée, la neige, des hommes et des femmes aux gestes d'une lenteur atroce : il y avait la mort, et elle était partout sur la planète, naturelle et constante ; pas seulement *des* morts en un lieu anormal et durant un temps limité.

Et en voyant Risa Walker debout parmi les autres, là-haut, sur le bord de la route, j'ai eu l'impression de la voir pour la première fois de ma vie – comme sur des images d'actualités : une villageoise qui avait perdu son fils, une mère dépouillée de son seul enfant. Elle me faisait alors l'effet d'une étrangère, d'une inconnue dont l'existence était soudain devenue totalement dénuée de sens. Ça, je le savais, car j'éprouvais la même chose. De mon existence aussi, le sens avait disparu tout entier et en bloc, et c'est pourquoi je suis certain que je lui étais également étranger. Notre chagrin individuel était si grand que nous ne pouvions en reconnaître un autre.

On n'avait pas dégagé le bus – l'avant du véhicule était visible, de l'autre côté de la sablière, sur la rive encombrée de débris de glace, telle une énorme bête jaune agonisante, saisie par le froid en plein effort, à la moitié de sa tentative de se sortir de là, le reste du corps immergé. A cause de la neige et du froid, tous ceux qui se trouvaient là, en bas – les sauveteurs, les plongeurs en tenue venus de Burlington, les gendarmes –, se mouvaient avec lenteur, tassés sur eux-mêmes comme par la peur ou par une rancune permanente, comme des condamnés à perpétuité dans un goulag sibérien.

Sur la rive la plus proche, dissimulés sous des couvertures de laine vert foncé, gisaient les corps des derniers enfants retirés du bus par les plongeurs, ceux des places du fond. On les avait allongés sur la neige piétinée, mais pas encore remontés au bord de la route. Et parmi eux se trouvaient le corps du fils de Risa, Sean, qui était assis à l'avant mais avait été coincé sous un siège, celui du fils des Otto, Bear, et ceux de mes jumeaux, Mason et Jessica.

Je les avais vus. J'avais regardé en face leurs visages paisibles, bleu de glace, et puis, très vite, je les avais recouverts, je m'étais détourné et éloigné seul, insensible et lourd comme pierre, et j'avais gravi lentement jusqu'à la route, sur des jambes de plomb, le talus raide et glacé. Des photographies d'eux en vie et souriants m'auraient fait pleurer, m'effondrer et frapper le sol de mes poings ; la réalité de leurs visages morts m'expulsait de moi-même.

Je ne sais pas où j'allais, qui je cherchais. Si, je sais. Lydia. Je cherchais Lydia – afin de lui dire que nos enfants étaient morts et que je n'avais pas été capable de les sauver, et que finalement nous étions de nouveau tous les quatre.

Les dernières ambulances étaient parties vers le centre médical de Marlowe, où on emmenait les survivants en attendant d'envoyer les enfants les plus gravement blessés à Lake Placid et à Plattsburgh, et vers la caserne des pompiers de Sam Dent, où était installée une morgue provisoire, et toute activité avait cessé tandis que les sauveteurs attendaient qu'elles reviennent chercher ceux qui restaient. Conduite par Jimbo Gagne, la dépanneuse de mon garage arrivait des Wilmot Flats par la route du dépôt d'ordures, précédée par un énorme chasse-neige municipal car cette route n'avait plus été utilisée depuis l'automne et disparaissait sous six ou huit pieds de neige.

A part Dolorès Driscoll, qui n'avait pas été blessée et demeurait en bas près de la sablière, égarée, choquée, parlant toute seule, mais refusant avec obstination de quitter la scène du drame, il n'y avait plus de survivants. Tout le monde savait cela, désormais. Ceux d'entre nous qui n'étaient pas partis avec les ambulances savaient ce qu'ils attendaient – l'enlèvement des derniers des corps de nos enfants. Certains pleuraient et gémissaient entre des bras familiers ou inconnus, ceux de quiconque voulait bien les accueillir ; quelques-uns avaient été installés sur le siège arrière de voitures d'amis ; quelques autres, dont Risa, debout parmi des proches et des parents, fixaient le sol en silence, l'esprit vide de pensées et de sentiments.

Je suppose que j'étais de ceux-là, quoique j'aie tenté, au début, de continuer à travailler en bas avec les hommes, comme si mes enfants ne s'étaient pas trouvés dans le bus, comme si tout ça était arrivé à quelqu'un d'autre, pas à moi. Au début, plusieurs personnes – Jimbo et Bud, du garage, qui s'étaient aussitôt précipités avec la dépanneuse lorsqu'ils avaient entendu à la radio qu'il y avait eu un accident (un message que j'avais lancé moi-même sur CB, bien que je ne sache pas comment j'ai réussi à faire cela ; je ne m'en souviens même pas), et Wyatt Pitney, l'officier de police, et quelques gars de l'équipe de sauveteurs – avaient essayé de me faire foutre le camp mais, comme Dolorès, je refusais de m'éloigner.

Plus tard, j'ai appris que les gens me trouvaient courageux. Ce n'est pas ça. Il y avait des raisons égoïstes à mon comportement. Je remballais tout le monde et restais plus ou moins seul, silencieux, le visage de pierre, tout en continuant néanmoins à aider les autres tandis que nous recevions l'un après l'autre les enfants remontés par les plongeurs, les enroulions dans des couvertures et les expédions sur des civières vers la route en haut de la pente raide où les ambulances attendaient, comme si en agissant ainsi je pouvais en quelque sorte prolonger cette partie du cauchemar et éloigner le moment de m'éveiller à ce qui en serait, je le savais, l'inéluctable et interminable réalité. Personne ne parlait. Au fond, d'une certaine manière, je n'avais pas envie que cet affreux travail prît fin. Ce n'était pas du courage.

Il neigeait encore assez fort ; une couche de quinze à vingt centimètres était tombée depuis que le bus s'était renversé. Il n'y avait pas d'horizon.

Le ciel bas, d'un gris de cendre, coiffait les montagnes. A quelques centaines de mètres, les sapins et les pins de la grande vallée que surplombe la route, les gros bouleaux et la route elle-même s'estompaient puis disparaissaient complètement. En longue file désordonnée, des voitures, des camions, des *snowmobiles* et des voitures de police étaient garés sur l'accotement et plusieurs gendarmes vêtus de vestes orange fluo se tenaient au milieu de la route afin de diriger la circulation et de faire avancer les badauds – des skieurs pour la plupart, venus pour le week-end, ravis de la neige fraîche, ralentis soudain et dûment assagis au spectacle de la catastrophe qui frappait notre village, s'efforçant d'en fixer de leur mieux le souvenir afin de pouvoir la confirmer à leurs amis, plus tard, lorsqu'on en parlerait dans les journaux et à la télévision –, de leur faire dépasser la scène du drame et filer vers leurs plaisirs.

Quand j'ai atteint le haut de la pente, j'ai enjambé le ruban de plastique orange que les gendarmes avaient accroché le long de la chaussée dans le but d'empêcher les gens de descendre sur le lieu de l'accident. L'un d'eux, un type que je connaissais vaguement, est venu vers moi, comme pour m'escorter ; je l'ai repoussé d'un geste en regardant droit à travers lui, et il s'est vivement reculé, comme si je l'avais maudit. C'est alors que j'ai vu Risa, debout à quelques pas de Wendell, qui avait l'air d'avoir reçu un coup de poing en pleine poitrine : toute sa force l'avait quitté, et la douleur déformait son visage. En comparaison, Risa paraissait solide et résolue, déjà en deuil, et lorsque je suis passé devant elle, elle a lentement relevé la tête et m'a vu. Nous ne pouvions plus prétendre que nous nous aimions, ni même que nous dissimulions notre amour. Nos regards se sont croisés pendant une fraction de seconde, puis nous avons tous deux détourné les yeux et j'ai passé mon chemin.

Après ça, il semble que personne n'ait plus osé me parler ni faire un geste quelconque vers moi ; j'ai longé la file des parents et des autres habitants du village, des spectateurs, des policiers et des journalistes, jusqu'à me retrouver seul enfin, marchant au bord de la route, remontant, refaisant le trajet parcouru deux heures à peine auparavant par le bus et puis, juste derrière, par moi dans mon pick-up, en train de rêvasser à mes coucheries avec Risa Walker.

La neige tombait toujours, et du point de vue de Risa et de ceux qui demeuraient sur les lieux de l'accident, j'ai dû disparaître dedans, sortir de leur réalité pour entrer dans la mienne. Au bout de quelques instants j'étais complètement seul dans l'univers froid et enneigé, je m'éloignais de tous les autres à pas obstinés, en marchant aussi vite que je pouvais, vers mes enfants et vers ma femme.

Pendant longtemps, c'est ainsi que ça a été pour moi ; ce l'est peut-être encore. Ma seule possibilité de continuer à vivre était de croire que je ne vivais plus. Je ne peux pas l'expliquer ; je ne peux que vous dire ce que je ressentais. Je crois que ça a été pareil pour beaucoup des gens d'ici. La mort est entrée pour toujours dans nos vies avec cet accident. Et si certains l'ont simplement niée, ainsi que semble l'avoir fait la pauvre Dolorès Driscoll, ou sont partis dans un autre coin de l'Etat tenter de recommencer leur vie, comme les Lamston, ou ont essayé, comme Risa, de croire que la mort avait été présente depuis toujours et qu'il n'y avait aucune différence entre alors et maintenant, ce qui est également une façon de la nier – pour moi, et sans doute pour certains des enfants qui ont survécu à l'accident, Nicole Burnell, et les Bigelow, et les Baptiste, et tous les tristes petits Bilodeau dont les sœurs et frères aînés ont été tués, pour nous, avant l'accident, il y avait la vie, la vraie vie, la vie réelle, si moche qu'elle ait pu nous sembler, et rien de ce qui a suivi l'accident n'offre avec elle la moindre ressemblance. Alors, pour nous, tout se passait comme si nous étions morts, nous aussi, quand le bus a quitté la route et dégringolé dans la sablière pleine d'eau glacée, comme si, logés désormais provisoirement dans une sorte de purgatoire, nous attendions d'être emportés à notre tour là où étaient partis les autres.

Nous ne disposions pas des différents moyens d'atténuer le coup auxquels recouraient beaucoup de nos voisins et de nos parents. Moi pas, en tout cas. Cette façon qu'ont les chrétiens de parler de la volonté de Dieu et ces trucs-là – ça ne faisait que me mettre en colère, bien que je sois content, je suppose, qu'ils puissent se consoler avec de telles idées. Mais je n'ai pas pu me résoudre à assister à un seul des services commémoratifs auxquels les différentes églises de Sam Dent et des villages voisins m'avaient invité. Ça m'a suffi de devoir écouter le révérend Dreiser aux funérailles des jumeaux. Il voulait que nous croyions tous que Dieu était un père qui avait pris nos enfants auprès de lui. Vous parlez d'un père.

Le seul père que j'avais connu était celui qui avait abandonné ses enfants aux autres.

Et puis il y avait ces gens qui voulaient croire que l'accident n'était pas vraiment un accident, qu'il avait une *cause* quelconque et que, par conséquent, quelqu'un était *responsable*. La faute incombait-elle à Dolorès ? Beaucoup le pensaient. Ou à l'Etat de New York, pour n'avoir pas remplacé ce garde-fou au bord de la route de Marlowe ? Incombait-elle au service municipal de la voirie, pour avoir creusé cette sablière et l'avoir laissée se remplir d'eau ? Et les ceintures de sécurité qui avaient maintenu tant d'enfants liés à leurs sièges tandis que l'eau glacée envahissait la moitié arrière du bus ? Etait-ce la faute du gouverneur, alors, puisqu'il était à l'origine d'une loi rendant ces ceintures obligatoires ? Qui est *responsable* de cet accident, de toute façon ? A qui pouvons-nous en vouloir ?

Bien entendu, les avocats profitaient de cette tendance et la cultivaient chez des gens qui auraient dû se montrer plus sages. D'Albany et de New York, ils montaient vers le nord, tels des requins, en annonçant dans les journaux locaux leur compétence et leurs intentions, certains allèrent même jusqu'à assister aux obsèques, où ils glissaient leurs cartes dans la poche des assistants au sortir du cimetière, et bientôt ce chapitre de l'histoire fut commencé : les procès, et toute la colère, toute la méchanceté, toute la cupidité dont l'homme est capable lorsqu'il en vient au pire.

Au début, pourtant, les gens s'étaient bien conduits, c'est-à-dire aussi bien qu'on pouvait l'escompter : ils se rapprochaient les uns des autres, comme il convient, en s'efforçant de s'apporter consolation et soutien. C'est alors qu'on a pu se féliciter d'habiter un petit patelin, et trouver un soulagement dans la présence d'une famille et d'amis, qu'ils puissent ou non vous aider. La tentative avait sa dignité et méritait la louange.

Presque toute ma famille a eu cette attitude, au début, et je leur en étais dûment reconnaissant. Nous ne sommes pas une famille exceptionnelle, en vérité nous en sommes à peine une. Ma mère, qui a la maladie d'Alzheimer, se trouvait alors depuis plus de deux ans dans une maison de soins de Potsdam, elle ne se souvenait même plus du simple fait de mon existence et moins encore de celle de mes enfants ; mais mes trois sœurs, qui sont mariées et ont elles aussi des enfants, m'ont téléphoné dès qu'elles ont entendu le récit de l'accident au journal du soir. Nous ne sommes pas très proches, elles et moi, nous n'échangeons jamais de confidences, mais ce sont des femmes attentives et qui habitent la région, pourrait-on dire – la plus proche, Sally, à Saratoga Springs avec son mari qui est comptable pour la commission des courses, les deux autres à l'ouest de l'Etat, à Rochester et à Buffalo, où leurs maris travaillent, l'un comme mécanicien et l'autre comme une sorte de technicien pour Eastman Kodak. Mon frère Darryl, le plus jeune, est tout à fait sorti du circuit. Il y a des années de ça, il a suivi notre père en Alaska, mais il n'a pas dépassé l'Etat de Washington et n'a pas complètement disparu ; une fois tous les dix-huit mois environ, il se soûle et me téléphone tard dans la nuit. Je n'ai eu aucun signe de Darryl quand les jumeaux ont été tués, et pourtant je suis certain qu'il l'a su tout de suite, par mes sœurs, et quand au bout d'un an et quelques il m'a appelé, ivre comme d'habitude, très tard le soir, nous n'en avons parlé ni l'un ni l'autre, moi pour mes raisons et lui, sûrement, pour les siennes. J'étais sans doute aussi soûl que lui ce soir-là. Bien entendu, moi non plus je ne lui ai pas téléphoné pour lui raconter ce qui était arrivé ; cela m'aurait été impossible, presque impensable – de fait, je n'y ai jamais pensé avant cet instant même.

Mais ça n'avait pas d'importance car, de toute façon, j'étais incapable d'accepter le réconfort qui m'était offert. Quelque chose de métallique en moi refusait de fléchir et quand, l'une après l'autre, mes sœurs m'ont téléphoné en proposant de venir à Sam Dent, j'ai cédé à un vieux réflexe ; la même chose s'est passée lorsque plusieurs personnes du village – le révérend Dreiser, Dorothy Coburn, même les gars du garage – m'ont téléphoné ou sont venus voir comment j'allais ou demander s'ils pouvaient faire quelque chose pour moi. C'est une réaction que j'ai depuis l'enfance, pratiquement. Quand quelqu'un tente de me consoler, je lui réponds de manière rassurante pour lui ou pour elle – en général, elle – et ça le bloque, ses bonnes intentions sont paralysées par mon refus d'admettre mon besoin de consolation.

Je ne peux pas m'en empêcher, et je ne le regrette pas ; j'en suis même un peu fier. Les gens me croient froid et insensible, mais c'est un prix que j'ai toujours été prêt à payer. La vérité, c'est que rien ne peut m'aider ; c'est vrai pour la plupart des gens ; et ça ne fait que me mettre en colère de voir mes sœurs et mes amis du patelin perdre leur temps. Pour prévenir ou dissimuler ma colère, je prends les devants et, d'un coup, c'est moi qui deviens le type venu réconforter, rassurer ou apporter son aide, tout ce qu'à l'origine eux-mêmes voulaient m'offrir. Je m'empare de leur occasion et je me l'approprie. Sur le moment, je ne m'en rends pas compte, bien sûr ; ce n'est qu'après, lorsque je me retrouve seul, assis dans mon living, un verre de whisky à la main, en train de ruminer ma solitude et d'essayer de ressentir un petit quelque chose, ne serait-ce qu'un peu de compassion pour moi-même.

Quand ma plus jeune sœur, Sally, m'a appelé le soir de l'accident, elle était la première de la famille à me joindre, mais c'était peut-être le quinzième coup de téléphone que je recevais depuis que j'avais marché dans la neige, du lieu de l'accident jusque chez moi. J'étais rentré blanc comme un bonhomme de neige, je m'étais débarrassé de mes vêtements trempés et j'avais enfilé un peignoir, puis je m'étais assis à la table de la cuisine, j'avais ouvert une bouteille de scotch et commencé à boire. Je savais de quoi ça avait l'air et j'étais content que personne ne puisse me voir, et pourtant je n'avais pas honte. Je savais pourquoi je buvais, et ce n'était pas pour étouffer la douleur. Gary Dillinger, le directeur de l'école, m'a appelé, ainsi que Wyatt Pitney et Eden Schraft ; et je les ai rassurés : ils ne pouvaient rien faire pour moi. Je vais bien. Ça va aller. Ils m'ont cru : pas que j'allais bien ; ils ont cru qu'ils ne pouvaient rien pour moi. J'étais comme un animal blessé qui se terre : mieux vaut le laisser se guérir tout seul, on risque de se faire mordre si on tente de l'aider. Quelques journalistes ont appelé, et je me suis contenté de leur raccrocher au nez.

Jimbo Gagne m'a téléphoné du garage et, comme d'habitude, c'était comme si on s'était tous les deux retrouvés au Viêt-nam – je jouais le lieutenant et lui le caporal. Seule comptait la logistique. Qu'est-ce que je voulais qu'il fasse de mon camion ? Laisse-le au garage ; je prendrai ma voiture demain. Où devait-il mettre l'épave du bus ? Hors de vue, derrière le garage, et empêche les gens d'en approcher, il y aura sûrement une enquête. J'avais besoin de quelque chose ? Non, mais si des gens viennent au garage poser des questions, dis-leur qu'il se peut que je ne vienne pas travailler pendant quelques jours, alors certains boulots auront sans doute du retard.

— Ça va, Billy ? Finalement, il était arrivé à le demander. Comment tu te débrouilles, là-haut ? T'as quelqu'un avec toi dans la maison ?

— Et *toi*, Jimbo, ça va ? ai-je répliqué. Ça a dû être dur pour *toi*, là-bas.

— Ouais, sûr. Moi, ça va, je crois. C'était dur…, a-t-il commencé, et puis il a compris où ça l'en-traînerait et il a dévié. Mais, oui, Billy, moi, ça va.

A huit heures du soir, quand ma sœur Sally m'a appelé, j'étais complètement soûl et je réagissais automatiquement, comme si ma bouche avait été un répondeur téléphonique : Vous êtes bien chez Billy Ansel, il a subi une perte irréparable et s'est rendu compte qu'il est inconsolable et par consé-quent, afin de vous éviter de la gêne et à lui-même de l'embarras, il s'est retiré de tout contact humain normal. Il ne reviendra sans doute pas, mais si vous souhaitez néanmoins laisser un message, faites-le quand vous entendrez le tintement des glaçons dans son verre, et s'il revient un jour, il essaiera de répondre à votre message.

Mais ne comptez pas dessus.

Avant d'avoir perdu ses enfants, on peut en par-ler – comme d'une possibilité, je veux dire. On peut l'imaginer, ainsi que je l'ai fait cette fois-là, il y a des années, à la Jamaïque, et puis plus tard on peut se rappeler le moment où on l'a imaginé pour la première fois, et on peut décrire ce moment aux gens de manière cohérente et sans difficulté. Mais quand ce qu'on avait seulement imaginé se produit réellement, on s'aperçoit vite qu'on peut à peine l'évoquer. Le récit cafouille et s'embrouille, sans mesure, sans mise au point. C'est du moins ce qui s'est passé pour moi.

Les gens qui ont perdu leurs enfants – et je parle ici des gens de Sam Dent, moi-même inclus – se tordent en toutes sortes de formes étranges afin de nier ce qui est arrivé. Pas seulement à cause de la douleur de perdre quelqu'un qu'ils ont aimé – nous perdons des parents, des compagnons, des amis, et si douloureux que ce soit, ce n'est pas pareil – mais parce que ce qui est arrivé est si cruellement contre nature, si profondément opposé à l'ordre nécessaire des choses que nous ne pouvons l'accepter. Il semble incroyable, incompréhensible que des enfants meurent avant les adultes. C'est un défi à la biologie, ça contredit l'histoire, ça nie toute relation de cause à effet, c'est même une violation de la physique élémentaire. C'est le paradoxe absolu. Une communauté qui perd ses enfants perd son esprit.

Désespérément, nous nous débattions pour arranger l'événement dans nos têtes de manière à lui trouver un sens. Chacun de nous à sa manière fouillait sa conscience de fond en comble à la recherche d'une explication plausible, tentant ainsi d'échapper à cet énorme néant noir qui menaçait d'engloutir notre univers entier. Je suppose que les chrétiens, et ils sont nombreux chez nous, y sont arrivés les premiers, en tout cas les adultes, et j'en suis content pour eux, mais pour ma part je ne pouvais pas m'en tenir là, et je pense que la plupart d'entre eux, en secret, ne le pouvaient pas non plus. Pour moi, l'explication religieuse n'était qu'une autre façon hypocrite de nier les faits. Pas aussi hypocrite, sans doute, que de prétendre qu'en réalité l'accident n'était *pas* un accident, que quelqu'un – Dolorès, la municipalité, l'Etat, *quelqu'un* – en était cause ; mais néanmoins une façon de nier. La biologie est sans importance, soutenaient les chrétiens, parce que ce corps que nous habitons n'est pas réel, en fin de compte ; l'histoire est sans importance, parce que de toute façon le temps de Dieu, différent de celui de l'homme, lui est aussi supérieur ; et oubliez les causes et leurs effets, oubliez ce qu'on vous a appris sur le monde physique, parce qu'il y a le Ciel, il y a l'enfer, il y a la verte Terre entre les deux, et on est toujours vivant en l'un de ces lieux.

J'ai été élevé, comme la plupart des gens de Sam Dent, dans une perspective chrétienne, et je m'en souviens bien : ça ne faisait pas un pli. Billy, me disait-on, la mort, ça n'existe pas. Il n'y a que la vie éternelle. N'est-ce pas merveilleux ? Tel était le credo de base, qu'on soit protestant, comme Lydia et moi, ou catholique, comme la moitié de nos concitoyens. Mais quand, à dix-neuf ans, je suis parti au Viêt-nam, j'étais encore assez jeune pour apprendre, et ce que j'ai appris de nouveau c'était que la mort, je la voyais partout autour de moi. Par conséquent, lorsque je suis rentré du Viêt-nam, je ne pouvais même plus prendre la position chrétienne assez au sérieux pour me soucier d'en discuter. Pour faire plaisir à Lydia et aux gosses, j'allais à l'église quelques fois dans l'année, mais le reste du temps je restais à la maison à lire les journaux du dimanche. Et puis Lydia est morte et la perspective chrétienne a commencé à me sembler carrément cruelle, car j'avais appris que la mort touchait tout le monde. Même moi. Je ne suis plus du tout allé à l'église.

Je croyais encore à la vie, pourtant – qu'elle continue, malgré la mort. J'avais mes enfants, après tout. Et Risa. Mais quatre ans plus tard, quand mon fils, ma fille et tant d'autres enfants de chez nous ont été tués dans l'accident, je n'ai même plus pu croire à la vie. Ce qui signifie que j'étais devenu l'envers, l'opposé d'un chrétien. Pour moi, désormais, la seule réalité était la mort.

Je suis allé aux obsèques, bien entendu ; il n'y avait pas moyen d'éviter ça sans blesser et perturber des gens innocents. Et ne pas y aller, rester terré chez moi comme je l'avais fait aurait trop attiré sur moi l'attention, la dernière chose que je souhaitais. Mais la veille des funérailles, tard le soir, je me suis pour la première fois aventuré hors de ma maison et je suis descendu au village. Il y avait quatre jours que je buvais presque sans trêve, mais à ce moment-là j'étais sobre – ou du moins, assez sobre pour conduire. La nuit était claire, étoilée. Un halo bleu pâle cerclait la lune presque pleine. Il n'y avait pas d'autres véhicules sur la route, pas de lumières dans les rues. Sam Dent semblait un bourg fantôme entouré de champs de neige étincelante au clair de lune, avec les ombres massives des montagnes dressées devant la moitié du ciel.

Arrivé au garage, je l'ai contourné et me suis arrêté derrière, là où le bus avait été traîné par la dépanneuse puis abandonné, et pendant quelques instants je suis resté assis dans mon camion, moteur tournant, et j'ai regardé cette chose – un gigantesque poisson mort, un de ces léviathans remontés du plus profond de la mer, carcasse incrustée de glace d'une créature d'un autre âge. Presque toutes les vitres avaient été brisées par la force de l'accident ou par les plongeurs, les phares et la calandre avaient disparu, les flancs et le toit étaient pliés et enfoncés, les pneus à plat et déchirés. Une chose morte, immobilisée à jamais, silencieuse, inoffensive.

Je ne sais pas pourquoi je restais là, à contempler avec une haine et une angoisse étrange l'épave de ce véhicule jaune, comme si c'était une bête qui avait tué nos enfants puis avait à son tour été tuée par les villageois et tirée là, en un lieu où nous pouvions tous venir, l'un après l'autre, vérifier qu'elle était bien morte. J'avais envie de la voir, de la toucher de mes mains, peut-être, d'une manière primitive, pour être enfin sûr que nous l'avions effectivement tuée.

Je suis descendu du camion, que j'ai laissé moteur tournant et phares allumés, et j'ai marché lentement vers le bus. Il faisait très froid ; mes chaussures crissaient sur la neige tassée au sol, et mon haleine flottait devant moi en minces lambeaux blanchâtres. Il y avait plusieurs autres véhicules garés là, derrière le garage, dans l'obscurité – des voitures de clients, en attente de réparation, qui n'avaient pas trouvé de place dans l'atelier, et quelques épaves qu'on gardait pour les pièces récupérables ou qu'on retapait en vue de la course de stock-cars. Le ruban de plastique orange dont la police avait entouré le bus pour empêcher qu'on s'en approche évoquait les filins emmêlés de harpons dont nous l'aurions frappé.

Je suis resté un moment debout à côté du bus à regarder ses fenêtres ; et puis j'ai entendu les enfants à l'intérieur. Leurs voix étaient faibles, mais je les entendais clairement. Ils étaient vivants et joyeux, en route pour l'école, et Dolorès poussait le levier de vitesse, conduisait le bus par monts et par vaux, heureuse de faire son devoir ; et j'aurais voulu me joindre à eux, j'éprouvais un désir profond et douloureux d'être avec eux, la première émotion franche que je ressentais depuis l'accident ; j'avais envie, simplement, d'ouvrir la porte et d'entrer, de sentir leurs odeurs de laine mouillée et de bottes de caoutchouc, et celle des déjeuners emportés dans des sacs en papier ou des boîtes de fer-blanc, j'avais envie d'entendre leurs chansons, leurs bavardages, leurs taquineries ; j'avais envie d'être avec eux dans la mort, avec mes propres enfants, oui, mais aussi avec eux tous, car ils me semblaient à cet instant tellement plus vraisemblables que je ne l'étais, tellement plus vivants.

Mais ce n'étaient pas les voix des enfants que j'entendais, évidemment ; c'était le souffle du vent dans les pins au bord du terrain, là où commence la forêt, le vent froid qui déboule du nord le long de la vallée. Et ce n'était pas le moteur de Dolorès allant par monts et par vaux ; c'était celui de mon propre véhicule qui tournait au ralenti à quelques mètres derrière moi, m'illuminant de ses phares ainsi que le bus. Je suis resté là longtemps à écouter le vent et le ronron sourd du camion et puis, lentement, je suis revenu à la réalité.

Alors, au moment où je me détournais et revenais vers mon camion, j'ai entendu le bruit caractéristique d'une portière de voiture ouverte et refermée, et le craquement de pas chaussés de cuir sur la neige sèche et dure du parking. Un homme de haute taille a surgi de l'obscurité près du camion et est entré dans le cercle de lumière entre nous. C'était un homme d'âge moyen vêtu d'un pardessus de laine fauve, tête nue, avec une masse épaisse de cheveux gris frisés à cause desquels sa tête avait l'air beaucoup trop grosse pour son long corps mince et anguleux. Les mains enfoncées dans les poches de son manteau, il se tenait légèrement voûté sous le vent glacé qui lui soufflait dans le dos. A ce moment, dans les ténèbres à l'autre bout du parking, j'ai aperçu la voiture dans laquelle il avait été assis, une Mercedes de couleur claire, argent ou gris. Les phares étaient éteints, mais le moteur tournait ; je ne l'avais pas entendu, bien sûr, par-dessus les bruits de mon propre moteur et du vent, du moteur du bus et des voix des enfants.

Arrivé à un mètre de moi environ, l'homme a eu un petit sourire étrange, presque nostalgique. Il m'a demandé : Vous travaillez pour Ansel ?

— Je suis Ansel.

— Oui. C'est ce que je pensais.

Il avait des yeux d'un bleu éclatant, grands ouverts, impossibles à déchiffrer, et des traits fins et anguleux. Il paraissait rasé de près, sa peau était rose et tendue. C'était un visage aimable, mais le visage d'un beau parleur, sûr de lui et intelligent, et satisfait, désireux même de vous laisser le regarder en face. Baissant la voix, il a ajouté : Je suis désolé pour vos enfants, Mr Ansel.

— Ah oui ?

— Oui.

Pendant quelques secondes, aucun de nous deux n'a parlé ; nous nous regardions droit dans les yeux. Il était fort à ce jeu, il ne s'est ni énervé ni effrayé, ni même détourné ; il tenait bon en attendant que je rompe le silence, ou le regard, selon ma préférence.

— Je suppose que vous êtes juriste, ai-je dit sans cesser de le fixer.

— Oui, je suis avocat, je m'appelle…

— M'sieur, je veux pas le savoir.

Il a hésité une seconde. Puis, d'une voix douce, il a dit : Je comprends.

— Non. Non, vous ne comprenez pas.

— Je peux vous aider. Il continuait à me fixer droit dans les yeux, comme s'il savait quelque chose que j'ignorais.

— Non, vous ne pouvez pas m'aider. A moins que vous ne puissiez ressusciter les morts. J'ai tout de suite regretté d'avoir dit ça, un cliché, une bravade de gamin, pas la tristesse d'un homme. Je lui avais révélé, et à moi aussi, un désir que je ne voulais pas me permettre et dont, aussitôt, j'ai eu honte.

Passant à côté de lui, je me suis hâté vers mon camion, mais au moment où j'ouvrais la portière et m'apprêtais à monter, il est arrivé près de moi et m'a tendu une carte de visite. Tenez, a-t-il dit, vous changerez peut-être d'avis.

J'ai pris la carte et l'ai levée pour la lire à la lumière de la lune : *Mitchell Stephens, Esq.*, avec un en-tête à quatre noms, dont Stephens, à New York. Ensuite je la lui ai rendue. Mr Stephens, lui ai-je demandé, si à cet instant je me mettais à vous rosser à coups de poing et de pied au point que vous pissiez le sang et ne puissiez plus marcher droit avant un mois, est-ce que vous me feriez un procès ? Parce que c'est ça qui me démange, vous comprenez ?

— Non, Mr Ansel, a-t-il répondu d'une voix lasse. Non, je ne vous ferais pas de procès. Et je ne crois même pas qu'il y ait quelqu'un dans ce comté qui vous arrêterait à cause de ça. Mais vous n'allez pas me rosser, n'est-ce pas ?

Je me suis tourné vers le bus. Les enfants me faisaient signe, points brillants, apparitions. L'avocat avait raison. Je ne représentais pas un danger pour lui. J'étais un fantôme.

— Non, je ne vais pas vous rosser. Simplement, ne me parlez plus. Ne venez pas tourner autour de mon garage, ne venez pas chez moi et ne me téléphonez pas.

— Vous changerez peut-être d'avis. Je peux vous aider, a-t-il répété.

— Foutez-moi la paix, Stephens. Foutez la paix aux gens de ce patelin. Vous ne pouvez aider aucun d'entre nous. Personne ne le pourrait.

— Vous pouvez vous entraider. Plusieurs personnes ont donné leur accord pour que je les représente dans un procès en négligence, et votre dossier individuel aura plus de poids si je suis autorisé à vous représenter ensemble, en tant que groupe.

— Mon "dossier" ? Je n'ai pas de dossier. Aucun de nous n'a de dossier.

— Vous vous trompez. Vous vous trompez lourdement. Vos amis Walker m'ont donné leur accord, ainsi que Mr et Mrs Otto, et je suis en discussion avec d'autres. Il est important de déclencher la procédure sans attendre. On a vite fait de couvrir les choses. Les gens mentent. Vous le savez. Les gens mentent à propos de ces choses-là.

Il faut que nous commencions rapidement notre enquête, avant que les preuves disparaissent. C'est pour ça que je suis ici ce soir, a-t-il ajouté en sortant de la poche de son manteau un petit appareil photo automatique.

— Nos enfants ne sont même pas encore enterrés, lui ai-je dit. C'est vous… c'est vous le menteur. Risa et Wendell Walker, je les connais, c'est vrai, mais jamais ils n'engageraient un avocat. Et les Otto, ils ne voudraient pas avoir affaire à *vous*, bon Dieu ! Vous me mentez à leur sujet, et vous leur mentez sans doute à propos de moi. Nous ne sommes pas des imbéciles, vous savez, des lourdauds de la campagne que vous pouvez bousculer avec vos mœurs de citadin. Vous voulez vous servir de nous, c'est tout. Vous voulez que nous nous entraînions les uns les autres dans votre jeu.

Il ne mentait pas, pourtant, et je le savais, et au fond je me souciais comme d'une guigne de ce que faisaient les autres, Risa comprise. Ça me paraissait presque comique à ce moment-là, de façon cruelle et un peu supérieure. Les fantômes ne s'engagent pas dans des procès en négligence. Avec calme, j'ai souri à l'avocat, je crois même lui avoir souhaité bonne chance, et je suis monté dans mon camion en lui refermant la portière au nez. Je me suis lentement éloigné de lui en marche arrière, j'ai quitté le garage, tourné à gauche, et pris la vallée en direction du *Rendez-Vous*.

Ainsi que je l'avais fait si souvent depuis deux ans, j'ai garé mon camion dans le parking désert du *Rendez-Vous* qui, comme tout le reste en ville, était fermé, et je suis allé à pied, de l'autre côté de la route, à la chambre 11 du *Bide-a-Wile*. Je ne sais pas si je m'attendais à y trouver Risa, mais je l'espérais certainement – je n'avais pas d'autre raison d'aller là si tard.

Elle était assise près de la fenêtre dans le fauteuil d'osier, et quand je suis entré dans la chambre obscure, elle a dit simplement, sans expression :

— Je savais que tu viendrais.

— Eh bien, moi, je ne peux pas dire que je le savais. Je me suis assis en face d'elle, au bord du lit, et j'ai posé les mains sur mes genoux. L'habitude, je suppose.

— Moi aussi, dit-elle. Merci à l'habitude.

Nous avons essayé pendant un moment de parler comme nous le faisions avant, comme des gens qui s'aiment sont censés se parler – avec intimité et plus ou moins d'honnêteté, de leurs sentiments l'un envers l'autre et aussi envers autrui. Nous avons essayé de parler comme si rien ne s'était passé, bien sûr, mais avec l'accident et la perte de nos enfants en toile de fond. C'était inutile. Je ne pouvais rien dire de vrai sur ce que j'éprouvais, et elle ne le pouvait pas non plus.

— C'est la première fois que j'ai réussi à sortir de chez moi, ai-je dit.

— Il y a tout le temps des gens qui téléphonent et qui viennent voir s'ils peuvent nous aider.

— Personne ne peut nous aider.

— Non. Pas vraiment. Mais ils essaient.

— Oui, ils essaient.

— Tu assisteras aux obsèques, n'est-ce pas ?

— Oui, ai-je dit. J'y serai. Mais je préférerais rester seul chez moi.

— Il y aura beaucoup de monde.

— J'imagine.

— Je préférerais qu'il n'y ait que les familles, tu sais, comme nous. Ce sont les seuls qui comprennent vraiment.

— Sans doute.

— Mais les gens ont été très attentifs, très compatissants.

— Oui. C'est vrai.

On aurait dit deux inconnus dans la salle d'attente d'un dentiste. Nous avons fini par renoncer, et nous sommes restés un moment silencieux. Et puis elle m'a expliqué qu'elle avait su depuis toujours qu'une chose comme celle-là arriverait. Elle l'avait senti dans ses os, disait-elle. Comme si elle espérait que j'allais être impressionné et la féliciter.

J'ai décidé qu'elle était stupide de penser ça et encore plus stupide d'en parler ; je ne le lui ai pas dit, pourtant. J'ai préféré évoquer ma rencontre inattendue avec l'avocat, Stephens. Sans en donner la raison, je lui ai raconté que j'étais passé au garage et que pendant que j'étais là j'avais surpris l'avocat en train de prendre des photos du bus avec un flash, ce qui correspondait plus ou moins à la vérité. Ce salaud a essayé de me persuader de l'engager pour une sorte de procès en négligence, ai-je dit. Il prétendait qu'il avait déjà vos signatures, à

Wendell et à toi – Wendell, toi et les Otto – et je lui ai dit d'aller au diable. Nous n'avons pas besoin d'un avocat.

— De quoi avons-nous besoin ?

— Bonne question. Je me suis levé, j'ai fait un pas vers la porte. J'avais encore mon manteau et mon bonnet de laine. J'ai dit : Mais on n'a pas besoin d'un avocat. Ne comptez pas sur moi.

Elle a relevé la tête, et dans les raies tombées du clair de lune à travers le store, j'ai bien vu son visage, et il ne m'a plus paru beau. Il n'avait même plus l'air d'un visage de femme ; on aurait dit le visage d'un acteur qui s'est grimé en femme. Eh bien, a-t-elle dit. Au revoir.

— Au revoir.

J'ai enfilé mes gants et franchi le seuil, où je me suis retourné pour lui dire : Il faut que je rentre, maintenant.

— Rentre, Billy.

J'ai refermé la porte sur elle et me suis éloigné. Nous nous sommes encore parlé, bien sûr, en de nombreuses occasions, mais toujours avec du monde autour de nous ; nous nous sommes arrangés, cependant, pour ne plus nous rencontrer seuls dans une pièce, ne plus nous trouver face à face, et c'était donc comme si nous ne nous étions jamais revus après ça, comme si nous n'avions jamais revu ces gens que nous avions été jadis, Risa Walker et Billy Ansel. A partir de ce moment, nous étions simplement des gens différents. Pas nouveaux ; différents.

MITCHELL STEPHENS, *ESQUIRE*

En colère ? Oui, je suis en colère. Je serais un piètre avocat, sinon. C'est un peu comme si j'avais en permanence un furoncle au cul m'interdisant de m'asseoir : pas pareil, vous le comprenez, que l'aiguillon de la cupidité. Je me rends pourtant compte, bien sûr, que c'est à de la cupidité que ça devait ressembler parfois aux yeux de gens qui n'étaient pas juristes, quand ils voyaient un type comme moi faire tout ce trajet, pratiquement jusqu'à la frontière canadienne, pour venir camper en plein cœur de l'hiver, pendant des semaines d'affilée, dans une petite chambre de motel minable et emmerder des braves gens plongés au fond du désespoir qui ne souhaitaient qu'une chose, c'est qu'on leur foute la paix.

Mais ce n'est pas la cupidité qui m'avait mené là ; ce n'est jamais la cupidité qui me projette en trombe hors trajectoire. C'est la colère. Eh merde, je n'en ai pas honte. Je suis comme ça. Je ne m'en vante pas non plus mais, au moins, ça me rend utile. On ne peut pas en dire autant de la cupidité.

C'est ça que les gens ne comprennent pas chez les avocats spécialisés dans ces affaires de responsabilité, les bons, je veux dire, ceux qui s'en prennent aux richards louches dans leurs bureaux d'angle et finissent par épingler leur dépouille sur le mur. Les gens considèrent tout de suite que c'est la cupidité qui nous anime, l'appât du gain, on nous traite entre autres de suiveurs d'ambulances, comme si nous étions les proctologues de la profession et, c'est vrai, il y en a beaucoup. Mais la vérité c'est que nous, les bons, nous nous démènerions autant pour un misérable denier que pour un règlement de dix millions de dollars. Parce que c'est la colère qui nous pousse, qui nous motive. Il ne s'agit pas non plus d'amour – d'un quelconque amour des défavorisés ou des victimes, ou de ce que vous voudrez. Certains plaideurs s'en targuent volontiers. Les perdants.

Non, ce qu'il y a, c'est que nous, les gagnants, nous sommes en rogne permanente, et la pratique du droit est notre façon de nous rendre du même coup utiles socialement, voilà tout. C'est comme une discipline ; elle nous organise et nous contrôle ; probable qu'elle nous évite d'en venir au meurtre. Une sorte de zen, voilà. Il y a des gens aussi en rogne que nous qui réussissent à cristalliser leur rage en se faisant flics ou soldats, ou moniteurs d'arts martiaux ; ceux qui deviennent avocats, cependant, surtout les plaideurs de mon espèce, sont un peu trop intelligents, ou sans doute simplement trop intellectuels pour devenir flics. (Les flics, j'en ai connu de très malins, mais guère d'intellectuels.) Alors au lieu d'apprendre à casser des briques et des solives d'un revers de la main ou à coincer les voleurs à la tire dans le métro, on suit des cours de droit, on se met en costard trois-pièces et on fonce comme un diable, tout feu tout flamme et dents et griffes.

Certes, on nous paie bien pour ça, ce qui constitue une satisfaction, oui, mais pas une motivation, parce que la satisfaction réelle, la véritable motivation, on les trouve dans le carnage et les ruines fumantes et les têtes qu'on accroche comme trophées au mur de son repaire.

C'est pour ça que j'ai passé six mois presque transformé en missile à tête chercheuse, pointé sur une cible dont je suis certain jusqu'à la moelle de découvrir qu'il s'agit d'un organisme officiel incapable ou d'une quelconque multinationale qui a calculé la différence de coût entre un écrou à dix cents et un arbitrage d'un million de dollars, et a décidé de sacrifier quelques vies pour cette différence. C'est ça qu'ils font, ils calculent au plus près ; j'ai vu ça se produire des quantités de fois ; à force, on se pose des questions sur la nature humaine. Ils sont comme des singes intelligents, voilà tout. Ils calculent d'avance ce que ça leur coûterait d'assurer la sécurité au regard de ce qu'ils risquent d'avoir à payer comme dommages quand l'écrou manquant causera la chute d'un bus du haut d'une falaise, et ils choisissent simplement l'option la moins chère. Et il dépend de gens comme moi que l'option la moins chère consiste à construire le bus avec cet écrou supplémentaire, à ajouter un mètre au garde-fou ou à assécher la carrière. C'est le seul atout dont on dispose contre eux. C'est la seule façon de promouvoir la responsabilité morale dans ce pays. Qu'elle soit l'option la moins chère.

Alors quand, un matin d'hiver, j'ai ouvert le journal et lu le récit de ce drame affreux survenu dans une petite ville du nord de l'Etat, et de tous ces gosses disparus, j'ai tout de suite compris de quoi il s'agissait ; j'ai su immédiatement qu'il ne s'agissait pas du tout d'un "accident". Il n'y a pas d'accidents. Je ne sais même pas ce que ce mot signifie, et je ne fais jamais confiance à ceux qui prétendent le savoir. Je savais que quelqu'un, quelque part, avait pris la décision de mégoter dans le but d'économiser trois sous, et que maintenant l'Etat ou le constructeur du bus, ou la ville – quelqu'un – était en train d'aligner une bande de chattemites chargées de négocier avec un tas de péquenots étourdis de chagrin un règlement qui n'indispose pas les comptables. J'ai fait ma valise et je suis parti vers le nord, ainsi que je l'ai dit, en rogne.

Sam Dent est un joli patelin, en réalité. Ce n'est ni Aspen ni Vail, sans doute, et certes pas Saint Bart's, ni Mustique, où, pour être franc, j'aurais de loin préféré me trouver en cette saison, mais le site est beau et étrangement émouvant. Je ne suis pas un fana des paysages comme mon ex-femme, Klara, qui prend son pied avec des couchers de soleil ou des chutes d'eau – et pas grand-chose d'autre – mais, une fois de temps en temps, très rarement, je vais quelque part, je lève les yeux, je vois où je me trouve, et la beauté m'époustoufle : mon estomac se serre, mon pouls se précipite, et je me sens envahi par un mélange intense de peur et d'excitation, comme si quelque chose de dangereux était sur le point de se produire. C'est presque sexuel.

En tout cas, Sam Dent et son environnement de montagnes et de forêts me donnaient cette sensation. J'ai passé mon enfance à Oak Park, dans l'Illinois, et la totalité de ma vie adulte à New York. Je suis fondamentalement un animal urbain, je préfère les gens aux paysages. Et bien que j'aie pas mal séjourné dans des zones rurales (j'ai passé plusieurs mois de suite à Wounded Knee, à l'est de l'Etat de Washington, en Alabama – où j'ai gagné un procès dans une vilaine affaire d'asbestose –, au cœur des régions houillères de Virginie-Occidentale, et en d'autres lieux encore), je ne peux pas dire que les paysages de ces endroits m'aient particulièrement ému. C'étaient des endroits, voilà tout. Parcelles interchangeables de la planète. Oui, j'avais besoin d'en apprendre beaucoup sur chacun d'eux afin de mener à bien mon affaire, mais dans ces cas-là mon intérêt pour le paysage était plus pragmatique, si je puis dire, que personnel. Strictement professionnel.

A Sam Dent, par contre, il est devenu personnel. Il fait sombre sur ces hauteurs cernées de montagnes d'ombre et tôt couvertes par la nuit, mais en même temps l'espace y paraît immense, infini, presque comme en mer – on a l'impression de lire un de ces longs romans de, comment déjà ? Joyce Carol Oates ou Theodore Dreiser, un de ces romans où on se sent à la fois entouré d'obscurité et lancé dans un univers plus vaste qu'aucun de ceux auxquels on a été confronté. C'est un paysage qui vous domine, qui vous dit : Assis, bonhomme, ici, c'est moi qui commande.

On voit partout des arbres gigantesques, sur les montagnes, bien sûr, mais aussi dans les vallées et dans le village, autour des maisons, il y en avait jusqu'au seuil de ma chambre au motel. On voit des pins de Weymouth, des épicéas, des sapins du Canada et des bouleaux dont le tronc est aussi gros que celui d'un homme, et le souffle du vent anime sans cesse leurs ramures. Et comme il n'y a quasiment aucun autre bruit – pas un chat, rappelez-vous, et peu de voitures, pas de hurlements de sirènes, pas de marteaux piqueurs ni rien de ce genre – ce qu'on entend le plus, c'est le vent dans les arbres. De septembre à juin, il arrive en rugissant de l'Ontario, du fin fond du Saskatchewan ou d'un autre endroit également bizarre, un vent régulier, dur et froid, que rien n'arrête ni ne freine avant qu'il rencontre ces montagnes et ces arbres qui sont, comme je le disais, omniprésents.

Ce qu'on appelle le parc des Adirondacks, voyez-vous, ce n'est pas un petit parc de bord de route, pas un terrain de camping mignonnet avec des toilettes et des douches publiques – je veux dire qu'il s'agit de près de deux millions et demi d'hectares de forêts, de montagnes et de lacs, qu'il s'agit d'une région aussi étendue que l'Etat du Vermont, c'est le plus grand parc du pays, merde, et les gens qui habitent là toute l'année, éparpillés dans de petits villages au creux des vallées, vivent de bons alimentaires et d'allocations de chômage, blottis près de leurs feux en attendant que ça se passe et qu'on puisse ressortir et réparer les dégâts causés par l'hiver.

C'est une région dure, vivre y est dur, ce n'est pas du roman. Mais, si surprenant que ça paraisse, elle n'est pas dure à aimer – car c'est bien ainsi qu'il me faut appeler le sentiment qu'elle provoque, cette étrange combinaison de crainte et de respect que j'ai décrite, même chez un type comme moi.

Je ne m'y attendais pas, pourtant. La première fois que je suis arrivé là, le lendemain de l'accident, ce que je voyais m'a ébahi. Le nord de l'Etat de New York, en ce qui me concerne, ça s'était toujours limité à Albany avec peut-être, en prime, une petite pensée pour *Rip Van Winkle*, pour la pollution de Love Canal et pour Woodstock ; mais là, c'était la grande sauvagerie, autant dire. L'Alaska. D'un coup, je me souviens du *Dernier des Mohicans*. Je me dis : "La forêt primaire." L'Amérique avant l'arrivée de l'homme blanc.

Je roulais sur la route du Nord, qui surplombe le lac George, entre de hautes falaises escarpées couvertes d'immenses plaques de glace, et je jette un coup d'œil sur le côté vers la forêt, et je reçois la forêt en pleine gueule, ce fouillis épais d'arbres et de végétation complètement impénétrable, et je me mets à penser : Pourvu que ma voiture ne tombe pas en panne. Ce n'est pas le pays de Bambi, ici. Il fait vachement sombre, il y a des ours, des lynx, des élans. Dix mille coyotes, à en croire le *Times*. Des sasquatches*, sans doute.

Bien entendu, c'était le plein hiver, cette première fois, tout était recouvert de près de deux mètres de neige, avec des températures diurnes qui restaient bloquées pendant des semaines au-dessous de moins vingt, et forêts et montagnes n'en paraissaient que plus menaçantes. Des arbres, des rochers, de la neige et de la glace – et, jusqu'à ce que je quitte la grand-route pour prendre ces petites routes qui se faufilent d'un village à l'autre, pas l'ombre d'un habitant. C'était impressionnant, et en même temps c'était très beau. Incontestable.

Et puis j'ai commencé à voir les premiers signes de vie – des vies de pauvres gens. Ce que j'appelle pauvre. Pas comme dans les villes, bien sûr, pas comme à Harlem ou à Bedford-Stuyvesant, où on a l'impression que les pauvres sont enfermés, parqués derrière d'invisibles clôtures, prisonniers à perpétuité des riches qui habitent et travaillent au-dehors dans les tours d'acier et de verre. Pas étonnant qu'on appelle ces quartiers des ghettos. On devrait dire réserves.

---

* Cousins nord-américains du yéti. *(N.d.T.)*

Là-haut, par contre, ce sont les pauvres qui sont maintenus à l'écart et les riches qui demeurent à l'intérieur des barrières, et seulement durant les mois d'été. C'est un peu comme la lointaine Thulé, un lieu au-delà du monde connu, et la plupart des gens qui vivent ici toute l'année sont des laissés-pour-compte, rejetés au-delà des terres cultivées et obligés de chercher leur subsistance et leur abri au fond des bois en se nourrissant de noix et de baies tandis que nous autres, bien au chaud derrière les palissades, nous sommeillons, les pieds en l'air sur un coussin, un verre de fine à portée de main, le *Journal de Wall Street* étalé sur les genoux et le bon chien Médor roulé en boule devant le feu.

J'exagère, évidemment, mais pas tellement, parce que c'est l'impression qu'on a quand on navigue sur ces routes dans sa chouette Mercedes et qu'on voit passer ces maisons rapiécées, avec leurs feuilles de plastique battant aux fenêtres, leurs perrons effondrés, leurs tas de bois, les camions rouillés et les voitures bonnes pour la ferraille qui sont garés devant, ces restaurants routiers aux devantures condamnées par des planches et ces motels décrépits qui ont perdu leur clientèle à cause de l'autoroute construite par Rockefeller à l'usage des touristes républicains du sud de l'Etat et des poids lourds qui transportent des marchandises entre New York et Montréal. C'est étonnant comme les gens qui vivent dans de beaux endroits reculés s'imaginent toujours qu'une autoroute à six voies ou un aéroport international vont leur amener des touristes, lesquels résoudront tous leurs problèmes, alors qu'inévitablement, les seuls que ça enrichit habitent ailleurs. Les autochtones finissent par haïr les touristes, les inconnus, les étrangers – ces gens riches qui les emploient désormais à temps partiel comme domestiques, jardiniers, serveuses, garde-chasse, réparateurs. L'argent qui vient de la ville retourne toujours à sa source. Avec intérêt. Demandez à un Africain.

Sam Dent. Drôle de nom pour un patelin. Alors, naturellement, la première chose que j'ai demandée quand j'ai pris une chambre dans ce petit motel désolé à l'entrée du village, c'est : Qui diable était Sam Dent ?

Une femme assez belle, grande, aux yeux de biche, se trouvait à la réception ; elle portait un pull orné d'une frise de petits caribous et des jeans déformés ; c'était Risa Walker, et j'ignorais à ce moment-là qu'elle était l'un des parents qui avaient perdu un enfant dans ce prétendu accident. Sinon, je n'aurais sans doute pas été aussi désinvolte. Elle m'a répondu : Il possédait presque tous les terrains de la commune, autrefois, et il avait un hôtel, je crois. Elle parlait d'une voix terne, sans expression, une voix que j'aurais dû reconnaître comme celle de quelqu'un qui vient de perdre un enfant. Il y a longtemps de ça, a-t-elle ajouté. Comme si c'était le bon vieux temps. (Bon pour Sam, je parie, qui a dû mourir paisiblement pendant son sommeil, dans son hôtel particulier de la 5ᵉ avenue.)

Elle m'a donné la clé de ma chambre, le numéro 3, et m'a demandé si je comptais rester plus d'une nuit.

— Difficile à dire. Je lui ai passé ma carte de crédit, et elle en a pris l'empreinte. J'espérais trouver le lendemain un endroit plus confortable sur place ou dans les environs, un *Holiday Inn*, peut-être, ou un *Marriott*. Ce motel se trouvait manifestement sur la mauvaise pente, et ce depuis des années – pas de restaurant, pas de bar, une petite chambre au mobilier abîmé, avec un sommier affaissé et une douche qui avait une tête à cracher une eau tiède et rouillée qui deviendrait froide au bout de trente secondes.

Il se trouve qu'il n'y avait pas d'autre endroit où loger dans ce bled, et comme j'avais besoin de rester à proximité du lieu du crime, si je puis dire, j'ai fini par camper au motel des Walker tout au long de ces mois d'hiver et de printemps, jusqu'au début de l'été, chaque fois que je venais à Sam Dent, même quand la situation est devenue un peu délicate entre moi, Risa et son mari, Wendell. Elle n'est jamais devenue tellement délicate, mais quand il a été question du divorce, c'est à elle que j'ai donné des conseils, pas à lui. Du début à la fin, j'ai gardé la chambre à ma disposition – non qu'il y eût le moindre danger qu'elle fût occupée – et j'ai payé pour la période entière, que je l'utilise ou non. C'était bien le moins.

Le plus que je pouvais faire pour les Walker, c'était les représenter dans un procès et leur obtenir une compensation financière pour la perte de leur fils Sean. Et ce n'était là qu'une partie, la plus petite. Je pouvais aussi avoir la peau de l'enfant de salaud responsable de la perte de leur fils – ce qui contribuerait peut-être à sauver la vie d'un autre gamin sur le chemin de l'école dans une autre petite ville américaine.

Telle était mon intention, en tout cas. Ma mission, pourrait-on dire.

Et pourtant, chaque année, je jure de ne plus me charger d'une affaire concernant des enfants. Plus d'enfants morts. Plus de parents sonnés, en deuil, dont le seul désir en réalité c'est que, pour l'amour du ciel, on les laisse pleurer en paix dans leurs maisons obscures, assis sur les lits de leurs gosses avec les stores baissés devant le monde extérieur et sa curiosité, qu'on les laisse pleurer en silence et contempler leur inaltérable douleur. Je ne me fais pas d'illusions – je sais qu'en fin de compte un million de dollars de dédommagement, ça ne fait aucune vraie différence pour eux, que ça n'a d'autre effet que d'aiguiser leur peine en la bridant de termes légaux et en la rétribuant financièrement, que ça complique leur sentiment de culpabilité et les oblige à s'interroger sur l'authenticité de leur propre souffrance. Je sais tout ça ; je l'ai vu cent fois.

Ça n'a pas l'air très valable, hein ? Merci mais… non merci, c'est ça ? Et je vous jure que s'il ne s'agissait de rien d'autre, si le dédommagement n'était pas en même temps une amende, si ce n'était pas un châtiment qui, même s'il ne peut jamais correspondre au crime, devrait peut-être, au moins, donner à penser au criminel que le coût du crime est prohibitif, croyez-moi, je ne m'occuperais pas de telles affaires. Ça m'humilie. Intérieurement, j'en brûle de honte. Que je gagne ou que je perde, j'en sors toujours diminué, telle une scorie.

Je n'ai donc rien du Cavalier solitaire descendant sur la ville dans ma Mercedes-Benz blanche afin de protéger les bergers du coin contre les barons de l'élevage en chapeaux noirs ; ça c'est bien clair. Et si je me consume dans ces affaires sinistres, ce n'est pas avec l'idée que, d'une certaine manière, ça me rendra meilleur. Non, je l'admets, j'exerce une vendetta personnelle ; c'est évident, bon Dieu ! Et je n'ai nul besoin d'un psy pour me révéler mes motivations. Un psy m'expliquerait sans doute que c'est parce que j'ai moi-même perdu un enfant que je m'identifie à des cloches comme Risa et Wendell Walker ou ce pauvre couillon de Billy Ansel, et à Wanda et Hartley Otto. Les victimes. Ecoutez, identifiez-vous aux victimes et vous en deviendrez une aussi. Les victimes font des plaideurs merdiques.

C'est bien simple, je fais ça parce que j'enrage et que c'est ça qui résulte du mélange de la conviction et de la fureur. Une colère d'un genre très particulier, disons. Je n'ai rien d'une victime. Les victimes sombrent dans la dépression et vivent dans l'ailleurs et l'autrefois. Moi, je vis dans l'ici et le maintenant.

D'ailleurs, les gens de Sam Dent ne sont pas uniques. Nous avons tous perdu nos enfants. Pour nous, c'est comme si tous les enfants d'Amérique étaient morts. Regardez-les, bon Dieu – violents dans les rues, comateux dans les centres commerciaux, hypnotisés devant la télé. Dans le courant de mon existence, il s'est passé quelque chose de terrible qui nous a ravi nos enfants. J'ignore si c'est la guerre du Viêt-nam, la colonisation sexuelle des gosses par l'industrie, ou la drogue, ou la télé, ou le divorce, ou le diable sait quoi. J'ignore quelles sont les causes et quels sont les effets ; mais les enfants ont disparu, ça je le sais. Alors, essayer de les protéger, ce n'est guère qu'un exercice complexe de refus. Les fanatiques religieux et les superpatriotes, ils tentent de protéger leurs gosses en les rendant schizophrènes : les épiscopaliens et les juifs orthodoxes abandonnent progressivement les leurs à des pensionnats et divorcent afin de pouvoir baiser impunément ; les classes moyennes attrapent ce qu'elles peuvent acheter et le transmettent, tels des bonbons de Halloween empoisonnés ; et pendant ce temps, les Noirs au cœur des villes et les Blancs pauvres au fond des cambrousses vendent leurs âmes par convoitise de ce qui tue les gosses de tous les autres en se demandant pourquoi les leurs prennent du crack.

Il est trop tard ; ils ont disparu ; nous sommes ce qui reste.

Et le mieux que nous puissions faire pour eux – et pour nous – c'est de rager contre ce qui les a pris. Même si nous ne savons pas à quoi ça ressemblera quand la fumée se dissipera, nous savons que cette rage, pour le meilleur ou pour le pire, engendre un avenir. Les victimes sont ceux qui ont renoncé à l'avenir. Ils ont préféré se joindre aux morts. Et les autres, regardez-les : à moins que la rage ne les habite et ne les anime, ils sont inutiles, inconscients ; ils sont morts, eux aussi, et ne le savent même pas.

Si vous voulez connaître la vérité, dans ma vie, c'est-à-dire dans ma vie privée, bien que la victime apparente soit mon ex-femme, Klara (vous n'avez qu'à lui demander), la vraie victime, c'est ma fille, Zoé. Pas moi, c'est certain. Parce que je peux bien avoir perdu Zoé, mais elle n'est pas morte, au sens littéral. Du moins pas que je sache. Pas encore. La dernière fois que j'ai eu de ses nouvelles, elle était à Los Angeles, où elle se baladait comme un zombi tatoué en compagnie d'un de ses copains zombis aux cheveux mauves.

Elle est ma fille unique ; je l'ai aimée plus que je ne croyais humainement possible. Certainement plus que je n'ai jamais aimé n'importe qui d'autre. J'ai raconté mon histoire – je ne peux pas m'en empêcher, j'imagine – à des amis, à des inconnus et même à des psy, qui tous se sont apitoyés sur moi, ce qui est une façon de s'apitoyer sur eux-mêmes, à ce que j'ai appris ; j'ai assisté à des réunions des Alcooliques anonymes et à des séances de partage entre parents et épouses de drogués, où on recommande une sorte de tri spirituel

("Mitch, calme-toi, vieux, tu dois apprendre à te *séparer* de ta fille", vous dit-on, tandis que vous la regardez se noyer sous vos yeux) ; et j'ai passé plus de temps à discuter avec Klara depuis cinq ans que pendant les quinze années où nous étions mariés – j'ai fait tout ce que le père aimant d'une gosse assommée par la came est censé faire. J'ai même joué les Rambo, enfoncé quelques portes et traîné Zoé hors d'immondes appartements infestés de rats, des tas d'ordures avec dans un coin, sur une télé, des autels sataniques éclairés par des bougies dans des crânes de chèvres ; je l'ai enfermée dans des hôpitaux, dans des centres de désintoxication, dans les fermes de parents compréhensifs au fin fond du Michigan. Deux semaines plus tard, on la retrouve à la rue. New York, Pittsburgh, Seattle, L.A. Lorsque j'ai de nouveau de ses nouvelles, c'est un coup de téléphone, tout un cinéma pour avoir de l'argent, argent théoriquement destiné à l'école, ou à un spécialiste d'un genre nouveau qui soigne les drogués par la macrobiotique ou, avec des sanglots de honte et de désir, un billet d'avion pour rentrer à la maison (là, je ne résiste pas, en général). J'envoie l'argent, des centaines, des milliers de dollars ; et c'est reparti. Un ou deux mois plus tard, elle m'appelle de Santa Fe – même cinéma, même topo, les détails varient : un acupuncteur spécialisé dans la guérison des accros, le coût de l'inscription dans une école d'art culinaire à Tucson, et si ces histoires ne marchent pas, elle se rabat sur la vieille supplication de la laisser revenir chez nous, à New York, et on résoudra ce problème ensemble, papa, cher papa, une fois pour toutes, si je veux bien simplement lui envoyer le billet d'avion et de l'argent pour récupérer ses affaires mises en gage, etc. Au point où on en est, je me rends compte, bien entendu, que si je ne lui envoie pas d'argent elle trouvera un autre moyen de s'en procurer, trafic de drogue, pornographie ou même prostitution. C'est comme si ma situation m'imposait de lui acheter des seringues propres afin de la protéger du SIDA. La protéger de la drogue, n'y pensons plus. Pas plus qu'à guérir son âme.

Cinq ans comme ça, et qu'est-ce qui arrive ? La rogne – croyez-moi, après assez de fureur et d'impuissance, votre amour se transforme en rogne fumante. Bien sûr, longtemps avant que Zoé se tire de sa pension et se retrouve à la rue, j'étais déjà en rogne – c'est dans mes gènes, pratiquement – mais elle a réussi à me donner une bonne raison précise de l'être, si bien que, lorsque je ne suis pas en train de me défoncer pour une affaire dans le genre de celle du bus scolaire de Sam Dent, je me sens vague et incohérent, bouillonnant, obsédé, bon à rien – fou. Je préfère devenir une scorie qu'un fou. Mais pas question que je me laisse aller à l'état de victime.

Ce type, Wendell Walker – le propriétaire, avec sa femme Risa, du motel où je logeais, le *Bide-a-Wile* –, il m'a étonné. Au début, je l'avais pris pour un éternel perdant, un de ces types qui se complaisent dans leur propre tragédie, qui se sentent ennoblis et agrandis par elle. Mais de tous les parents de Sam Dent qui ont perdu un gosse lorsque le bus s'est planté, c'est lui qui a fait preuve du moins d'intérêt pour son statut de victime. A l'exception de Wanda Otto, sans doute. Il s'agit ici des parents de quatorze enfants environ, dont certains, comme Billy Ansel, en ont perdu plus d'un, donc il s'agit en réalité d'une liste de huit familles seulement. Parmi lesquelles, pendant les quelques semaines qui ont précédé la mise en train de l'affaire, j'ai pu en interviewer cinq qui n'avaient pas déjà pris un autre avocat – ce qui les mettait *off-limits* pour moi – ou qui ne refusaient pas d'en parler à quiconque, comme Billy Ansel – et même lui, j'ai fini par l'avoir. En un sens.

Et puis il y avait la jeune Nicole Burnell, qui avait survécu à l'accident ; elle serait la cheville de l'affaire, cette reine de beauté américaine, cette adolescente dont la vie était foutue à cause de son invalidité et du traumatisme subi du fait de cette épreuve. Une victime vivante est plus efficace qu'une morte devant des jurés ; la mort, ils ont le sentiment que rien ne peut la compenser. C'est ainsi que j'ai décidé de la faire comparaître ; heureusement, c'est aussi la façon dont ses parents voyaient la situation. Elle avait été leur fortune, leur gloire : comme avenir, ils n'avaient que son avenir, et puisqu'elle avait été dépouillée de celui-ci, eux aussi, dans leur optique, en avaient été dépouillés : ils avaient soif de sang. D'une manière ou d'une autre, ils allaient continuer à se servir d'elle pour obtenir ce qu'ils considéraient comme leur dû.

Ça m'arrangeait. Moi aussi, j'avais mon programme. En dépit de son infirmité, Nicole Burnell avait bonne allure, elle s'exprimait bien, et elle avait souffert et souffrirait pendant sa vie entière au-delà de toute mesure. Une fille de quatorze ans, belle et intelligente, en chaise roulante. Elle était parfaite. J'étais impatient de voir la partie adverse s'en prendre à elle.

Wendell Walker, par contre, la première fois que je l'ai vu, m'a paru complètement défait, annihilé, un trou noir dans l'espace. Bon à rien, même pour lui-même. Après avoir casé mes affaires dans ma chambre, j'étais revenu au bureau du motel afin de me faire indiquer où le bus s'était renversé et de me renseigner sur certaines des réactions locales à l'événement – autrement dit : pour me mettre au travail – mais aussi dans le but de demander s'il existait en ville un endroit où on pouvait faire un repas convenable. Ça ne paraissait guère probable, mais on ne sait jamais, dans ces petits bleds. J'ai un jour trouvé un barbecue formidable à Daggle, Alabama.

Le bureau était lugubre et obscur, aussi froid qu'un frigo de boucher ; derrière le comptoir, une porte donnant sur ce qui devait être, pensai-je, l'appartement où habitaient les propriétaires, était entrouverte et un maigre rai de lumière se dessinait au sol sur le linoléum. Je me croyais seul, mais lorsque je me suis avancé vers le comptoir en quête d'une sonnette ou d'un autre moyen d'appeler la femme qui m'avait accueilli, j'ai vu qu'il y avait quelqu'un, un homme grand et lourd assis sur une chaise à dossier droit, derrière le comptoir, dans l'obscurité comme s'il était en pleine lumière, les yeux fixés sur ses genoux comme s'il lisait un magazine. C'était une pose étrange, vigilante mais figée sur place. Il me paraissait catatonique.

— Désolé, vieux, ai-je dit. Je ne vous avais pas vu. Comment va ?

Pas de réponse. Pas la moindre réaction. Il continuait à fixer ses genoux, à croire qu'il ne m'avait ni vu ni entendu. J'ai pensé : L'idiot du village. Un dégénéré. Epatant. Le premier indigène à qui j'ai l'occasion de parler, il se trouve que c'est un dingue. J'ai demandé : La patronne est là ?

Rien. Sauf que sa langue est apparue et a léché ses lèvres sèches. Et puis je l'ai reconnue. Je l'ai vue cent fois, mais elle m'étonne et m'effraie toujours. C'est l'expression opaque, occultée, d'un homme qui vient d'apprendre la mort de son enfant. C'est le visage de quelqu'un qui s'en est allé de l'autre côté de la vie et n'a plus un regard pour nous. Elle a toujours la même histoire, cette expression : au moment où l'enfant meurt, l'homme le suit dans les ténèbres, comme dans une ultime tentative de le sauver ; ensuite, pris de panique, pour s'assurer qu'il n'est pas mort, lui aussi, l'homme revient momentanément vers nous, il peut même rire ou dire quelque chose d'étrange, car ici aussi il ne voit que ténèbres ; alors il s'en retourne là où son enfant s'en est allé, les yeux fixés sur l'une des apparitions lumineuses qui s'y promènent encore. Ça donne la chair de poule.

— Désolé, vieux, lui ai-je dit. Je viens d'arriver.

Toujours pas de réaction. Et puis il a bougé légèrement, il a retourné ses mains et les a posées sur ses genoux. Il portait un sweat-shirt des Expos de Montréal et un large pantalon kaki ; c'était un gros type aux épaules affaissées, l'air pas trop malin.

Tout à coup, il a dit : Vous êtes avocat ? Sa voix était basse mais fluette, aplatie, comme un bout de fer-blanc. Il ne s'était toujours pas tourné vers moi, mais je suppose qu'il avait déjà pris ma mesure. Bon Dieu, j'imagine que j'ai l'air d'un avocat, surtout dans un endroit comme celui-ci, surtout en ce moment. Quand il arrive un truc pareil, les gens s'attendent à voir grouiller les avocats. Les mecs en complet et pardessus.

— Oui, je suis avocat.

— Un bon avocat ?

— Oui, un bon. Ce qui se fait de mieux, lui ai-je répondu.

Lentement, il s'est tourné vers moi et a examiné mon visage dans la pénombre.

— Eh bien. J'ai besoin d'un avocat, a-t-il dit, et quand il s'est levé, son grand corps mou s'est raidi et, à ma surprise, l'homme m'a paru solide, dur comme un poing, et j'ai pensé : Ma parole, j'ai failli interpréter ce type complètement de travers. Entrez ici, a-t-il ajouté. On veut vous parler, ma femme et moi.

Plongeant la main dans ma poche, j'en ai sorti une carte que je lui ai tendue, et qu'il a acceptée sans un regard, comme un groom accepte un pourboire, et posée sur le comptoir, face imprimée dessous. De l'autre main, il a ouvert la porte vers son logement, inondant ainsi le bureau de lumière, puis il est passé de l'autre côté, dans le salon, où j'ai vu la femme, assise dans un fauteuil, en train de regarder la télévision sans le son.

Je l'ai suivi dans cette petite pièce, on s'est assis, et pendant trois heures on a parlé tous les trois, ils n'ont pas cessé de regarder la télévision silencieuse, sans jamais un regard vers moi ni l'un vers l'autre. Inconfortable, oui, mais sur le moment ça paraissait tout à fait approprié, indispensable même à notre conversation.

C'était un bon départ pour moi, un coup de chance. Les Walker étaient classiquement en rogne. Tous les deux. Ils voulaient la vengeance, ce qui ne pouvait leur servir à rien, bien entendu – ils ne l'obtiendraient pas, mais ça, ils l'ignoraient encore. Et, ainsi que je l'ai su plus tard, ils voulaient de l'argent, pas en compensation mais parce que ça faisait si longtemps qu'ils étaient fauchés et en avaient envie.

J'ai appris d'eux ce soir-là, mon premier soir dans leur village, beaucoup de choses dont les journaux ne m'avaient pas encore informé – les noms des autres parents dont les enfants avaient été tués, le trajet habituel du bus scolaire, l'état de la conductrice quand elle avait ramassé leur fils, Sean, le temps qu'il faisait, l'endroit exact où le bus était sorti de la route, l'origine et l'histoire de la sablière au fond de laquelle il avait abouti, et ainsi de suite.

Il paraissait évident que la conductrice du bus, Dolorès Driscoll, n'était pas la bonne voie ; selon toute vraisemblance, elle avait fait exactement ce qu'elle faisait depuis des années et, d'ailleurs, elle ne possédait rien qu'on pût saisir, ni biens ni espérances ; de plus, elle était très populaire dans le patelin, elle ne buvait pas et elle avait à charge un mari infirme. Pas le genre de personne à qui on a envie d'intenter un procès en responsabilité. Les poches pleines, je le savais, on les trouverait dans les pantalons portés par l'Etat, la ville et l'administration de l'école ou, plus exactement, par leurs compagnies d'assurances. J'ai expliqué ça aux Walker.

Je leur ai demandé qui d'autre pourrait souhaiter se joindre à nous dans un procès.

— Je ne sais pas, a répondu Risa, les yeux toujours tournés vers l'écran tremblotant de la télé. (Le *Cosby show*, que je déteste. *Ozzie et Harriet* grimés en noir.) Personne n'en a encore vraiment parlé. Bien qu'il y ait beaucoup d'avocats en ville, à ce qu'on m'a dit. Deux d'entre eux ont pris une chambre ici, aujourd'hui. Mais ils avaient l'air…

— Trop jeune et trop vieux, a fait Wendell. L'un ou l'autre. Trop vachement intéressés.

Je voyais le genre. Je leur ai expliqué que les gens que je souhaitais voir se joindre à nous étaient les moins susceptibles de faire affaire avec ce type d'avocats. Non, ai-je dit, ce qu'il nous faut, ce sont des gens comme vous, intelligents et sachant s'exprimer, perçus comme des parents sensibles et aimants, des gens avec une vie de famille solide, sans rien d'illégal à l'arrière-plan, sans histoires troubles dans le pays. De bons voisins, c'est ça que je veux, des gens comme vous, ai-je répété, en en rajoutant un peu.

— Eh bien, d'accord, il y a Kyle et Doreen, a suggéré Risa. Les Lamston. En haut de Bartlett Hill. Ils ont perdu leurs trois enfants. Après tout ce qu'ils ont subi. Surtout Doreen.

Risa en était au stade où, de temps en temps, elle croyait n'avoir pas perdu son fils ; elle pensait que ce n'était peut-être arrivé qu'aux autres gens de la ville.

— Kyle boit, il est alcoolique et agressif, a dit Wendell. Personne ne l'aime. On risque des ennuis avec lui.

— Agressif, dites-vous. A-t-il la réputation de battre sa femme ?

— Ouais, il bat sa femme. Je pense bien. C'est la "réputation" qu'il a. Et c'est vrai.

— Bon, alors il y a les Hamilton. Joe et Shelley Hamilton.

Wendell a protesté :

— Tous ceux qui connaissent ce type savent que ça fait des années qu'il vole des trucs dans les résidences d'été pour les revendre aux antiquaires de Plattsburgh.

Je commençais à aimer cet homme-là, Wendell Walker. Il avait l'air d'un mou, mais il ne manquait pas de tenue. Au milieu des ruines de sa vie, noyé dans le chagrin, il restait capable d'exprimer ses rancœurs. Sans doute les avait-il gardées enfouies au fond de lui depuis des années, avec un sentiment de culpabilité, et maintenant pour la première fois de sa vie il se sentait le droit de frapper en tous sens. Son épouse, par contre, paraissait liée aux autres de façon plus conventionnelle ; cette belle femme, qui avait dû être sexy, recherchait encore l'estime et l'attention de ses voisins. Elle essayait de voir les choses sous le meilleur jour possible, même si cela signifiait se mentir à elle-même.

Wendell, lui, s'en foutait pas mal. Désormais.

Ils ont énuméré la liste des parents, mais la plupart étaient aussitôt rejetés par Wendell dont les rancunes, les aigreurs et les vieilles blessures faisaient surface, l'une après l'autre, et s'exprimaient :

— Ce fils de pute doit cinquante mille dollars de factures impayées à la banque et à la moitié des commerces de la ville, et il est sur le point de perdre sa maison et sa voiture…

— Elle est tous les soirs au *Rendez-Vous* ou au *Spread Eagle*, et elle a couché au moins deux fois avec tous les ivrognes de la ville…

— Les Bilodeau et les Atwater sont tous dégénérés. Ils sont tellement bêtes qu'ils ne savent pas le nom des jours de la semaine…

Et ainsi de suite jusqu'au bout de la liste, avec le concours réticent de Risa. Jusqu'à ce qu'ils arrivent aux Otto, Wanda et Hartley, qui avaient perdu leur fils adoptif, un jeune Indien nommé Bear. Wanda était enceinte, ils avaient l'air de gens intelligents, ils avaient même été à l'université, avaient quitté la ville une douzaine d'années auparavant pour s'installer à Sam Dent où ils s'étaient fait une existence respectée comme artisans.

— Ouais, eh bien, je parie qu'ils fument de l'herbe, a grommelé Wendell.

— Tu n'en sais rien. Risa a allumé une cigarette, comme par défi.

— Ils n'ont jamais été pris ? ai-je demandé, et j'en ai allumé une aussi.

— Non, a dit Risa.

— Pas à ta connaissance, tu veux dire, a répliqué Wendell. Je me suis demandé s'il savait que sa femme avait sans doute une liaison.

Je prenais des notes et les laissais aller. J'aimais particulièrement ce qui concernait le petit Indien adopté et la grossesse de Wanda. Il était possible qu'elle perde son bébé à cause de cette histoire. Ça arrive. Quant à l'herbe, je vérifierais plus tard. (Il n'y avait rien, bien sûr. En tout cas rien d'officiel. Soupçons locaux, c'est tout.)

C'est Wendell qui a parlé de Billy Ansel. Risa n'a rien dit, et j'en ai conclu que c'était avec lui qu'elle avait une liaison. Ça pouvait causer des problèmes, et j'ai donc mis un astérisque à côté de son nom ; mais à part ça, c'était presque trop beau pour être vrai. Ansel était veuf, très admiré de ses concitoyens, un ancien du Viêt-nam, un héros de la guerre, pratiquement. Et il avait perdu ses deux enfants, des jumeaux. Qui plus est, il avait été témoin de l'accident ; il suivait le bus dans son camion, ce matin-là, et il avait aidé à repêcher les victimes. Il savait, grand Dieu, que ses enfants étaient morts. Pas moyen de le nier.

Le bus, m'a dit Wendell, avait été remorqué jusqu'au garage d'Ansel.

— J'étais à l'école avec lui, a ajouté Wendell. Je pense qu'il doit être le type le plus aimé de cette ville. Il le sait. Et ça lui plaît. Mais enfin, c'est normal, je suppose. Il boit, a-t-il ajouté. Mais surtout chez lui. A part ça, rien à lui reprocher.

J'ai regardé Risa, qui regardait ses mains. Double astérisque.

— Et les gosses qui ont survécu à l'accident ? Je crois savoir que certains ont été gravement blessés. Y en a-t-il dont vous pensez que les parents voudraient se joindre à nous ?

Comme soulagée qu'on ne parle plus de Billy Ansel, Risa s'est mise à énumérer les noms d'une demi-douzaine de familles, dont les Burnell, Mary et Sam, et leur fille Nicole, élève de huitième, déléguée de classe, reine du bal au dernier Festival des moissons, en automne. Elle pouvait devenir Miss Essex County, ou même Miss New York, a soupiré Risa d'un air mélancolique. Je suis sérieuse.

Nicole se trouvait à l'hôpital de Lake Placid, le dos brisé, encore inconsciente, d'après ce qu'ils savaient. Ses parents, ils en sont convenus, étaient pauvres mais honnêtes, des fidèles pratiquants. Des piliers de la communauté, a fait Wendell, sarcastique. Le père, Sam, était plombier ; la mère chantait dans le chœur. Nicole avait été la baby-sitter préférée de tout le monde.

Un début prometteur. Je suis allé prendre dans ma chambre un formulaire de convention d'honoraires que j'ai fait signer par les Walker après leur en avoir expliqué les termes, puis je suis parti à la recherche d'un hamburger et d'une bière, que j'ai trouvés au *Rendez-Vous*, une taverne située presque en face du motel, de l'autre côté de la route. Très commode. Même pas eu besoin de la voiture ; je n'avais qu'à traverser. Et il se trouve que le hamburger n'était pas mauvais.

Il n'y avait personne là-dedans qui semblât du patelin, à part le barman et la serveuse. J'imagine qu'ils étaient tous chez eux en train de regarder la télé pour voir s'ils étaient au journal. Mais je n'étais pas le seul client. Assis au bar, deux requins en costume croisé – Wendell avait raison : trop vieux, trop jeune, trop intéressés – regardaient les Knicks écraser les Celtics tandis que, dans le fond, quelques bonshommes que j'identifiais comme des journalistes, en blouson de cuir et jeans délavés, allaient et venaient d'une table à l'autre en parlant boulot, pleins de morgue les uns envers les autres et envers la ville, en train de s'entraîner pour le reportage qui leur vaudrait le Pulitzer. Les journalistes qui couvrent ces drames de l'arrière-pays, même s'ils sont les stars d'un truc dans le genre du *Press-Republican* de Plattsburgh, s'efforcent toujours d'avoir l'air de travailler pour *Rolling Stone* ou *The Village Voice*.

Pas question que je m'installe au bar avec les requins, malgré les Knicks ; je me suis donc assis au fond, dans un coin, un peu à l'écart des journalistes et j'ai mangé seul, en revoyant mes notes. J'étais lancé. Heureux. Plus ou moins.

Le lendemain matin (j'avais raison, pour la douche, soit dit en passant, et le lit faisait penser à un hamac en fil de fer, quant à la chambre elle était aussi froide qu'un camp de pêcheurs au Labrador), je me suis rendu à Keene Valley, un patelin à dix miles au sud, où le barman du *Rendez-Vous* m'avait dit qu'il y avait une cafétéria, le *Noonmark*, qui servait un breakfast convenable et vendait des journaux venus de l'extérieur. Le trajet m'a paru agréable. Les montagnes enneigées surplombant le village lui donnaient l'air tout petit, les bâtiments paraissaient chétifs et provisoires. De minces spirales de fumée de bois montaient des cheminées des maisons et disparaissaient dans l'air limpide. Le soleil brillait, la neige semblait moelleuse comme un duvet, le ciel faisait penser à un immense bol bleu et, d'après la radio locale de Lake Placid, il faisait moins vingt. C'est joli, là-haut, en hiver mais, croyez-moi, mieux vaut contempler ça à travers les vitres d'une voiture bien chauffée.

Après un copieux déjeuner campagnard de crêpes et de lard parmi des citoyens qui hochaient tristement la tête en parcourant les comptes rendus de la catastrophe advenue au village voisin, je suis rentré à Sam Dent, où j'ai trouvé les Otto chez eux – dans ce qu'on pourrait sans doute appeler leur maison. Je n'aurais pas pu dire s'il s'agissait d'une station de radar du Grand Nord ou d'une habitation. Ils vivaient dans un dôme que, manifestement, ils avaient construit eux-mêmes, couvert de bardeaux et à moitié enfoncé dans le flanc de la montagne, avec des fenêtres aux formes bizarres, losanges et triangles, disposées selon un schéma que, de l'extérieur, je ne discernais pas.

Leur accueil n'a pas été vraiment chaleureux. Hartley Otto m'a ouvert la porte, et un énorme terre-neuve noir à l'air stupide a foncé à côté de nous et s'est mis à aboyer avec fureur devant ma voiture, comme si j'étais encore dedans. Le chien était très gros, mais la voiture semblait capable de faire face. Certaines espèces domestiques, en particulier les chiens démesurément gros ou minuscules, mériteraient d'être frappées d'extinction. Les chevaux aussi, maintenant qu'on a des tracteurs.

Hartley Otto était un grand type maigre dans la quarantaine ; il avait une barbe irrégulière et une longue chevelure grisonnante attachée en queue de cheval à l'aide d'un cure-pipe entortillé. Avec son tricot de corps, sa salopette informe maintenue par des bretelles à boutons, et ses bottines de travail, il avait plus l'air d'un montagnard des Appalaches que d'un hippie vieillissant, mais je suppose que c'était l'effet recherché. C'était politique. Son visage hâve était prématurément ridé, il avait des cernes noirs sous des yeux bleus intelligents, et s'il avait dormi depuis deux jours ce n'était certainement pas beaucoup. Je me suis demandé s'il consentirait à se faire couper les cheveux pour le procès.

Je me suis arrêté sur le seuil pendant quelques secondes sans rien dire, dans la lumière éblouissante du soleil sur la neige, pour lui permettre de me regarder. J'ai appris à ne pas précipiter ces choses-là. Et puis j'ai dit :

— Risa et Wendell Walker, ils m'ont dit que vous voudriez peut-être me parler.

— Ah.

Simplement, comme si je lui avais dit qu'il allait sans doute neiger. Bien qu'il fût tout en os et en nerfs, il paraissait fragile – une claque amicale sur l'épaule risquait sans doute de le faire s'écrouler en tas sur le sol.

— Excusez-moi d'arriver ainsi sans m'être annoncé, Mr Otto ; les Walker m'ont dit que vous comprendriez. Je sais que c'est un mauvais moment, mais il serait important que nous discutions.

— Oui, eh bien, bon…, a-t-il dit.

J'ai enlevé mes gants et tendu la main en disant mon nom ; il l'a prise dans la sienne, mollement, et m'a laissé secouer celle-ci comme si c'était un épi de maïs. J'ai pensé : Ce type est ailleurs, il est parti avec son gosse. J'espérais que sa femme, elle, serait en colère.

D'habitude, ça suffit. Le partenaire qui est en colère porte celui qui est abattu, qui n'a même plus la force d'affronter l'idée d'un procès, sans parler de sa réalité qui, bien sûr, une fois que la machine est lancée, produit sa propre énergie. Il faut qu'un des deux carbure à la colère, surtout au début ; deux vaincus ont tendance à renforcer la lassitude l'un de l'autre et font de mauvais plaignants. L'avocat se retrouve souvent obligé de se battre contre ses propres clients, particulièrement vers la fin, quand on en vient à jouer ses dernières cartes, quand les règlements à l'amiable sont proposés et refusés. Je voulais une méchante équipe, une bande de parents assoiffés de vengeance, prêts à aller avec moi au bout du chemin pour ne rentrer qu'avec quelques trophées sérieux au bout de nos lances. Hartley Otto n'avait pas l'air très méchant.

D'un geste vague, il m'a invité à entrer, ce que j'ai fait, bousculé par le chien, qui semblait avoir renoncé à impressionner ma voiture. La maison sentait la fumée de bois et la compote de pommes. Du dedans non plus, les fenêtres ne correspondaient à aucun schéma – faut reconnaître que je ne vois pas comment on aurait pu inscrire des fenêtres symétriques dans ce bâtiment sans en briser toute l'ordonnance. Ce genre de structure. La lumière tombait d'en haut en onde douce et diffuse, c'était assez agréable, en réalité, bien qu'un peu déconcertant au début. Par ces fenêtres, on ne voyait pratiquement que des frondaisons et le ciel bleu, comme si on regardait du fond d'une citerne.

J'imagine qu'ils devaient se sentir en sécurité là-dedans. Moi, je me serais senti piégé.

Il m'a fallu quelques secondes pour m'habituer à la pénombre brumeuse de l'intérieur qui, si on se détournait des fenêtres, évoquait davantage un immense tipi qu'une citerne. C'était un vaste espace à deux étages, divisé en plusieurs petites chambres par des pans de tissus de couleurs vives – batiks et madras – suspendus à des fils. Sur une plate-forme basse en briques, au milieu de la pièce principale, je vis un grand poêle à bois en fonte ; le chien s'était étalé à côté, tel un bison abattu.

A quelques pas du poêle, jambes croisées comme un chef bédouin, Wanda Otto était assise sur un gros coussin. Un visage d'une intelligence farouche, des yeux étrécis de méfiance et d'intolérance : manifestement, elle était prête à partir en guerre. Une femme selon mon cœur.

— Comment vous dites que vous vous appelez ? m'a demandé Hartley.

— Mitch Stephens. J'ai sorti une carte et la lui ai tendue. Il l'a examinée avec attention puis l'a passée à sa femme qui, après un rapide coup d'œil, l'a déposée près d'elle sur le sol. J'avais l'impression d'être Meriwether Lewis envoyé de Washington pour traiter avec les Indiens.

— Il vient de la part des Walker, a dit Hartley d'une voix dont le son rappelait l'aspect d'une feuille de papier blanc. Passant derrière sa femme, il est allé s'asseoir sur ce que j'aurais pris pour un tabouret, mais qui était en réalité un tronc d'arbre couvert d'un coussin, auquel était fixé un dossier en branches de bouleau. A part les nombreux gros oreillers disséminés dans toute la pièce, l'ensemble du mobilier était fait de morceaux d'arbres conservant leur aspect original, des bouleaux surtout, taillés sommairement et non achevés, avec l'écorce. Rustique forestier, comme on dit, conçu pour avoir l'air de pousser dans la forêt sous la forme approximative de chaises, de tables ou d'étagères : on n'a plus qu'à les ramener chez soi, ôter les feuilles, supprimer quelques branches ici et là, et *voilà**. Il y a des gens qui aiment ces trucs-là, et qui les achètent très cher.

— Vous voulez une tasse de thé ou quelque chose ? m'a-t-il demandé.

J'ai répondu que du thé serait parfait et j'ai pris la liberté de me débarrasser de mon pardessus.

— Vous permettez que je m'assoie un instant, Mrs Otto ? Je voudrais vous parler. De même que j'ai parlé aux Walker, hier soir.

Je portais un complet, sans cravate, une tenue qui faisait encore très Manhattan, je le regrettais, mais c'était tout ce que j'avais pris avec moi. Je me suis promis qu'avant de revenir à Sam Dent (et je me sentais déjà certain d'y faire de nombreux séjours), je passerais au comptoir local. Chemises de flanelle, pantalons de laine verte, gros godillots, veste en duvet – le look Adirondacks. A ce moment-là, ça n'aurait évidemment

* En français dans le texte. *(N.d.T.)*

plus beaucoup d'importance ; tout le monde saurait que je suis un avocat new-yorkais. Pourtant, quand on est à Rome…

Wanda m'a désigné un coussin à proximité, et je m'y suis aussitôt installé. Les fauteuils en branchages et les souches ne paraissaient guère confortables, de toute façon. D'ailleurs, je voulais me trouver près du sol, comme elle, et la regarder droit dans les yeux. Que Hartley reste en l'air, en dehors, qu'il s'occupe du thé. Nous allions traiter, cette dame et moi, le chef indien et l'homme blanc.

— Je suis avocat, ai-je dit.

— Je vois. Elle avait de gros seins, les épaules larges, de longs cheveux noirs nattés qui lui pendaient dans le dos. Elle portait une ample blouse imprimée qui mettait son ventre gravide en valeur plus qu'elle ne le dissimulait, une longue jupe de laine et des mocassins, et son volume paraissait plus grand que son poids – j'avais l'impression qu'elle devait être épatante sur une piste de danse et autoritaire au lit. Une lourde amulette en argent et turquoise pendait à un lacet de cuir passé autour de son cou. Elle avait de grandes mains puissantes, presque aussi fortes que les miennes, des poignets épais avec une demi-douzaine de bracelets de chaque côté, et aux doigts plusieurs grosses bagues en argent ciselé.

Cette femme planait en plein rêve indien – en ce moment, sûrement, plus que jamais –, elle pratiquait sans doute le chant et la méditation, les étuves et la divination. J'ai pensé qu'elle devait être juive, de Great Neck, Long Island, université de New York, promotion 1972, psycho en matière principale, quelques années de travail social et de beaux-arts à la New School, où elle aurait rencontré Hartley, le sculpteur sur bois luthérien, venu du Wisconsin ou d'ailleurs pour échapper à la conscription. Ils auraient découvert cet endroit au cours de vacances de camping. (Il se trouve que je n'étais pas loin. J'avais situé Wanda exactement, et quant à Hartley, il venait du Dakota-du-Sud ; ils avaient acheté leur terrain, grâce à de l'argent emprunté au père de Wanda, alors qu'ils participaient à un camp d'été socialiste en tant que conseillers en artisanat, et avaient construit leur maison l'année suivante ; tout cela, je l'ai appris plus tard, bien entendu.)

— Vous connaissez les Walker, Risa et Wendell, ai-je commencé.

— Oui.

— Ils disent grand bien de vous.

— Tant mieux. En diront-ils autant de vous ?

— Je crois que oui. Surtout quand je leur aurai fait gagner leur procès.

— Alors ils vous ont engagé.

— Oui.

— Je vois. Leur enfant est mort, et ils sont allés engager un avocat.

— Oui. Mais ma tâche consiste à les représenter dans leur colère, pas dans leur peine.

— C'est comme ça que vous comprenez votre boulot ? Représenter la colère ?

— Oui. Vous êtes en colère, n'est-ce pas ? Entre tant d'autres choses.

Elle a pincé les lèvres d'un air pensif et gardé le silence. Le chien s'était mis à ronfler. Hartley avait disparu derrière un rideau, et j'ai entendu de l'eau couler dans une bouilloire, ce qui m'a étonné – j'aurais imaginé des blocs de glace mis à fondre, ou peut-être une pompe à main, pas un robinet et un évier. Ils avaient probablement un four à micro-ondes et des robots ménagers.

— Oui, a-t-elle dit, dans un soupir. Oh, oui, nous sommes en colère. Entre tant d'autres choses.

— C'est pour ça que je suis là, Mrs Otto. Pour donner une voix à votre colère, pour être une arme entre vos mains.

— Contre qui ?

— Contre quiconque est responsable du fait que le bus a quitté la route et est tombé dans ce trou.

— Je vois. Vous pensez que quelqu'un, une *personne*, est responsable de l'accident.

— Ça n'existe pas, un accident.

— Non. Non, ça n'existe pas. Vous avez raison sur ce point. Mais comment saurez-vous qui est responsable de l'accident qui nous a pris notre fils ?

— Si tout le monde avait fait son boulot, votre fils serait en vie ce matin, sain et sauf, à l'école. Je découvrirai qui n'a pas fait son boulot, voilà tout. Ensuite, en votre nom, en celui des Walker et en celui de tous ceux qui décideront de se joindre à nous, j'attaquerai cette personne et la société ou l'agence qui l'emploie. Je les attaquerai pour négligence.

— Je veux que cette personne passe le restant de ses jours en prison, a-t-elle déclaré. Jusqu'à sa mort. Je ne veux pas de son argent.

— Il y a peu de chances que quelqu'un aille en prison. Lui ou sa société devront payer d'autres façons. Mais ils paieront. Et nous devons les y contraindre, Mrs Otto, non dans le but que vous en retiriez un profit matériel ou une compensation pour la perte de votre fils Bear, ce qui est impossible, mais dans le but de protéger l'enfant que vous portez en ce moment. Comprenez-moi, si je suis ici, ce n'est pas seulement en tant que porte-parole de votre colère. C'est aussi afin de parler pour l'avenir. Ce dont il est question ici, c'est de notre relation au temps qui passe.

— Je vois.

Et je pense qu'elle voyait, en effet. Les Walker m'avaient paru plus confus dans leurs motivations. Ils portaient naturellement à l'argent que leur promettait le procès un intérêt avide et puéril, plus grand, j'en suis sûr, qu'ils n'étaient disposés à l'admettre vis-à-vis d'eux-mêmes ou de moi. Les Walker étaient pauvres et endettés, et cette pauvreté qui les empoisonnait depuis des années leur paraissait encore plus injuste dès lors que leur enfant avait disparu. Ni Wanda Otto, par contre, ni son mari ne m'ont jamais paru considérer l'argent d'un point de vue égoïste ; ils ne s'y intéressaient que dans la mesure où il pouvait fonctionner en pratique comme châtiment et à titre préventif. Sans doute étaient-ils trop perdus dans leurs fantasmes de petits Indiens zen pour me paraître totalement crédibles, aussi fiables que les Walker, mais je les admirais néanmoins.

Hartley était revenu avec une chope dans laquelle trempait un sachet de thé.

— Laissez-le infuser deux minutes, a-t-il dit. Vous voulez du lait ?

— Non. Un peu de sucre, peut-être.

— Nous n'avons que du miel.

— Je le prendrai sans rien.

— Eh bien, monsieur l'avocat de New York, ce que vous m'avez dit se tient, m'a déclaré Wanda. Pas grand-chose d'autre en ce monde. Puis, à Hartley : Nous devrions charger cet homme de nous représenter. Comme ça on n'aura plus besoin de discuter avec les autres. Il peut aussi nous conseiller sur la façon de répondre aux journalistes. Vous feriez ça ? m'a-t-elle demandé.

— Oui. Bien sûr. Mais, pour le moment, vous devriez refuser toutes les interviews. Ne dites rien à la presse, rien aux autres avocats. Envoyez-les-moi tous.

— Vous êtes cher ?

— Non. Si vous êtes d'accord pour que je vous représente dans ce procès, je ne vous demanderai aucun paiement avant de l'avoir gagné, et alors ce sera le tiers du montant qui aura été accordé. S'il n'y a rien, mes services ne vous auront rien coûté. C'est une convention standard.

— Vous avez cette convention avec vous ?

— Dans ma voiture, ai-je dit et, non sans difficulté, je me suis levé, en manquant renverser mon thé. Je n'ai pas l'habitude de m'asseoir par terre en tailleur. J'en ai pour une minute, ai-je ajouté. Vous devriez en discuter sans moi, de toute façon, avant de signer.

J'avais besoin d'une cigarette, et je n'avais pas aperçu de cendrier : la maison était parsemée de petites figurines et de curieux paniers en terre qui semblaient destinés à contenir les âmes des ancêtres plutôt que des mégots et des cendres. Je suis sorti, sans mon manteau, emportant ma chope ; le chien m'a suivi, a aussitôt pissé sur un de mes pneus avant puis est parti sur la route. J'ai jeté le thé sur un tas de neige : moi aussi, je laissais ma marque. Ensuite je suis entré dans la voiture, où il faisait encore chaud, et j'ai allumé une cigarette.

Je me sentais bien. Mon cerveau était lancé, en train de comparer des hypothèses et d'en examiner les conséquences à la façon d'un ordinateur performant. Tout le monde a sa spécialité, et je suppose que c'est ça la mienne. Depuis vingt-cinq ans maintenant, et pour trois cabinets différents, même depuis que j'ai été promu associé, je suis le type qui se charge de traquer les responsables négligents. Je pourrais abandonner ce genre d'affaires et ne plus m'occuper que des histoires des gens chics – j'ai le nom et la gueule pour ça –, je pourrais aussi cesser complètement d'exercer, me retirer dans ma maison d'East Hampton et, peut-être, faire un cours ou deux à Fordham ; mais je ne veux pas. Rien ne me stimule autant que des affaires comme celle-ci. Une lucidité claire et tranchante m'envahit quand j'entreprends un procès pour les Otto et les Walker de ce monde, une intensité et une concentration qui me donnent l'impression d'être plus vivant qu'en aucune autre circonstance.

C'est presque une drogue. C'est sans doute proche de ce que ressentent les soldats de métier, ou les toreros. Le reste du temps, comme la plupart des gens, je cafouille en solitaire au long de mes jours et de mes nuits, inquiet, vaguement troublé, insatisfait et sans but. Mais donnez-moi une affaire comme celle de ce bus scolaire, et crac ! tout cela disparaît. Rien d'autre ne me fait cet effet – ni les rapports sexuels illicites, ni la cocaïne, ni la vitesse, en voiture, la nuit, sur la voie opposée de l'autoroute, toutes choses dont j'ai tâté. Rien.

Quand j'y pense, le seul autre événement de ma vie dont je me souvienne qui m'ait stimulé de façon comparable, avec ce même brusque sursaut d'intelligence lucide, s'est produit il y a près de vingt ans, sur la côte de Caroline-du-Nord, quand Zoé avait deux ans et que nous avions loué pour l'été une maison au bout du monde, sur le cordon littoral. Klara et moi nous entendions bien à cette époque, surtout à propos de Zoé ; nous pensions encore que nous avions un avenir commun, tous les trois. Plus tard, nous ne serions plus que deux avec un avenir commun, moi et Zoé ou Klara et Zoé ; et puis nous serions seuls, moi, Klara – et qui peut désormais imaginer l'avenir de Zoé ? Fission dans la famille nucléaire. Une brève existence.

Klara avait couché Zoé pour sa sieste de l'après-midi, et nous étions tous deux installés sur la terrasse, en train de lire et de regarder la marée montante. J'entendis Zoé qui s'agitait et rentrai pour voir ce qu'elle avait ; il faisait chaud, chaud comme il peut faire en Caroline-du-Nord, et la maison n'était pas climatisée ; je pensais que la chaleur l'avait réveillée. Mais en la voyant, je fus horrifié : elle se tenait debout dans le berceau pliant que nous avions loué, le visage rouge, suant, enflé comme un melon, fendu par un pathétique sourire de grenouille. Je lui effleurai l'épaule ; elle avait de la fièvre, jamais je ne lui avais senti la peau aussi brûlante. Je la ramassai, me précipitai avec elle à la cuisine et lui éclaboussai le visage d'eau en criant à Klara d'appeler le docteur, je crois qu'elle a été piquée par un insecte ou quelque chose !

Dans ce splendide isolement, il n'y avait pas de docteur – ou plutôt, il n'y en avait qu'un et il était parti à la pêche au thon dans le Gulf Stream. L'hôpital le plus proche se trouvait à Elizabeth City, à quarante miles à l'intérieur des terres en traversant le Great Dismal Swamp sur une route étroite et mal pavée. Le visage, les bras et les jambes de Zoé continuaient à enfler, mais elle ne semblait pas souffrir ni même se sentir mal. Klara la prit dans ses bras et continua de lui baigner le corps à l'eau froide tout en cherchant en vain la trace d'une piqûre – serpent ou araignée, je savais que la distinction était importante – tandis que je composais frénétiquement le numéro de l'hôpital.

Je finis par avoir un médecin en ligne ; il paraissait jeune, un gars du Sud, calme pourtant. Il émit aussitôt l'hypothèse qu'il y avait un nid de bébés veuves noires dans le matelas du berceau. Elles sont sûrement très petites, sinon, vu son poids, l'enfant serait déjà morte, me dit-il. Vous êtes là-bas, à Duck, c'est ça ? Si le docteur Hopkins est parti à la pêche, vous n'avez plus qu'à vous précipiter ici. Je suis seul et je ne peux pas m'absenter. Il y a une chance que vous arriviez avant que sa gorge se ferme, et alors nous pourrons réduire le gonflement grâce à l'insuline. Mais qu'elle reste calme, me recommanda-t-il, ne l'énervez pas. Est-elle plus détendue avec l'un de vous qu'avec l'autre ?

— Oui, ai-je fait. Avec moi. Ce qui était assez vrai, surtout à ce moment. Klara avait les yeux fous de terreur, et sa peur était contagieuse. J'étais meilleur comédien qu'elle, c'est tout. Zoé nous aimait autant l'un que l'autre en ce temps-là. Juste comme elle nous déteste autant l'un que l'autre aujourd'hui.

— Bon, dans ce cas, c'est vous qui tiendrez l'enfant sur vos genoux, Mr Stephens, et votre femme conduira. Vous devriez emporter un petit couteau bien tranchant. Vous en avez un propre ? Vous n'avez pas le temps de le stériliser convenablement.

Je répondis oui, mon couteau suisse de l'armée. Propre et tranchant. Mais pourquoi diable ?

— Servez-vous de la petite lame, me dit-il, et il entreprit de m'expliquer comment opérer une trachéotomie d'urgence, comment couper dans la gorge et la trachée de ma fille sans provoquer un saignement mortel. Il y aura beaucoup de sang, vous comprenez. Vraiment beaucoup.

— Je ne crois pas que je pourrais faire ça, dis-je, mais en prononçant ces mots j'entendis ma voix devenir plate et sourde, comme si j'étais déjà en train de le faire.

— Si sa trachée se ferme et qu'elle ne peut plus respirer, vous y serez obligé, Mr Stephens. Vous aurez une minute et demie, peut-être deux, et elle sera sans doute inconsciente quand vous le ferez. Mais, écoutez, si vous pouvez la garder calme et détendue, si vous ne laissez pas son petit cœur battre trop vite et répandre ce poison partout, vous avez une chance d'arriver ici avant. Allez-y, maintenant, ajouta-t-il d'un ton brusque, et il raccrocha le téléphone.

Je transmis à Klara les conseils de calme, mais ne lui parlai pas du couteau et, sans explication, lui dis qu'elle devait conduire tandis que je tiendrais Zoé, ce qui la soulagea, je crois. Puis nous partîmes par la piste sablonneuse qui longe la plage, par le pont et la chaussée qui mènent au continent, nous hâtant vers l'ouest à travers les marais jusqu'à Elizabeth City. Quarante-cinq minutes que je n'oublierai jamais. Du début à la fin, je me sentis nettement divisé en deux : j'étais le papa doux et gentil qui chantait : J'ai trois sous, trois jolis petits sous, trois sous pour ma vie entière, et j'étais le chirurgien glacé, une main dans la poche serrée sur le couteau, lame ouverte

164

et prête, la décision de couper désormais assurée, irrévocable, tandis que j'attendais simplement l'instant où Zoé cesserait de respirer pour lui plonger la lame dans la gorge.

Je ne peux pas vous expliquer pourquoi j'associe cette terrible course vers Elizabeth City il y a vingt ans et cette affaire de Sam Dent, où des enfants sont morts, eux, quatorze enfants, mais il y a une forte équivalence. Avec mon couteau à la main et, sur mes genoux, mon enfant qui me souriait avec une confiance totale tandis que son visage enflait comme un ballon peinturluré, déformant peu à peu ses traits en une version grotesque d'eux-mêmes, je ressentais la même impression de puissance lucide que pendant ces premiers jours à Sam Dent, quand le procès démarrait. Il n'y avait pas d'ambiguïté, je n'avais aucun repentir, aucun motif douteux – je savais ce que je faisais et ce que je ferais ensuite et pourquoi, et, bon Dieu, c'était merveilleux. C'est toujours ça que je ressens. Et c'est pour ça que je continue ce métier.

Dans le cas de cette course vers Elizabeth City, de même que dans tant de procès que j'ai intentés depuis, il se trouve que je n'ai pas eu besoin d'aller jusqu'au bout de ma détermination. Mais ce n'est que parce que j'étais effectivement prêt à aller jusqu'au bout. Je me sentais en paix avec moi-même et avec l'univers, et par conséquent Zoé aussi restait calme et placide, son petit cœur battait lentement, normalement, même lorsque j'eus épuisé mon répertoire et dus reprendre mes chansons depuis le début, ce qui l'irritait d'habitude ; à un moment, elle faillit s'endormir.

Klara pénétra en trombe sur le parking de l'hôpital et s'arrêta devant l'entrée des urgences ; je descendis de la voiture et portai calmement Zoé à l'intérieur, où le docteur et deux infirmières nous attendaient avec un chariot et un goutte-à-goutte. Cinq minutes plus tard, l'enflure commençait à diminuer. Le soir même, nous nous retrouvions tous trois à la plage et regardions de la terrasse le soleil se coucher derrière les dunes et au loin, à l'est, près de l'horizon, le ciel zébrer la mer de violet et de cobalt. A peine rentrés de l'hôpital, nous avions ôté le matelas du berceau et, ne sachant trop qu'en faire, nous l'avions jeté dans des broussailles près de la maison ; mais, le soir, je fis sur la plage un feu de bois flotté et le brûlai, et Zoé dormit avec nous.

Maintenant, quand je rêve d'elle, et je rêve souvent d'elle, Zoé est encore cette enfant sur mes genoux, totalement confiante – bien que je sois cet homme qui, en secret, serre dans sa main le couteau dont il est décidé à se servir pour lui trancher la gorge, et donc pas du tout celui qui lui sourit, lui chante refrains et chansonnettes et lui raconte des histoires de gros hiboux et de petits minets.

Et parfois, au réveil, je me sens comme Risa Walker et Hartley Otto, et Billy Ansel, et tous ces autres parents dont les enfants sont morts et qui ont été incapables de réagir par la colère – l'enfant réel, c'est celui du rêve, celui qui est mort n'existe tout simplement pas. Au réveil, nous nous disons : Je ne peux pas croire qu'elle ait disparu, quand ce que nous voulons dire, c'est : Je ne crois pas qu'elle existe. C'est l'autre enfant, le bébé du rêve, celui du souvenir qui, pendant quelques instants merveilleux, existe dans notre conscience. Pendant ces quelques instants, le premier enfant, le vrai bébé, celui qui est mort, n'est pas parti ; simplement, il n'a jamais existé.

Après avoir expliqué aux Otto la convention d'honoraires que, à l'instar des Walker, ils ont aussitôt signée (dès qu'ils ont compris que ça ne leur coûterait rien à priori), j'ai repris ma voiture et suis reparti de chez eux vers la ville par la route de Bartlett Hill, en suivant l'itinéraire du bus scolaire, ce qui m'a fait passer devant les maisons de toutes les familles qui lui avaient confié leurs enfants. Promenade morbide, mais qui m'a permis de comprendre certaines choses et d'imaginer utilement l'événement, malgré le temps et l'heure différents. Si bien qu'après avoir dépassé le dépôt d'ordures, lorsque j'ai pris la route de Marlowe et quitté les Wilmot Flats, j'ai vu cet immense bol enneigé s'ouvrir devant moi et, tout naturellement, j'ai pris de la vitesse, ainsi que la conductrice du bus devait l'avoir fait, et mon attention s'est momentanément détournée de la route, ainsi que la sienne sans doute, pour admirer cette vue merveilleuse sur la vallée et le village, les montagnes blanches et le ciel d'un bleu intense, et j'ai failli manquer l'endroit où le bus était sorti de la route, où demeuraient toutes sortes de traces du désastre : le talus de neige interrompu et piétiné, les barrières de police encore en place, les traces des camions, des ambulances, des *snowmobiles* et des foules de sauveteurs sur le bas-côté et sur le sol couvert de neige, au fond, autour de la sablière. Celle-ci, bien que la glace se fût reformée, ressemblait désormais à une sorte de cratère gelé, avec des coins et des éclats immenses surgissant de la glace neuve ou gisant le long des bords telles les ruines d'un immeuble détruit par une bombe.

J'ai rangé ma voiture à une certaine distance de la scène, où je suis revenu lentement en longeant la route. Aucun autre véhicule en vue. Le soleil brillait et une brise régulière venue de la vallée soufflait dans les arbres et projetait la neige poudreuse sur l'asphalte en petits éventails. Il faisait fantomatique là-haut, c'est certain, mais j'ai visité des centaines de scènes de ce genre et je peux recréer l'événement tragique dans ma tête sans me laisser distraire par l'atmosphère des lendemains.

J'ai vu où le bus avait enfoncé la rambarde, un rail triple, et j'ai noté qu'il s'agissait d'un garde-fou relativement neuf, convenablement posé. De l'autre côté de la chaussée, les poteaux étaient rouillés à la base à cause du sel ; bientôt ceux-là aussi devraient être remplacés. Mais, hélas, ce n'était pas eux que Dolorès Driscoll avait enfoncés ; elle avait arraché les poteaux neufs de ce côté-ci, une demi-douzaine d'entre eux, et entraîné les câbles avec elle. De mon point de vue, le mieux qu'on pût dire à propos de ce nouveau garde-fou, c'est qu'il était tout à fait incapable d'arrêter ou même de dévier un bus roulant à bonne allure.

Au-delà de la rambarde brisée, le talus était vertigineux, et l'angle entre la route et la ligne allant de la route à l'endroit où le bus avait plongé dans la sablière faisait vingt à vingt-cinq degrés. Pas question que le bus ait pu tracer un angle aussi aigu si, au moment où il avait quitté la route et passé à travers le garde-fou, il ne roulait pas très vite ou, en tout cas, vite. Cent mètres plus loin, juste au-dessus de la sablière, la pente était progressive. Si le véhicule était sorti à cet endroit, quelle qu'eût été sa vitesse au moment où il quittait la route, il n'aurait pas parcouru toute la distance jusqu'au fond : l'impact du garde-fou, le talus de neige et puis le champ de neige profonde au-delà l'auraient arrêté avant. Plus haut, par contre, tout ce qu'il y avait après le garde-fou et le talus de neige, c'était la chute libre.

C'était incontestable : au moment où il avait quitté la route, le bus roulait à bonne allure. Et vu la raideur de la pente, dès l'instant où il avait franchi le garde-fou, il était fichu. La conductrice n'avait aucune possibilité de l'empêcher de dévaler le talus jusqu'à la sablière, même à un angle aussi oblique, sauf si elle l'avait tout de suite, délibérément, renversé sur le flanc, ce qui l'aurait du moins arrêté avant la fosse. Mais quel genre de chauffeur aurait pu réussir un coup pareil ? Pas le genre qui est terrifié à l'idée de perdre des vies d'enfants, c'est bien certain. Pas Dolorès Driscoll.

J'ai enjambé la rambarde à hauteur de la sablière et descendu la pente piétinée afin d'examiner le site de plus près. La fosse était entourée d'une clôture grillagée, en grande partie aplatie désormais, écrasée d'abord par la dégringolade du bus et puis par les sauveteurs. Cette clôture semblait avoir été solide, haute de deux mètres, avec un large portail qui avait sûrement été cadenassé. J'ai pensé que si, dans la chaleur de l'été, quelques adolescents l'escaladaient afin de prendre un bain de minuit, et si l'un d'eux se noyait, la ville serait coupable de négligence pour n'avoir pas asséché la carrière. Dans un tel cas, je pouvais gagner, malgré la clôture. Mais, je devais le noter, tel n'était pas le cas auquel je m'attaquais. Ce que j'avais ici, c'étaient quatorze gosses sur le chemin de l'école, par un matin d'hiver, morts dans une sablière à cent mètres de la route. Ils n'étaient pas arrivés là tout seuls. Concentre-toi sur la façon dont c'est arrivé, me recommandai-je.

Ce qui comportait certains problèmes. A moins que je ne réussisse à établir que la conductrice du bus, cette Dolorès Driscoll, roulait sagement au-dessous de la vitesse maximum autorisée, ce matin-là, sur la grand-route, il ne pouvait être question d'accuser de négligence ni la ville, ni le comité directeur de l'école, ni l'Etat, ni n'importe quel possesseur de poches profondes. Pour épingler ceux-là, il faudrait que je la défende. Il faudrait que je la défende même si les freins ou une pièce de la direction avaient lâché. Quelle que soit la cause immédiate de l'accident, il me faudrait toujours établir qu'à l'instant où il avait quitté la route, le bus était conduit raisonnablement, à une vitesse prudente compte tenu des circonstances.

Je ne souhaitais foutre pas m'en prendre à Dolorès Driscoll et, pour des raisons quelque peu différentes, mes clients ne le voulaient pas non plus. Peu importait qu'elle ait les poches plates ; elle était aimée, sobre, travailleuse, issue d'une vieille famille respectée de Sam Dent, seul soutien de son mari invalide, et elle avait conduit les enfants du village à l'école sans le moindre incident pendant plus de vingt ans. Pis encore, les parents la considéraient comme une victime au même plan qu'eux-mêmes, et un jury partagerait cette opinion. Pauvre Dolorès, m'avait dit Risa, ça doit l'avoir démolie.

Mon dossier devrait reposer sur la présomption que Dolorès n'était pas en faute. Les avocats de la partie adverse n'auraient qu'à espérer prouver le contraire et rentrer tôt chez eux taper leurs factures.

Il n'y a que deux façons d'établir la vitesse du bus au moment où il a basculé, me suis-je dit : utiliser le témoignage de la conductrice et, plus important, utiliser celui du seul témoin, Billy Ansel. Ce qui signifiait, bien entendu, qu'Ansel ne pouvait pas être mon client. Ni celui de personne d'autre, d'ailleurs. Pour qu'il puisse attester que

Dolorès roulait à une vitesse inférieure à la limite autorisée (et ça, je ne pouvais pas encore en être certain), il fallait qu'il ne soit pas en situation de profiter de son témoignage. Mais si son impartialité était admise, je pouvais commencer à espérer qu'Ansel avait, en fait, contrôlé la vitesse du bus pendant qu'il le suivait dans son camion et qu'ils ne roulaient ni l'un ni l'autre à plus de cinquante-cinq miles à l'heure. S'il n'avait pas véritablement surveillé l'allure du bus, je le ferais alors répondre de la prudence de ses propres habitudes au volant – qu'en cas de contestation, je pourrais faire confirmer, à défaut de les vérifier. Un tel témoignage lui serait toujours favorable, c'est vrai, mais il suffirait devant un jury prédisposé à le croire et peu désireux, de toute façon, de charger Dolorès Driscoll.

Mais avant tout, il fallait que je préserve son impartialité. Qu'il reste propre. Il serait facile de l'amener à refuser tout accord avec moi, mais je devrais aussi lui ôter l'envie de traiter avec un des requins en complet-veston qui chassaient dans ces eaux. J'étais certain qu'on lui avait déjà fait des avances, mais j'étais prêt à parier qu'il les avait repoussées jusqu'alors. A supposer que ce que les Walker et les Otto m'avaient raconté sur lui – qu'il se terrait seul dans sa maison et ne dessoûlait pas – ne soit pas que des commérages de village. Les ivrognes ne vont pas en justice.

Au début, j'avais décidé que ce type, ivre ou sobre, allait nécessiter des efforts spéciaux de séduction. J'avais prévu de ne rien tenter avec lui avant que les autres aient échoué ; qu'ils sèment l'idée d'un procès pour négligence, telle était ma stratégie, et ensuite j'arriverais avec ma copie prête et plusieurs de ses amis et voisins les plus respectés dans mon sillage, prêts à remplir des formulaires de réclamation, et le gars signerait, j'en étais certain.

Pourtant, tout devenait différent. Il fallait que je le détourne de moi, et de manière telle qu'aucun autre avocat ne puisse prendre ma place. Pas très éthique, bien sûr ; sans doute même pas moral. Nécessaire, cependant – présélection légale.

J'avais projeté de laisser encore quelques jours à Ansel avant de prendre contact avec lui, mais cela me paraissait désormais trop risqué. Mieux valait le rencontrer bientôt ou, mieux encore, lui parler le soir même, chez lui, tard, surtout s'il buvait. Si je lui envoie une vanne distinguée qui le mette plus en rogne après coup que sur le moment, il aura envie de tuer le prochain avocat qui s'adressera à lui, me disais-je.

Ce n'était pas la peine d'entreprendre d'autres parents avant de m'être d'abord assuré que je pourrais disposer du témoignage d'Ansel et d'avoir élucidé la question de la vitesse du bus au moment où il avait franchi le garde-fou. Je me suis donc attelé aux autres aspects de l'affaire – je me suis rendu à la police d'Etat à Marlowe, le siège du comté, pour savoir qui était arrivé le premier sur les lieux ; je suis passé au cadastre pour m'informer de la pente et de la hauteur de la route ainsi que des routes et des terrains adjacents ; ce genre de choses : j'ai rassemblé des informations, principalement, pour plus tard.

Le soir, après le plat du jour spécial du *Noonmark*, à Keene Valley (jambon, macaronis et fromage, un menu pour môme, mais au moins il n'y avait là ni avocats ni journalistes en train de dîner), je suis allé chez Ansel, en haut de la route de Staples Mill. J'ai dépassé la maison et garé la voiture un peu plus loin, phares éteints, avec l'intention de reconnaître un peu le coin avant d'aborder l'homme en personne. Il faisait une nuit superbe, la neige bleu pâle sous le clair de lune, les arbres noirs sur la neige. Et froid – je ne voulais même pas savoir quelle température il faisait.

Je suis sorti de la voiture et j'ai marché lentement vers la maison, une grande maison coloniale en pierre qui paraissait bien entretenue, rénovée depuis peu, avec des sentiers et une allée nettement tracés, un garage à deux emplacements, un passage couvert – comme une maison de dentiste dans les faubourgs. La seule pièce éclairée, à côté du passage couvert, était apparemment la cuisine, et de la route où je me trouvais, près de la boîte aux lettres, je l'ai vu par la baie vitrée, assis devant la table, seul.

Dieu, qu'il avait l'air triste. Les cheveux noirs hirsutes, les épaules affaissées, les coudes sur la table, un verre et une bouteille à moitié vide devant lui – l'image de la déprime définitive. Parti là où il croyait que ses enfants étaient partis. Si j'avais voulu ce type comme client, je me serais fait du souci.

Tout à coup, il s'est levé et s'est tourné face à la fenêtre ; à travers le jardin enneigé, il regardait droit vers moi. Je me suis figé et lui ai retourné son regard. Rien d'autre à faire. Nous étions comme le reflet l'un de l'autre dans un miroir, mais qui sait s'il me voyait et, s'il me voyait, ce qu'il croyait regarder ? Il ne distinguait peut-être rien d'autre que la silhouette que lui renvoyait la vitre, celle d'un homme musclé et barbu proche de la quarantaine, en chemise de flanelle à carreaux et pantalon kaki ; et ne voyait rien du grand type maigre de cinquante-cinq ans qui grelottait là dehors, dans son manteau en poil de chameau. Un instant étrange, en tout cas. Comme si nous étions des frères séparés depuis longtemps, depuis la petite enfance, qui se rencontrent par hasard après plusieurs dizaines d'années, sans vraiment se reconnaître et puis, pendant une seconde ou deux, il se passe quelque chose – quelque chose – un déclic.

Cet instant s'est envolé. Ansel s'est détourné de la fenêtre et s'est versé un autre verre ; whisky pur, apparemment. Il s'est rassis lourdement devant la table, et je me suis hâté de regagner ma voiture. Il est trop soûl pour parler ce soir, me disais-je ; ne s'en souviendrait sans doute même pas demain matin. L'effet second de ce que j'avais à lui dire était plus important pour moi que l'effet immédiat. Mais je crois que j'essayais de rationaliser. J'avais peur.

J'ai décidé de rentrer au motel en passant par le garage d'Ansel, où on avait remorqué l'épave du bus. Je voulais en prendre quelques photos tant que je pouvais le faire, même s'il me fallait les prendre de nuit, avec un flash. Encore un jour ou deux et, dès que j'aurais rempli les formulaires de réclamation, le bus allait vraisemblablement disparaître, je le savais.

J'ai pénétré dans l'enceinte du garage et contourné le bâtiment, derrière lequel étaient garés sept ou huit véhicules différents, dont le bus scolaire, qui me parut bien abîmé quoique pas aussi gravement que je l'avais imaginé. Vers l'arrière, la plupart des vitres étaient brisées, sans doute enfoncées par les plongeurs, mais fondamentalement le bus semblait intact, récupérable même – une réparation dont je ne pensais pas que Billy Ansel se chargerait.

J'ai pris une vingtaine de photos, sous tous les angles, et même quelques-unes par les fenêtres, et je venais de rentrer dans ma voiture et de remettre le moteur en marche quand j'ai vu un pick-up arriver sur le parking. C'était celui d'Ansel. J'ai laissé tourner le moteur, sans allumer les phares, et je l'ai observé ; il s'est arrêté derrière le bus et, après quelques minutes, il est descendu de son camion. A ma surprise, il marchait droit et ne paraissait pas particulièrement soûl. Un peu cinglé peut-être, ce qui me convenait ; mais pas soûl. A la lumière de ses phares, je l'ai vu marcher le long du bus, du côté du conducteur ; il s'est arrêté sous une fenêtre et est resté longtemps à la regarder, comme s'il parlait à quelqu'un à l'intérieur.

Finalement, il s'est détourné et s'est dirigé vers son véhicule. Je me suis décidé à l'aborder. Je n'avais plus peur de lui. L'instant et le lieu n'auraient pu tomber mieux. J'étais un fâcheux, pas un intrus.

Je suis sorti de ma voiture et me suis avancé vers lui.

— Vous travaillez pour Ansel ? ai-je demandé, comme si je ne savais pas qui il était.

— Je suis Ansel.

Je me suis rapproché d'un pas et j'ai dit d'une voix sourde :

— Je suis désolé pour vos enfants, Mr Ansel.

— Ah oui ? Il était déjà combatif.

— Oui.

Nous nous sommes regardés droit dans les yeux. Ce vieux défi. Il a craqué le premier.

— Je suppose que vous êtes juriste, a-t-il dit, me permettant ainsi de contre-attaquer, ce qui donne l'avantage pour ces choses-là.

— Oui, je suis avocat, je m'appelle…

— M'sieur, je veux pas le savoir.

Très juste, mais il allait joliment bien l'apprendre tout de même. J'ai dit : Je comprends.

— Non. Non, vous ne comprenez pas.

— Je peux vous aider.

— Non, vous ne pouvez pas m'aider. A moins que vous ne puissiez ressusciter les morts, a-t-il déclaré en s'écartant de moi pour monter dans son camion.

Rapidement, je lui ai tendu une carte de visite. Tenez, vous changerez peut-être d'avis.

Il y a jeté un coup d'œil puis me l'a rendue, en me regardant en face mais d'un air un peu distrait, comme s'il l'apprenait par cœur.

— Mr Mitchell Stephens, *Esquire*, est-ce que vous me feriez un procès si à cet instant je me mettais à vous rosser à coups de poing et de pied ? Vous rosser au point que vous pissiez le sang et ne puissiez plus marcher avant un mois ? Parce que c'est ça qui me démange, vous comprenez ? Que vous me fassiez un procès ou non.

Un avocat – un procès ; il avait fait l'association. Et un procès, c'est mauvais ; il avait pris position. D'un ton que j'espérais un peu las mais bienveillant, parce que je ne voulais surtout pas paraître sur la défensive, réagir comme je savais que le feraient les autres avocats lorsqu'il se mettrait à les menacer, j'ai répondu :

— Non, Mr Ansel. Non, je ne vous ferais pas de procès. Et je ne crois même pas qu'il y ait quelqu'un dans ce comté qui vous arrêterait à cause de ça. Mais vous n'allez pas me rosser, n'est-ce pas ?

Il a marqué une pause, un instant de réflexion.

— Non, je ne vais pas vous rosser. Simplement, ne me parlez plus. Ne venez pas tourner autour de mon garage, ne venez pas chez moi et ne me téléphonez pas.

Le reste n'était plus que fignolage.

— Vous changerez peut-être d'avis, ai-je dit. Je peux vous aider.

— Foutez-moi la paix, Stephens. Foutez la paix aux gens de ce patelin. Vous ne pouvez aider aucun d'entre nous. Personne ne le pourrait.

— Vous pouvez vous entraider. Plusieurs personnes ont donné leur accord pour que je les représente dans un procès en responsabilité, et votre dossier individuel aura plus de poids si je suis autorisé à vous représenter ensemble, en tant que groupe.

Ceci ne représentait plus un hameçon, comme dans mes projets initiaux ; ce n'était plus qu'un moyen de provoquer en lui un sentiment de supériorité par rapport à ses voisins, ce qui, bien entendu, me le mettrait à l'abri de toute compromission jusqu'au moment où je le citerais devant un jury.

— Mon "dossier" ? Je n'ai pas de dossier. Aucun de nous n'a de dossier.

— Vous vous trompez. Vous vous trompez lourdement. Vos amis Walker m'ont donné leur accord, ainsi que Mr et Mrs Otto, et je suis en discussion avec d'autres. Il est important de déclencher la procédure sans attendre. On a vite fait de couvrir la vérité. Les gens mentent. Vous le savez. Les gens mentent à propos de ces choses-là. Il faut que nous commencions rapidement notre enquête, avant que les preuves disparaissent. C'est pour ça que je suis ici ce soir.

Je lui ai montré mon appareil photographique. Il l'a regardé avec dégoût.

— Nos enfants ne sont même pas encore enterrés, a-t-il dit. C'est vous… c'est vous le menteur.

Risa et Wendell Walker, je les connais, c'est vrai, mais jamais ils n'engageraient un avocat. Et les Otto, ils ne voudraient pas avoir affaire à *vous*, bon Dieu ! Vous me mentez à leur sujet, et vous leur mentez sans doute à propos de moi. Nous ne sommes pas des imbéciles, vous savez, des lourdauds de la campagne que vous pouvez bousculer avec vos mœurs de citadin. Vous voulez vous servir de nous, c'est tout. Vous voulez que nous nous entraînions les uns les autres dans votre jeu, a-t-il lancé, se méprenant en beauté.

En souriant à ce modeste triomphe, il a claqué la portière de son camion, fait marche arrière et tourné, puis il est sorti rapidement du parking. Dans une embardée, il s'est s'engagé sur la route et est parti à gauche, vers l'ouest de la ville. En direction du *Bide-a-Wile* ; et de Risa Walker. Je n'avais guère de mal à imaginer la conversation qui allait se dérouler entre eux, là-bas. Le mari n'y participerait pas, j'en étais certain. Pauvre vieux. J'aimais bien Wendell. Je n'aimais pas Billy Ansel.

Après ça, pendant quelque temps, les choses ont été assez vite. La plupart n'étaient que stricte procédure, le genre de déblayage qui précède le dépôt d'une plainte, et qui consiste pour l'essentiel à contrer la défense dans le but de préciser les termes de la plainte et, en même temps, d'élargir le champ des possibilités. Je m'étais fait envoyer de New York un fax et quelques fichiers, et je m'étais installé une sorte de bureau dans ma chambre du *Bide-a-Wile*. Cet arrangement semblait plaire aux

Walker, surtout à Risa ; de leur point de vue, ils avaient un avocat à domicile. Je n'étais pas à proprement parler à leur service, mais j'ai fini par les conseiller en effet, en particulier Risa, dans d'autres domaines que ce procès en responsabilité, que je m'efforçais désormais d'intenter à l'Etat de New York, pour n'avoir pas installé des garde-fous assez solides le long de ce bout de route particulièrement dangereux, ainsi qu'à la ville de Sam Dent, pour n'avoir pas asséché la sablière. Et j'envisageais d'attaquer le conseil d'administration de l'école, pour avoir autorisé Dolorès Driscoll à assurer elle-même l'entretien de son bus. Lance ton filet le plus loin possible, me disais-je, et attrape tous les poissons que tu pourras.

Il était hors de question d'accuser la conductrice, bien sûr, mais je songeais même à la compter au nombre des plaignants dans la mesure où, si elle n'était pas responsable de l'accident, on pouvait démontrer qu'elle avait été victime d'un dommage moral. Après tout, ça valait la peine d'essayer. Ça ferait un précédent intéressant. De plus, je pourrais sans doute m'en servir à rebours : il serait beaucoup plus difficile pour les avocats de l'Etat, de la ville et de l'école de rejeter sur elle la responsabilité de l'accident si elle était l'une des parties qui portaient plainte pour négligence. Dans une large mesure, l'affaire reposait sur la question de la responsabilité de Dolorès, et cette question, j'aurais préféré ne pas devoir y répondre du tout. En tout cas pas avant d'avoir posé quelques jalons.

Les obsèques ont commencé le lendemain, dans toute la ville, et se sont poursuivies pendant plusieurs jours, pour trois ou quatre enfants à la fois, et j'avais naturellement l'intention de me tenir à l'écart. Par décence, mais aussi par stratégie. Ce ne serait pas plus mal d'être le seul avocat que les gens du coin ne percevraient pas comme un vautour.

La ville commençait à formaliser sa réaction à la tragédie. Un matin, quatorze petites croix étaient apparues sur le site de l'accident ; elles étaient l'œuvre des enfants de l'école, à l'instigation du conseil d'administration. Parlez-moi de la séparation de l'Eglise et de l'Etat. Un service à la mémoire des victimes, annoncé dans l'hebdomadaire local, devait avoir lieu la semaine suivante dans l'auditorium de l'école, auquel prendraient part les représentants de l'Etat dans le district, le directeur de l'école et une demi-douzaine de prêtres de la région. Chez tous les commerçants du coin, jusqu'au *Noonmark* à Keene Valley, des bocaux en verre recueillaient une collecte dont le montant était officiellement destiné aux familles (bien que l'attribution précise de cet argent demeurât un peu vague – coût des obsèques pour les uns, frais médicaux pour d'autres, supposais-je). De partout dans le pays, des téléspectateurs envoyaient leurs contributions – argent, vêtements, boîtes de conserve, animaux en peluche, crucifix et plantes en pot – qui étaient toutes enregistrées et stockées à l'école en attendant qu'on les distribue. Même alors, j'apercevais les problèmes que ça soulevait à l'horizon, mais ça ne me concernait pas et je me contentais d'écouter en hochant la tête lorsque Risa m'en racontait les détails. Elle était de toute évidence très touchée de la générosité de ces inconnus, et je ne voyais aucune raison de la détromper. Il y a des gens, quand quelque chose de terrible leur arrive, qui trouvent un réconfort dans l'idée que d'autres sont meilleurs qu'eux. Pas moi. Moi je fonctionne en sens contraire.

En réalité, je me doutais que la tendance croissante de Risa à me faire ses confidences, son besoin manifeste de parler avec moi le plus souvent possible, était sa façon d'amener une conversation sur la possibilité de divorcer. Je pense qu'elle-même ne s'en rendait pas compte, mais c'était sûrement à son programme. La mort de son fils avait éliminé pour elle l'unique raison de rester mariée avec le père de l'enfant.

Je n'avais cependant toujours pas pris la mesure de Dolorès Driscoll, et quand Risa m'a appris que cette femme assistait à toutes les obsèques, assise à l'arrière et disparaissant à la fin de chaque service pour réapparaître aussitôt un peu plus loin, j'ai décidé d'enfreindre ma résolution et d'assister, moi aussi, à un office, avant de redescendre à New York pour quelques jours. J'avais plusieurs autres affaires en suspens dont il fallait que je m'occupe.

Ce matin-là, le téléphone a sonné dans ma chambre au motel ; c'était Zoé, tombant du ciel après trois mois de silence, et j'ai été pris complètement à l'improviste, sans quoi je ne pense pas que j'aurais réagi avec autant de maladresse.

— Papa, c'est moi ! ai-je entendu. Comme d'habitude, sa voix était pleine d'un enthousiasme artificiel, mais elle paraissait morte, aussi morte que les gosses dans leurs cercueils.

— Zoé ! Bon Dieu !

J'étais en train de me raser ; j'ai arrêté le rasoir électrique et me suis assis sur le lit. J'avais l'impression de recevoir un coup de fil d'un fantôme. Chaque fois que je crois avoir fait mon deuil de ma fille, elle me rappelle d'un signe que je ne l'ai même pas entamé.

— Salut ! Comment ça va ? *Où* es-tu ? C'est où, ça, cinq cent dix-huit ? J'ai eu ce numéro sur ton répondeur.

— Ouais, eh bien, je… Je ne m'attendais pas… Je m'occupe d'une affaire, ici au nord, dans les Adirondacks.

Très intéressant, a-t-elle dit, et pendant une minute j'ai bredouillé à propos de l'affaire, du motel, de Sam Dent, comme si nous avions tout le temps de telles conversations, des conversations ordinaires. Enfin, j'ai réussi à m'arrêter et j'ai demandé : Zoé, pourquoi m'appelles-tu ?

— Pourquoi je t'appelle ? Tu es mon père, bon Dieu ! Je ne suis pas censée t'appeler ?

— Oh, pour l'amour du ciel, Zoé. Je t'en prie, pour une fois, ne tournons pas autour du pot.

— Chouette. Ça serait formidable. J'ai téléphoné à maman, et tout ce qu'elle a voulu savoir c'est si j'ai laissé repousser mes cheveux et de quelle couleur ils sont, alors j'ai raccroché. Et toi, c'est quoi que tu veux savoir ?

— Eh bien, pour être tout à fait honnête, en ce moment j'ai envie de savoir si tu es bourrée.

— Si je suis raide, tu veux dire, papa ? Si j'ai une seringue accrochée au bras ? Si je suis écroulée dans une cabine téléphonique ? Si j'ai pu m'approvisionner ce matin, si je me suis défoncée, Daddy, si je t'appelle pour te demander *du fric* ?

Arbres, neige, montagnes, glace. J'entendais en bruit de fond des sirènes, la circulation urbaine, le présentateur d'un journal radio ou télévisé. J'imaginais un copain derrière elle, malade, mourant, en train de fumer une cigarette en attendant qu'elle obtienne de l'argent de son richard de père. Je parlais à qui ? Aux vivants ou aux morts ? Comment devais-je me comporter ?

— Seigneur, a-t-elle dit. C'est incroyable, merde !

— Je suis désolé. J'ai besoin de savoir, si c'est possible. Pour savoir comment te parler. Pour savoir ce que je dois faire.

— Sois naturel, papa, c'est tout.

Une opératrice est soudain intervenue en lui signalant qu'elle devait ajouter deux dollars et vingt cents pour trois minutes supplémentaires.

— Où es-tu, Zoé ? Je te rappelle.

— Merde, s'est-elle exclamée. Puis elle a hurlé à quelqu'un : Quel est le numéro de ce téléphone, bordel ? Il n'est pas ici !

— Zoé, dis-moi simplement où tu es.

— C'est cet hôtel, ce… Où est cette saleté de numéro ? Je ne trouve pas ce foutu numéro.

La voix de l'opératrice est à nouveau intervenue, elle répétait ses instructions.

— Merde, c'est ce téléphone à sous. Ouais, a dit Zoé, et puis la ligne a été coupée.

Qu'est-ce qu'on fait quand ce genre de chose arrive ? Je vais vous dire ce qu'on fait. On se tient coi et on compte lentement jusqu'à dix, ou cent, ou mille, le temps qu'il faut pour que le cœur cesse de battre la chamade, et puis on se remet à ce qu'on faisait au moment où le téléphone a sonné. Il m'avait surpris, en chaussettes et sous-vêtements, occupé à me raser devant le lavabo de la salle de bains. Je me suis remis à me raser. Je me trouvais dans le petit village de Sam Dent, New York, en pleins préliminaires d'un formidable procès en négligence. J'y suis revenu. J'avais de toute façon prévu de revenir en ville ce jour-là, et le coup de téléphone de Zoé ne changeait rien à ça. Elle était probablement dans un de ces garnis minables derrière Times Square, infestés de rats et de crack, ou bien elle venait de s'en faire expulser. Et, quant à la capacité que j'avais de l'aider, elle aurait aussi bien pu se trouver à Los Angeles qu'à New York.

J'ai ramené mon attention sur l'affaire en cours, où il m'était possible d'agir. Breakfast au *Noonmark*. Assister aux obsèques. Dolorès Driscoll. La nécessité de la sonder avant de me laisser coincer dans cette histoire.

Il ne restait qu'un service funèbre, l'office pour les enfants catholiques à l'église Saint-Hubert, un petit bâtiment de bois blanc près du terrain de foire au bord du bras oriental de l'Ausable, sur la route 73, à quelques miles de la ville. Il était célébré pour les gosses Bilodeau et Atwater, des Wilmot Flats, et il y avait devant l'église cinq petits cercueils ouverts, entourés de fleurs et de végétaux variés. Une centaine de personnes composaient l'assistance, une foule triste et misérable en habits du dimanche, en majeure partie des jeunes gens sombres aux pommes d'Adam protubérantes, des femmes trop grosses et au teint brouillé, en larmes, et des tas de gosses et de bébés vêtus de nippes d'occasion, avec des nez rouges morveux et des bouches baveuses. Le genre de foule que le pape aime.

J'ai reconnu plusieurs avocats, faciles à repérer dans leurs complets et leurs pardessus, qui surveillaient la scène à l'affût de clients possibles, et quelques journalistes, la caméra en sautoir et le carnet à la main, guettant des signes extérieurs de chagrin. J'ai repéré Dolorès immédiatement, grâce aux descriptions de Risa : plus très jeune, visage rond, cheveux roux frisés, un peu boulotte et vêtue d'une parka d'homme, d'un pantalon et de grosses bottes. On pourrait croire qu'elle est lesbienne ou quelque chose, s'il n'y avait pas son mari, Abbott, et ses fils, qui sont tout à fait normaux, avait expliqué Risa. Je m'étais fait la réflexion que Risa semblait préférer les vêtements d'homme, elle aussi, mais je n'avais rien dit. Après tout, ce n'était sans doute qu'un truc entre femmes, une sorte de compétition entre elles, qu'elles n'ont pas besoin de reconnaître.

Debout près de la porte avec un groupe de retardataires, je pensais toujours à Zoé, je l'admets, quand j'ai aperçu Dolorès. Bien que la petite église fût bondée, elle avait la moitié d'un des bancs du fond pour elle seule, et je me suis donc glissé près d'elle. Aussitôt, quatre ou cinq personnes m'ont suivi et se sont installées à côté de moi, occupant le reste du banc. Il n'était pas bien difficile de comprendre quelle était la difficulté – ces gens aimaient Dolorès, elle était des leurs, et ils étaient aussi profondément tristes pour elle que pour eux-mêmes ; cependant ils ne pouvaient s'empêcher de lui en vouloir et d'avoir envie de l'exclure. Ils auraient préféré qu'elle disparaisse simplement de la ville pendant quelque temps, qu'elle aille habiter chez son fils à Plattsburgh ou au moins qu'elle se cache derrière la porte de sa maison avec son mari, là-haut, sur Bartlett Hill. Ils auraient voulu qu'elle planque sa peine et ses remords là où ils n'auraient pas à les voir.

Mais elle ne l'entendait pas ainsi. Silencieuse, la tête basse, Dolorès se plantait au centre exact du chagrin et de la fureur de ses concitoyens et, par sa présence, les obligeait à la définir. Etait-elle une victime de cette tragédie, ou en était-elle la cause ? Elle s'était placée sur la balance de leur jugement, mais ils ne voulaient pas la juger.

A leurs yeux, elle était les deux à la fois, évidemment, victime et cause ; exactement comme à ses propres yeux. Ainsi que n'importe quel parent quand il arrive quelque chose de terrible à son enfant, Dolorès était innocente, et elle était coupable. Nous savions, devant Dieu et devant les nôtres, ce que *nous* étions, en dépit du fait que la plupart du temps on se sent les deux à la fois ; mais elle ne le savait pas. Il lui était impossible de nier, et elle souhaitait donc que nous prenions les devants pour le faire à sa place.

Vers la fin du service, quand le petit prêtre rubicond s'est tourné vers la nef pour une ultime prière et quand les porteurs se sont levés de leurs sièges au premier rang et ont pris position à côté des cercueils, Dolorès, se dressant soudain, s'est glissée devant moi et les autres occupants du banc. Je l'ai suivie, en m'excusant de mes coups de genoux tout en me faufilant vers la sortie. De l'entrée, je l'ai vue qui descendait en hâte le sentier vers la route puis passait rapidement le long des corbillards et de la longue file de voitures en stationnement. Je me suis mis à courir, et je l'ai rattrapée juste au moment où elle arrivait près d'un gros fourgon bleu. Je l'ai appelée :

— Mrs Driscoll ! S'il vous plaît !

Elle s'est retournée pour me faire face, effrayée.

— Qu'est-ce que vous voulez ?

— Je peux vous le dire, je peux vous dire si oui ou non vous êtes coupable.

J'étais à bout de souffle ; vu sa taille, cette femme était rapide.

— Qui êtes-vous ? Qui peut me dire ça ? Personne ne le peut.

— Si, moi. Répondez-moi, une simple question, et je vous dirai si vous êtes responsable.

— Une question ?

— Oui. Quand le bus est sorti de la route, Mrs Driscoll, à quelle vitesse roulait-il ?

— Je ne sais pas.

— Approximativement ?

— Vous avez dit une question.

— C'est la même question, Mrs Driscoll. A quelle vitesse, approximativement ?

— La police me l'a déjà demandé.

— Que leur avez-vous répondu ?

— Vous avez dit une question.

— Même question.

— Cinquante, tout au plus cinquante-cinq, c'est ce que je leur ai dit.

— Alors vous n'êtes pas coupable, ai-je affirmé. Vous n'êtes pas responsable. Croyez-moi.

— Pourquoi ? Pourquoi je devrais vous croire ?

— Ecoutez-moi, pauvre femme. Vous n'avez rien fait de mal ce matin-là. Ce n'était pas votre faute. J'en sais autant que quiconque maintenant sur ce qui s'est passé là-haut sur cette route ce matin-là, et croyez-moi, ce n'est pas vous qui êtes en faute.

— Qui, alors ?

— Il peut y avoir deux, ou trois responsables, qui n'étaient pas là au moment même, lui ai-je dit, et je les lui ai énumérés. Je lui ai dit mon nom, et je lui ai expliqué que je représentais les Otto et les Walker, des gens qui l'aimaient et l'admiraient et pensaient, comme moi, qu'à bien des égards elle était autant qu'eux victime de cette tragédie. J'ai ajouté que je souhaitais la représenter, elle aussi.

— Moi ? Me représenter, moi ? Non, a-t-elle dit. Vous ne pouvez pas. J'ai seulement *dit* que je faisais du cinquante, cinquante-cinq. A la police. Au capitaine Wyatt Pitney, de la police d'Etat. Parce que c'était ce dont je me souvenais. Mais la vérité, m'sieu, c'est que je faisais peut-être du soixante miles à l'heure quand le bus a basculé, ou du soixante-cinq. Pas du soixante-dix, ça j'en suis sûre. Mais du soixante, c'est possible. Même du soixante-cinq. Et c'est ce que je dirais au juge si un petit malin d'avocat dans votre genre, qui ne travaille que pour la partie adverse, se mettait en tête de le demander. Et, m'sieu, a-t-elle ajouté à voix basse, regardons les choses en face, si je roulais trop vite, vous pouvez dire ce que vous voulez, je suis responsable.

— Ouais. Mais supposons que Billy Ansel affirme qu'au moment de l'accident en question vous faisiez du cinquante-deux miles à l'heure ?

— Il sait ça ? Billy ?

— Oui. Il le sait.

— Billy a dit ça ?

— S'il ne vient pas de lui-même le dire au tribunal, je le citerai comme témoin et je l'obligerai à déposer en ce sens – si vous me laissez porter plainte en votre nom pour négligence entraînant un dommage moral. Il me paraît évident, ainsi qu'à plusieurs autres personnes, que vous avez considérablement souffert de ce drame. Et alors, Dolorès Driscoll, votre nom, votre excellente réputation seront rétablis une fois pour toutes dans cette ville. Tout le monde saura que vous avez, vous aussi, souffert énormément, nous l'aurons établi devant la loi, et plus personne ne vous fera aucun reproche.

— Eh bien, je n'ai rien à me reprocher, a-t-elle dit. Je n'ai rien à me reprocher. Son large visage rond s'est soudain ridé, et elle a fondu en larmes. J'ai posé les deux mains sur ses épaules et je l'ai attirée vers moi, et quelques secondes plus tard elle sanglotait contre ma poitrine. Par-dessus sa tête, j'ai vu les cercueils sortir de l'église, l'un après l'autre. Les porteurs – oncles, frères aînés, cousins des gosses dans les boîtes – ont poussé les cercueils dans les corbillards, et les sombres types en costume noir des pompes funèbres ont claqué les portières sur eux.

C'était sans doute aussi bien que Dolorès tourne le dos à la scène. Quand les gens qui sortaient de l'église nous ont aperçus, beaucoup se sont arrêtés et nous ont fixés d'un air furibond. Et lorsqu'ils se sont dirigés vers leurs voitures et leurs pick-up, ils ont décrit un vaste cercle autour de nous, jusqu'à ce qu'enfin nous nous retrouvions seuls sur le parking de l'église.

— Venez chez moi, m'a-t-elle suggéré en frottant avec sa manche son visage rouge et enflé. Ce que je voudrais, c'est, si vous pouviez répéter à mon mari, Abbott, ce que vous m'avez dit. Abbott est logique. Comme vous. Mais ça l'intéresse plus que vous de faire ce qui est bien. Vous verrez. S'il dit que je dois faire ça, le procès et le reste, comme vous dites, pour que mon nom soit lavé et tout ça, je le ferai. Mais s'il est contre, alors je suis contre.

Je n'avais pas prévu ça, mais j'ai dit très bien, ça me paraît tout à fait raisonnable, et j'ai accepté de la suivre jusque chez elle dans ma voiture. Oui, je suppose que j'étais un peu gêné de lui avoir menti – un peu ennuyé à l'idée de ne pas réussir à obtenir de Billy Ansel l'affirmation qu'elle roulait au-dessous de la vitesse limite. C'était un pari, un risque calculé, mais les chances étaient à dix contre un qu'Ansel, pour plusieurs raisons, et quelle que fût la vitesse à laquelle ils roulaient au moment où le bus avait basculé, dirait à un jury exactement ce qu'elle avait dit aux flics : cinquante, cinquante-cinq. Il faut prendre des risques de ce genre, de temps en temps.

— Diriez-vous cinquante-deux miles à l'heure, Mr Ansel ?

— Oui. Cinquante-deux, oui.

— Diriez-vous cinquante-trois miles à l'heure, Mr Ansel ?

— Ouais. Cinquante-trois, c'est possible. Mais pas plus.

— A cette heure-là, Mr Ansel, et compte tenu des conditions atmosphériques et de l'état de la route à ce moment, le moment de l'accident, et à cet endroit de la route de Marlowe vers la ville de Sam Dent – un bout de route auquel vous, ainsi que Mrs Driscoll, êtes très habitué, n'est-ce pas… ?

— Ouais.

— Est-ce que cinquante-trois miles à l'heure constituerait une vitesse raisonnable pour un bus scolaire ?

— Objection !

— Retenue.

— Je retire ma question. Je n'ai pas d'autre question à poser à ce témoin, Votre Honneur.

Du gâteau, sur un plateau.

Dolorès et son mari, Abbott, habitaient tout en haut de la route de Bartlett Hill une maison blanche, carrée, avec un vaste perron en façade et un grand hangar non peint à l'arrière et, au-delà, rien que des bois épais. Du perron, on avait une vue à cent quatre-vingts degrés qui embrassait *the Range*, comme ils l'appellent, du mont Marcy au Wolf Jaw. Une vue d'un million de dollars. Pour la région, c'était une maison ancienne, qui avait connu des jours meilleurs. A la fin du dix-neuvième, le grand-père de Dolorès était un éleveur prospère de vaches laitières, ainsi qu'elle me l'a raconté, debout dans le chemin, avant que nous entrions. Il avait construit lui-même sa maison avec des arbres coupés sur son terrain, et son père et puis elle y avaient été élevés. A l'époque, disait Dolorès, et encore du temps de son père, ces montagnes couvertes de forêts étaient des pâturages alpins. Ça ressemblait à la Suisse, disait-elle, même si je ne sais pas à quoi ressemble la Suisse. A présent, sur des miles et des miles, jusqu'à l'horizon, on ne voyait que des arbres – surtout du feuillu, avec des sapins et des pins – et s'il n'y avait eu de-ci, de-là, un vieux mur de pierre enfoui dans le sous-bois, on aurait pu se croire dans la forêt primaire.

Abbott Driscoll était un bonhomme tout ratatiné, dans un fauteuil roulant ; il avait eu une attaque quelques années plus tôt et son côté droit était complètement inerte. Il avait de longs cheveux blancs clairsemés, des yeux bleus lumineux, la peau rose tendre, il bavait un peu et se tenait affaissé d'un côté, tel un bébé dans sa chaise haute.

Bien qu'il parût assez intelligent, il avait de sérieuses difficultés à parler et je ne suis arrivé à comprendre qu'à peu près la moitié de ce qu'il disait. L'autre moitié, Dolorès me l'a traduite en grande partie, que je le souhaite ou non. Il s'exprimait en phrases bizarres et énigmatiques, qui ne signifiaient pas grand-chose pour moi mais que Dolorès interprétait comme l'oracle de Delphes. Je pense qu'elle aimait passionnément ce type et qu'elle entendait ce qu'elle avait envie d'entendre.

Je m'étais assis en face de lui à la table de la cuisine, et Dolorès avait pris une position qui lui semblait habituelle, derrière son fauteuil roulant, d'où elle lui massait affectueusement les épaules et lui caressait les cheveux.

L'entrevue a été brève, surtout parce que j'ai parlé beaucoup plus que je ne le fais d'ordinaire. J'étais encore distrait par cette histoire avec Zoé. Pour l'essentiel, j'ai répété ce que j'avais dit à Dolorès à la sortie de l'église, je l'ai répété au moins trois fois, avec de légères variations, comme si je me soumettais moi-même à un contre-interrogatoire. J'avais l'impression d'avoir un peu perdu les pédales.

Abbott gargouillait et crachotait, m'interrompant de temps à autre par des trucs comme : Blâme… sscite… bredouillis… ou : Nor… charabia… sssr-vit, que Dolorès, les yeux modestement baissés et avec un petit sourire averti, traduisait en : Le blâme suscite la compréhension, et : Notre réputation nous survit.

Ouais, bien sûr, Dolorès. Si vous le dites. Je me contentais de hocher la tête et de continuer à parler, comme s'il avait dit une chose avec laquelle j'étais tout à fait d'accord ou s'il m'avait prié de me répéter. Pur verbiage, pas en mesure, pas dans le ton. Finalement, j'ai atteint une fois de plus le bout de mon boniment et, parce que cette fois Abbott ne proférait rien, aucune déclaration sibylline, rien qu'un silence vaseux, j'ai réussi à m'arrêter et pendant quelques instants nous nous sommes tus, tous les trois, apparemment plongés dans nos pensées.

Un feu crépitait dans le fourneau à bois de la cuisine, on n'entendait rien d'autre. La maison était tiède et protectrice, elle sentait bon, comme du pain chaud. La plupart des meubles avaient l'air fabriqués sur place ou achetés d'occasion, vieux de vingt ou trente ans, réparés à plusieurs reprises à l'aide de ficelle, de fil de fer et de colle, mais toujours solides, toujours pratiques. J'attendais. J'avais envie d'une cigarette, mais je n'avais pas l'impression qu'ils fumaient, ni l'un ni l'autre, surtout pas lui, et je me suis consolé en tapotant la poche de ma chemise.

Alors Abbott a parlé. Tordant son visage du mieux qu'il pouvait autour de sa bouche, il a avancé les lèvres vers la gauche comme s'il suçait une paille et déclaré d'une voix forte quelque chose comme : La ville… galimatias… connu… baragouin… juger… et patati… nnocent… et patata… sssiment.

Et ainsi de suite. Il me semblait deviner que le vieux bonhomme était prêt à l'action. Tout ce que je pouvais déchiffrer, cependant, tandis qu'il parlait, c'était son visage : clair, ouvert, souriant, pas en colère ni vengeur ainsi que je les aime. C'était son plus long discours jusqu'alors mais, à dire vrai, je n'avais pas la moindre idée des mots, ni même du langage, dont il se servait. Du serbo-croate, sans doute.

Dolorès, elle, savait. Elle a souri et m'a demandé :

— Vous avez entendu ce qu'Abbott a dit ?

— Oui, j'ai entendu. Pourriez-vous me le préciser, néanmoins ? Je crois que certaines choses m'ont échappé. Vous savez, un mot ou deux.

— Bien sûr. Avec plaisir. Voilà ce qu'il a dit : Le vrai jury constitué de nos pairs, ce sont les gens de notre village. Eux seuls, les gens qui nous ont connus pendant toute notre vie, et pas douze inconnus, peuvent juger de notre culpabilité ou de notre innocence. Et si Dolorès – c'est moi, évidemment –, si elle a commis un crime, c'est un crime contre eux, pas contre l'Etat, et c'est aussi à eux de décider de son châtiment. Ce qu'Abbott a dit, Mr Stephens, c'est : Laissez tomber le procès. C'est ça qu'il a dit.

— C'est ça ?

— Oui.

— Vous en êtes certaine ?

— Oui. Je vous avais prévenu qu'il était logique, a-t-elle déclaré. Il comprend mieux les choses que la plupart des gens. Moi aussi, il me comprend.

— C'est vrai ?

— Oh, oui. Abbott est un génie.

Un génie, ah ? Un pauvre radoteur, à mon avis. A ce que je pouvais voir et entendre, Dolorès était le ventriloque et Abbott sa marionnette. Et on ne peut pas discuter avec le ventriloque de ce que la marionnette a dit en réalité.

Je me suis levé de ma chaise, j'ai allumé une cigarette, j'ai dit au revoir et je suis parti. Non sans un certain soulagement. J'en étais étonné ; d'habitude, je ne renonce pas aussi facilement. Je suppose que j'avais mes raisons : les Driscoll étaient trop bizarres pour qu'on les cite dans un procès en négligence, ils étaient trop bizarres aussi pour intenter une action ; ça ne me déplaisait pas.

Mais cet Abbott Driscoll, il me donnait la chair de poule. Quoi que sa femme prétendît qu'il ait dit ou voulu dire, j'étais certain qu'il savait des choses que nous ne savions ni l'un ni l'autre et qu'il jouait avec nous au jeu du chat et de la souris, en se servant de son infirmité pour nous amener à parler ou à agir comme nous ne l'aurions pas fait autrement, de sorte que nous finissions par lui révéler qui nous étions vraiment. Ce qui pouvait lui convenir, à elle – sans doute *désirait*-elle qu'il sache qui elle était – mais pas à moi. Ce type aurait fait un sacré avocat s'il avait pu parler clairement.

Eh bien, on ne peut pas toujours gagner, me disais-je. Et dans ce cas-ci, il valait sans doute mieux perdre dès le début que plus tard. Je suis redescendu de la montagne vers l'ouest de la ville et rentré au *Bide-a-Wile* pour emballer mes affaires. A mi-pente, je suis passé devant la petite maison bâtie dans une pinède où l'on m'avait informé qu'habitait Nicole Burnell, avec maman et papa, ses deux jeunes frères et sa petite sœur, et j'ai songé une seconde à m'y arrêter, juste le temps d'un coup d'œil aux parents. Mais j'étais pressé de rentrer à New York, la journée était déjà plus qu'entamée, et j'ai laissé tomber. J'étais certain de revenir quelques jours plus tard, je pourrais aller les voir à ce moment-là. La gosse se trouvait pour longtemps à l'hôpital, de toute façon. Apparemment, elle n'était plus en danger immédiat, mais on n'autorisait encore aucune visite, je n'avais donc pas à m'inquiéter de la concurrence.

J'ai garé la voiture devant le motel et quand j'ai traversé le bureau d'accueil pour gagner ma chambre, Wendell m'a arrêté.

— Message téléphonique, Mitch, m'a-t-il dit en me tendant un bout de papier rose. Il y a quelques minutes.

Je me souviens qu'il m'a fallu quelque temps pour réaliser que je ne lisais pas le nom et le numéro de ma secrétaire. C'était Zoé, que Wendell avait écrit Zooey, et il y avait un numéro à New York et prière de rappeler tout de suite. OK. D'accord. J'étais désormais en pilotage automatique. Je savais qu'elle était sortie et qu'elle avait trouvé le moyen de se shooter, en troquant des services contre de la marchandise, sans aucun doute, et qu'ainsi fortifiée, elle était prête à se relancer dans l'opération entreprise le matin.

Je suis rentré dans ma chambre, je me suis assis sur le lit et j'ai composé le numéro. Le téléphone n'a sonné qu'une fois avant qu'elle réponde, comme si elle l'attendait.

— 'llô ?

— Zoé ? C'est toi ?

— Oh, p'pa, salut. Ecoute, je suis désolée pour ce matin, j'étais vraiment à plat et ce foutu téléphone déconne complètement…, blablabla, d'une voix suave, enjôleuse, tout en surface, couvercle de douceur et de clarté sur un chaudron de rage et de manque.

200

J'ai attendu la fin des préliminaires en réagissant faiblement, avec prudence, et au bout de quelques minutes, ainsi que je l'avais prévu, nous avons abordé le sujet principal, amené par une simple question posée par moi, exactement comme la fois précédente.

— Tu m'appelles parce que tu as besoin d'argent, Zoé ?

Elle a inspiré profondément et puis, après quelques secondes, elle a soupiré. Sarah Bernhardt en personne.

— Je t'appelle parce que j'ai du nouveau pour toi. Papa, j'ai quelque chose d'important à t'apprendre.

— Du nouveau, ai-je répété, incroyablement fatigué, soudain.

— T'as pas envie de savoir ?

J'entendais le couvercle qui commençait à tressauter sur la marmite.

— Si, bien sûr. Raconte-moi, Zoé.

— Tu crois toujours que tu sais ce que je vais dire, hein ? Tu crois toujours que t'as deux pas d'avance sur moi. L'avocat.

— Non, Zoé, je ne crois pas toujours ça.

— Eh bien, cette fois, c'est moi qui ai deux pas d'avance sur toi !

— Raconte-moi, Zoé.

— OK. Bon, OK. Ça va pas te plaire d'entendre ça, mais je vais te le dire quand même. Tu piges ? J'ai été vendre du sang, hier. C'est comme ça. Je vis dans cette saleté de ville de New York, où mon père est un avocat de première bourre, et je vends mon sang, trente-cinq dollars.

— Ce n'est pas nouveau, ça, Zoé.

— Non, mais attends. Ils ont pas voulu de mon sang. Un long silence. Je suis séropositive.

Je n'ai rien répondu ; le sang, le sien, surgissait de ma gorge, m'envahissait le visage. J'entendais les battements lourds de mon cœur. Je nageais dans le sang.

— Tu sais ce que ça veut dire, papa ? Tu sais ? Ça fait tilt ?

— Oui.

— Le SIDA, papa.

— Oui.

— Bienvenue aux temps difficiles, papa.

— Oui, c'est une façon de dire.

— C'est pas du tonnerre, papa ?

— Oh, Dieu ! ai-je protesté. Qu'est-ce que tu veux que je fasse, Zoé ?

— Qu'est-ce que *je* veux que *tu* fasses ? Elle a pratiquement hurlé ça. Et puis elle a ri, un long gloussement strident, comme une vieille folle, une sorcière sur la lande.

— Je ferai tout ce que tu veux, Zoé.

— Chouette. Ça c'est vraiment chouette de ta part. J'espérais que tu dirais ça. Je l'espérais vraiment. Elle a recommencé à rire, d'un rire de gamine cette fois, une gamine qui a réussi à rouler son vieux grognon de père. De l'argent, a-t-elle dit. Je veux de l'argent.

— Pour quoi faire ?

Elle a ri de nouveau.

— Tu ne peux pas me demander ça. Plus maintenant. Tu m'as demandé ce que je voulais. Pas pour quoi je le voulais. Je veux de l'argent.

Tout à coup, j'étais de nouveau l'homme que j'avais été vingt ans plus tôt, le couteau caché dans la main, mon enfant sur les genoux.

— D'accord, ai-je dit. C'est bien. Je te donnerai de l'argent. Pour n'importe quoi. (J'étais le gentil papa calme et décontracté qui chantait nos chansons préférées. J'ai trois sous, trois jolis petits sous, trois sous pour ma vie entière…) Je rentre en ville cet après-midi, lui ai-je promis, et je te donnerai tout l'argent dont tu auras besoin.

— Envie.

— Envie, oui.

Nous nous sommes tus tous les deux.

— Je t'entends respirer, papa, a-t-elle dit.

— Oui, moi aussi je t'entends. J'ai trois sous à dépenser, trois sous à prêter, et trois sous à ramener à la maison pour ma femme, ma pauvre femme.

— Je viendrai chez toi, a-t-elle déclaré. Ce soir. A quelle heure tu y seras ?

— Oh, sept ou huit heures, peut-être plus tôt. D'ici, ça fait à peu près six heures. Je m'en vais, là, dès que possible. Combien… combien d'argent veux-tu, Zoé ?

— Mmh, voyons. File-moi un millier de dollars. Pour maintenant.

— Pour maintenant.

— C'est tout ce que j'ai, papa. Tout ce que j'ai, c'est *maintenant*. Tu te souviens ? Le SIDA, papa.

— D'accord. Je faillis adresser au téléphone un sourire affable. Je te verrai chez moi, et on parlera, d'accord ?

— Oui. On parlera. Du moment que tu as l'argent. Sinon, j'y suis pas, p'tit père.

— Tu as le test ? L'analyse de sang ?

Elle a hurlé :

— Tu ne me crois pas. Je comprends – tu ne me crois pas, c'est ça ?

— Si. Si, je te crois. Je pensais que, peut-être, je pensais que je pourrais te faire faire une nouvelle analyse. Chez un vrai médecin, au cas où le premier se serait trompé.

— Tu ne me crois pas. Elle a ri. Ça me plaît encore plus comme ça. Ça me plaît que tu ne me croies pas, et que tu sois pourtant obligé de faire ce que tu fais.

— Je te crois, Zoé. Tu dis que tu as le SIDA, nom de Dieu ! Je sais ce que ça veut dire. Pour l'amour du ciel, laisse-moi être ton père !

Alors elle s'est mise à pleurer, ce qui ne m'a pas étonné. Et moi aussi. Ou du moins, à son oreille et même à moi, je donnais l'impression de pleurer. Mais ce n'était pas ça ; je touchais du bout des doigts la lame du couteau, mon pouce en éprouvait le tranchant.

— Je t'aime, papa. Oh, Dieu, que j'ai peur, sanglotait-elle.

— Moi aussi, je t'aime. Je serai bientôt là, et je m'occuperai de toi, Zoé. Quoi qu'il arrive, je m'occuperai de toi.

Je me sentais incroyablement fort à cet instant, comme si je l'avais attendu depuis des années.

Nous avons fini par raccrocher, et j'ai emballé mes affaires et rangé ma chambre en vitesse. Zoé avait raison, bien entendu. Je ne la croyais pas. Et en même temps, je la croyais. En ce sens, cet appel ressemblait à des milliers d'autres. Il y avait une différence importante, pourtant. Jusqu'à cet instant, depuis des années, je m'étais senti rivé au sol, incapable de choisir entre croire et ne pas croire, et furieux de cette incapacité. Cette première tâche, l'élimination de l'un ou de l'autre – libérer un membre afin de délivrer l'autre –, m'avait jusqu'ici été impossible ; parce que je l'aimais. Oh oui, j'aimais ma fille. Et parce que je l'aimais, j'étais incapable de reconnaître la vérité et d'agir en conséquence. A présent, pour la première fois depuis toutes ces années, je me sentais à même de connaître la vérité – et puis d'agir. Par son désespoir, Zoé m'avait libéré de l'amour. Qu'elle eût le SIDA ou fût en train de me mentir, je le saurais bientôt. De toute façon, j'étais libre. Elle avait joué sa dernière carte contre moi ; elle ne pouvait plus m'empêcher d'être qui j'étais. Mitchell Stephens, *Esquire.*

NICOLE BURNELL

Le cerveau est miséricordieux, m'a dit le docteur Robeson en me touchant le front du bout tendre et frais de ses doigts roses ; puisque je ne pouvais pas bouger pour les éviter, je lui ai lancé un regard furibond.

J'ai de la chance, c'est ce qu'ils disent tous, parce que je ne me souviens pas de l'accident. De la chance qu'il y ait comme une porte entre deux chambres, une de l'autre côté – et cette chambre-là je m'en souviens bien – et une de ce côté-ci, dont je me souviens aussi, j'y suis encore. Mais je n'ai aucun souvenir du passage de l'une à l'autre, je ne me rappelle pas l'accident, et ça tout le monde considère que c'est de la chance.

N'essaie même pas de te rappeler, m'a dit papa ; il s'est levé de son siège devant la fenêtre et a regardé le parking de l'hôpital. Je crois qu'il neigeait dehors. Il devait se tracasser à l'idée du retour en voiture.

Maman était assise dans un fauteuil près du lit, en train de me tapoter le dos de la main sans me regarder ; elle a dit : Pense seulement à guérir, Nicole, c'est tout.

Je savais déjà que j'étais aussi guérie que je le serais jamais, et le docteur Robeson m'avait dit que rien que pour rester comme ça je devrais travailler dur. Alors ferme-la, m'man, va au diable. Pour mener une vie de limace, je vais devoir travailler comme quelqu'un qui s'entraîne au saut à ski olympique. Pour me nourrir, aller au petit coin, prendre un bain, entrer et sortir de mon lit, mettre et enlever mes vêtements, changer de chaîne à la télé ou faire mes devoirs – pour réussir tout ça aussi bien qu'un môme de trois ans, je devrai m'exercer pendant des années, toute ma vie sans doute, dans une chambre au sol et aux murs capitonnés afin d'empêcher que mes os ne se brisent si je tombe des barres parallèles ou d'une de ces nouvelles machines étincelantes.

En tout cas, c'est ça la chambre où je me suis réveillée après l'accident : une chambre d'hôpital, une chambre avec une maman en larmes et un papa embarrassé et distrait, une chambre avec un kinésithérapeute qui vous crie dessus pour votre bien et un autre type censé vous masser, mais je ne voulais pas, alors finalement ils ont fait venir une femme. Chaque chambre donnait dans la suivante, mais elles étaient toutes pareilles. Même quand je suis enfin rentrée à la maison, dans ma chambre à moi.

Papa conduisait, j'étais assise devant à côté de lui et maman derrière, avec mon fauteuil roulant tout neuf plié à côté d'elle. C'était déjà le printemps, la fin avril, il ne restait plus que des plaques de neige dans les bois et sur les montagnes et quelques vieux tas couverts de poussière sur le bord des routes et des parkings. Pas encore de feuilles sur les arbres, mais on apercevait par endroits une lueur vert clair ou un reflet rougeâtre au bout des branches où grossissaient les bourgeons. Aux abords de la ville, le champ de foire était presque entièrement inondé et boueux mais de-ci, de-là, devant la grande tribune, la fonte était finie et des touffes mouillées de vieille herbe morte apparaissaient. Je me demandais : Qu'est-ce qui est arrivé à l'hiver ? On aurait dit qu'il était parti en Floride, pauvre Floride. Ç'aurait été chouette, ça, non ?

J'étais incroyablement contente d'être sortie de l'hôpital. J'en avais marre du docteur Robeson, j'avais commencé à l'appeler docteur Frankenstein, même devant lui, et lui trouvait ça mignon, évidemment. Ce n'était pas mignon ; je l'appelais comme ça parce que j'avais l'impression d'être un monstre créé par le docteur Robeson avec tous ces morceaux de corps. Je ne pouvais pas marcher aussi bien que le monstre de Frankenstein, je ne pouvais pas marcher du tout – je pouvais parler ; mais je me sentais aussi laide que lui et pas dans le coup, différente de tous les autres. Vraiment, je comprenais pourquoi le monstre s'en était pris à tous ces idiots de villageois. Parfois quand une des infirmières entrait dans ma chambre en pépiant d'une voix d'oiseau : Et comment allons-*nous*, ce matin ? je faisais : Argh-gueu-gueu en louchant et en agitant la tête comme une débile.

La première chose que j'ai remarquée, quand papa a ouvert la portière de la voiture et poussé la chaise roulante à côté, c'est la rampe qu'il avait construite. Elle était en bois et beaucoup trop large, et montait du sol au perron le long des marches destinées aux gens normaux. Mon entrée à moi toute seule, comme pour un éléphant de cirque. Je voyais bien papa, le soir, après le travail, en train de siffloter comme il fait quand il a entrepris un nouveau boulot de charpentier, en maniant le marteau et la scie, éclairé par la lampe du perron, fier de lui – un bon père.

— Ça te plaît, fillette ? il m'a demandé.

— La rampe ? En me balançant, je me suis propulsée de la voiture à la chaise roulante. Pas question qu'on me porte et qu'on m'installe. Surtout pas lui.

— Ouais, pas bête, hein ? Il s'est mis derrière moi et m'a poussée jusqu'au pied de la rampe, où il s'est arrêté pour que nous puissions voir ça de plus près. Maman suivait, chargée de ma valise et de mes affaires. Il y en avait encore tout un tas dans le coffre, surtout des cadeaux offerts par des inconnus, certains par des gens de la ville, des amis de papa et maman à l'église, et des gosses de l'école. Les habituels trucs idiots : cartes de vœux de rétablissement faites à la main, animaux en peluche et images de Jésus ou autres sujets édifiants.

— C'est pas mal, j'ai dit. Rudy et Skip peuvent l'utiliser pour faire du skate-board.

— Je leur conseille pas, a répliqué papa. J'ai fait ça pour toi.

— Merci. Merci beaucoup.

— J'ai aussi dû élargir quelques portes. Tu vas voir, a-t-il ajouté fièrement, et il m'a poussée en haut de la rampe jusque dans le salon, comme si j'étais un nouveau meuble. Alors il n'a plus su quoi faire de moi, où me garer. J'avais envie de lui suggérer : Mets-moi près de la fenêtre, à côté des plantes. Mais je n'ai rien dit. Il semblait embarrassé, et je crois que j'ai eu pitié de lui.

Le téléphone a sonné et maman a filé à la cuisine pour répondre. Rudy et Skip sont descendus de leur chambre, ils m'ont dit salut et tout ça, l'air intimidés, ils auraient sans doute préféré être ailleurs, comme si j'étais une vieille parente avec qui ils devaient se montrer polis. Jenny s'est amenée derrière eux, suçant son pouce comme toujours, elle a contemplé la chaise roulante pendant une minute, et puis elle a décidé que ça ne risquait pas d'exploser ni rien, et elle est venue m'embrasser.

Jenny c'est Jenny, c'est elle la famille pour moi, toute la famille ; les autres, y compris Rudy et Skip, même si je les aime comme on est censé aimer les siens, me donnent l'impression qu'il faut que je me protège d'eux.

— Tu veux voir ta nouvelle chambre, fillette ? a demandé papa.

— Ma nouvelle chambre ? Qu'est-ce qui ne va pas avec l'ancienne ?

Je savais ce qui n'allait pas – elle était à l'étage, avec toutes les autres chambres et la grande salle de bains, et je ne pourrais plus y monter. Mais elle était à moi, à moi et à Jenny depuis qu'elle était bébé, et nous nous y sentions en sécurité, parce que nous y étions à nous deux et qu'il n'osait jamais y entrer. Rien de mauvais n'était jamais arrivé dans cette petite pièce sombre avec les lits superposés et le fouillis de nos vêtements, de ses jouets et de mes affaires d'école, les images et les posters sur les murs. De cette chambre, nous entendions les garçons bavarder et jouer tard le soir dans la leur, d'un côté, et papa et maman de l'autre, et nous savions faire semblant de dormir quand ils se disputaient. Il y avait des endroits où on ne se sentait pas en sécurité : la voiture, la nuit, seule avec papa, le canapé du salon, la salle de bains sauf si la porte était fermée à clé, la cabane à outils au fond du jardin – et maintenant, ma propre chambre ?

Bon, il avait dit que c'était ma nouvelle chambre, n'est-ce pas ? Et j'étais une fille en chaise roulante maintenant, une invalide. Peut-être que j'étais en sécurité partout, maintenant. Dans toute la maison. Partout. Un nouveau départ.

— Allons, allons, a dit papa. Je vais te montrer.

— T'as de la veine, a déclaré Rudy. Moi je dois toujours dormir avec *lui*, et il a envoyé à Skip un coup de poing sur l'épaule, que Skip lui a rendu.

Maman est arrivée de la cuisine en souriant comme si elle venait de manger quelque chose de doux et léger. Les gens sont tellement gentils, a-t-elle dit. Le téléphone n'arrête pas de sonner, tout le monde veut te souhaiter un bon retour à la maison. C'était Edith Dillinger, la femme du directeur. Elle t'embrasse.

— Montre-moi ma chambre, papa, ai-je demandé, et il m'a fait passer la porte et traverser la cuisine pour aller là où se trouvait la terrasse couverte. On s'y tenait toujours en été, c'était une sorte de salle de jeu, on y installait des trains électriques et des villages pour les poupées Barbie, tous les trucs que personne n'avait envie de ramasser pour les ranger. Mais désormais c'était une chambre. Ma chambre. Papa avait construit des murs et installé un chauffage par le sol, il avait même placé un petit placard dans un coin, et il avait posé une jolie moquette. La fenêtre occupait encore tout un côté, et je voyais le jardin et les bois au-delà. Maman avait cousu des rideaux de chintz blanc. Il y avait un lit d'une personne, une coiffeuse neuve et une table de travail que papa avait fabriquée avec une porte. Mon poster des New Kids on the Block était punaisé sur un mur et tout un tas de mes autres objets préférés se trouvaient là – des photos des copines de l'école, celle de l'équipe de *cheerleaders** avec moi au centre du premier rang, souriant d'un air idiot, mon

---

* Groupes féminins associés aux équipes sportives qui rythment les cris des supporters. *(N.d.T.)*

portrait d'Albert Einstein, mes livres et, sur le lit, mon ours Fergus. Il y avait au-dessus de la coiffeuse une nouvelle image de Jésus, mise là par maman, je m'en doutais ; elle avait sûrement laissé l'ancienne en haut pour veiller sur Jenny.

— Et tu as ta salle de bains privée, a annoncé papa en ouvrant grande la porte de ce qui avait été une buanderie. Il l'avait agrandie en empiétant sur le vestibule, et y avait installé une petite baignoire avec une douche ainsi qu'un lavabo surmonté d'un grand miroir. Fixé trop haut, je l'ai remarqué, mais je n'ai rien dit.

Tout ça était très bien. Mon petit appartement.

— T'as vraiment de la veine, a répété Rudy. Je me suis entendue répondre : La ferme, Rudy.

— Ouais, a dit Skip en frappant Rudy dans le dos. C'est tout ce qu'ils font maintenant, se taper dessus.

— Dehors, les garçons, a dit papa, et ils sont sortis, soulagés d'être libérés d'une corvée.

— Je pourrai venir te rendre visite dans ta chambre ? a demandé Jenny.

— T'as intérêt. Et tu pourras dormir avec moi dans mon nouveau lit, parfois. Je vais me sentir seule, ici, tout au bout, ai-je répondu en lui prenant la main, et elle s'est serrée contre moi. Le téléphone a sonné de nouveau, et maman est allée répondre.

— Alors, qu'est-ce t'en dis, fillette ?

— C'est vraiment très chouette, papa, ai-je répondu, et je le pensais. Mais en même temps c'était étrange. Cette chambre me donnait tout à coup l'impression que j'étais une locataire, comme si j'avais été expulsée en douceur de la famille. Et pourtant, c'était ça dont j'avais envie. Dans un sens, être une locataire, ça me paraissait parfait. A part Jenny, je n'avais plus envie d'être un membre de la même famille qu'eux tous, et j'étais contente à l'idée que nous ne redeviendrions jamais la famille que nous étions avant l'accident. Contente ; pas heureuse.

J'ai fait rouler ma chaise jusque dans la chambre, et j'ai examiné la porte.

— Faudrait un verrou sur la porte, j'ai dit. Il a répondu précipitamment :

— C'est vrai. Bien sûr. Une jeune fille a envie de son intimité, et tout ça, hein ? Je m'en occupe. Il a quitté la chambre pour aller chercher ses outils et un verrou dans son atelier de la cave.

— Faut empêcher les garçons d'entrer, a confirmé Jenny. Moi aussi j'ai besoin d'un verrou. Maman dit que j'en ai pas besoin parce que j'ai que six ans. Mais les garçons se ramènent toujours quand je me déshabille ou autre chose.

— T'as raison. Une fille doit avoir son intimité. T'en fais pas, je demanderai à papa de t'en mettre un, ai-je dit, et elle m'a fait un large sourire en me pinçant la joue, comme si elle était la grande personne et moi le bébé.

Alors papa est revenu muni d'une vrille et d'un crochet avec un anneau. Il a commencé à visser la partie crochet, et j'ai dit : C'est trop haut. Je pourrai jamais l'atteindre.

— Oh, c'est vrai, oui, bien sûr ! Il était tout agité. Il a examiné le trou qu'il venait de faire dans sa porte fraîchement peinte. Maintenant il allait devoir le boucher, le poncer et le repeindre. Papa est comme ça. Faut que j'aille chercher un peu de mastic, il a dit, et il est ressorti de la chambre. Je l'ai vu jeter un coup d'œil au passage vers le miroir de la salle de bains, et j'ai deviné ce qu'il pensait.

J'ai entendu maman qui disait au revoir au téléphone, et puis elle a parlé un instant à voix basse avec papa. Je ne distinguais pas ce qu'elle disait, mais quand ils sont revenus ensemble j'ai compris qu'ils avaient un genre de déclaration à me faire. Maman s'est assise sur le lit et a croisé les jambes aux chevilles, comme toujours, et papa s'est affairé à remplir de mastic le petit trou dans la porte.

— Alors ta nouvelle chambre te plaît ? a commencé maman d'un ton allègre.

— Ouais, épatante. Je me suis fait rouler jusqu'à la table de travail, et j'ai découvert qu'elle avait juste la bonne hauteur pour que ma chaise se glisse dessous. C'est alors que j'ai vu l'ordinateur, un Mac. Je suppose que je l'avais vu avant ça, mais au début la chambre me faisait l'effet d'une image, une photo dans un magazine, et je n'avais pas vraiment enregistré l'ordinateur, comme qui dirait. Peu à peu, tout ça était en train de devenir réel, pourtant. Ouah ! C'est à moi ? Un Mac ? Il y avait une imprimante et tout.

Maman a dit : Oui, c'est à toi. C'est un cadeau.

— Mince ! De qui ? Je me suis tournée vers papa, mais il était penché sur la porte, encore occupé avec le loquet qu'il vissait cette fois à hauteur d'épaule pour moi, de la taille pour lui. C'est vous autres ?

— Non, a répondu maman. Ça vient de Mr Stephens. Tu ne le connais pas encore. En fait, c'était justement lui au téléphone. Il appelait pour demander comment tu vas et tout ça. Quelle coïncidence, hein ?

— Qui c'est, Mr Stephens ?

— Un avocat, a dit papa. Il est notre avocat.

— Vous avez un avocat ? Maman et toi ?

— Eh bien, oui, on en a tous un. Il est aussi le tien, a déclaré papa. Il avait fini de poser le loquet et a fermé la porte pour l'essayer. Ça marchait, mais la chambre avait l'air vraiment petite avec la porte fermée et tout ce monde à l'intérieur, un vrai placard, à part la grande fenêtre, et je me suis sentie soulagée quand il a rouvert la porte.

— Mon avocat ? Pourquoi j'ai besoin d'un avocat ?

Maman est intervenue : On ne devrait peut-être pas parler de ça juste maintenant, quand tu viens à peine de rentrer. Tu n'as pas faim, mon petit chou ? Tu veux que je te prépare quelque chose ? Elle a fait mine de se lever.

— Non. Qu'est-ce que c'est que cette histoire d'avocat ? Comment ça se fait que ce Mr Stephens m'a donné un ordinateur ?

217

— C'est un homme très gentil, a dit maman. Et il savait que tu en aurais besoin pour ton travail scolaire et que tu ne pourrais pas utiliser ceux de l'école avant l'automne, quand tu y retourneras. Et bien entendu, nous n'aurions pas pu t'en payer un... Elle ramassait d'invisibles bouts de fil sur le couvre-lit, sans me regarder mais les chevilles toujours croisées, comme si elle se trouvait sur une scène. J'ai horreur de ce genre de conversations, où tout le monde sauf moi a l'air de connaître le texte et de l'avoir répété sans moi.

Papa a soupiré. C'est à cause de l'accident, il a dit. Beaucoup de gens de la ville dont les gosses étaient dans ce bus ont pris des avocats, à cause de l'accident. Grâce à Dieu, nous ne t'avons pas perdue, mais beaucoup de gens... eh bien, tu sais. Les gens d'ici sont très, très en colère, il a dit. Y compris nous. Il y a eu une grande douleur par ici. Des gens ont perdu leurs enfants, fillette.

— Ouais, mais *vous* ne m'avez pas perdue.

— Non, mon petit chou, a dit maman. Et nous en rendrons grâce à Dieu nuit et jour pendant le restant de nos vies. Mais tu... tu as failli mourir, et tu as été gravement blessée, et tu ne seras... tu ne pourras...

Je l'ai dit pour elle : Je ne marcherai plus jamais.

— Eh bien, ça... c'est une perte terrible, a fait papa. Surtout pour toi, il a ajouté. Mais pour nous tous.

Je le dévisageais ; il a repris : Parce que nous t'aimons si fort. Et parce que tu vas avoir besoin de soins spéciaux pendant longtemps, toute cette kinésithérapie et Dieu sait quoi. Pendant des années, fillette. Les lésions à la moelle épinière, ça ne disparaît pas comme ça. Ça va pas être facile. Ni pour toi, ni pour aucun d'entre nous. Et ça va coûter plus cher qu'on ne peut l'imaginer. Pendant des années.

— Et l'assurance ? L'assurance ne règle pas ces trucs-là ?

— En partie, mais ça reste très cher. Il y a beaucoup de choses que l'assurance ne couvre pas. C'est une des raisons pour lesquelles nous t'avons pris un avocat, pour s'assurer que l'assurance paiera, et pour nous aider à payer le reste.

— Une des raisons. Quelles sont les autres ?

— Eh bien, a dit papa, Mr Stephens représente plusieurs familles : les Otto – tu les connais, bien sûr – et Risa et Wendell Walker, et nous, et quelques autres, je crois. Mr Stephens intente un procès à l'Etat et à la ville pour négligence, parce qu'il est persuadé que l'accident aurait pu être évité si l'Etat et la ville avaient fait leur boulot convenablement.

— Un procès ! Mais ce n'est pas *pareil* pour nous ! Les Otto… je veux dire, ils ont perdu Bear dans l'accident, et c'est peut-être la même chose pour les Walker et le pauvre petit Sean, mais… J'ai senti que j'allais pleurer ; je ne voulais pas pleurer.

Alors je me suis tue. Je ne me souvenais peut-être pas de l'accident, mais je savais très bien ce qui s'était passé. J'avais pu lire les journaux et, bien sûr, j'avais interrogé les gens, et finalement ils m'avaient raconté, même s'ils n'en avaient pas envie. Tout le monde était venu me rendre visite à l'hôpital et me dire combien j'avais de la chance, et me toucher les mains et les épaules et le haut du crâne comme si j'étais une espèce de patte de lapin, alors quand je les questionnais sur les autres enfants, sur ce qui était arrivé aux autres enfants qui étaient dans le bus ce matin-là, au début personne ne voulait me répondre. Allons, Nicole, ne pense pas à ça. Pense seulement à aller mieux et à revenir à l'école. Ce genre de sottises.

Mais les autres enfants ? J'avais vraiment besoin de savoir. Rudy et Skip, ils étaient dans le bus, comment allaient-ils ? Je m'étais informée d'eux en premier, naturellement, dès que j'avais appris ce qui s'était passé. Et les Lamston, et les petits Prescott, et les Bilodeau ? Qu'est-ce qui était arrivé à Sean Walker, que j'avais pris sur mes genoux ce matin-là parce qu'il ne voulait pas quitter sa mère ? Ça je m'en souvenais, Sean qui essayait d'apercevoir sa mère au bord de la route. Et Bear Otto ? Et les jumeaux Ansel ? Et qu'est-ce qui était arrivé à Dolorès ? Est-ce qu'elle allait bien ? Comment ça se faisait que j'étais couchée dans cet hôpital avec des tuyaux partout et mon corps tout mort ? Comment ça se faisait que je n'étais pas morte, moi aussi ? Quelqu'un, n'importe qui, dites-moi où sont tous les autres gosses !

Peu à peu, les gens m'ont raconté. L'un après l'autre. C'est comme ça que j'ai fini par comprendre ce qu'ils appelaient de la chance. Rudy et

Skip, ils avaient spécialement de la chance ; ils étaient assis à l'avant du bus et avaient été presque les premiers à en être retirés, avec à peine une écorchure. Jenny était restée à la maison ce jour-là parce qu'elle était malade. Il y en avait une série comme ça. Qui l'avaient échappé belle. Comme on considérait que j'en faisais partie, les gens aimaient bien rester plantés dans ma chambre d'hôpital à bavarder, entre eux et avec moi, à propos de ceux qui l'avaient échappé belle.

Mais tant d'autres gosses étaient morts, et personne ne voulait parler d'eux. On me racontait, avec des yeux baissés et des hochements de tête désolés, et en aussi peu de mots que possible : Les Lamston étaient morts, tous les trois. Un des petits Prescott était mort. Deux des Bilodeau, assis à l'arrière du bus, étaient restés coincés sous l'eau. Sean Walker s'était trouvé à l'avant, comme moi, mais quand le bus avait basculé il s'était fracturé le crâne, et il était mort avant qu'on le sorte du bus, et moi je ne m'étais brisé que le dos. J'avais bien de la chance, non ? Et Bear et les jumeaux Ansel et plusieurs autres gosses qui se trouvaient à l'arrière, ils étaient tous morts. Dolorès allait bien, me disait-on. Elle était restée sous le choc pendant quelque temps, disait-on, mais maintenant elle allait bien. Donc elle aussi, elle avait de la chance. Je me suis demandé si elle avait un avocat, comme moi.

Ce n'était pas juste, voilà tout – d'être en vie, de l'avoir, ainsi qu'on me l'assurait, échappé belle, et puis d'aller embaucher un avocat ; ce n'était pas juste. Et même si vous étiez le père et la mère d'un des enfants morts, comme les Otto ou les Walker, à quoi ça pouvait servir de prendre un avocat ? Un procès, parce que votre enfant est mort dans un accident, et puis obtenir plein d'argent de l'Etat – c'était compréhensible, et pourtant, tout de même, ce n'était pas juste non plus. Mais pour les père et mère d'un des gosses qui avaient survécu à l'accident, même une fille comme moi, qui resterait infirme toute sa vie, faire un procès – je ne comprenais pas du tout, et j'étais tout à fait certaine que ce n'était pas juste. Pas si j'avais, comme on l'affirmait, vraiment de la chance.

Pas question d'arrêter papa et maman, pourtant. Ils étaient décidés. Ce Mr Stephens les avait convaincus qu'ils allaient recevoir un million de dollars de l'Etat de New York et peut-être un autre million de la ville de Sam Dent. Papa disait qu'ils étaient tous assurés contre ce genre de choses ; ça ne sortira de la poche de personne, qu'il répétait ; mais même ainsi, ça me mettait mal à l'aise. Je crois que, depuis l'accident, j'étais devenue superstitieuse. Papa et maman sont chrétiens, enfin maman l'est, et je crois plus ou moins en Dieu, moi aussi, alors je n'avais pas envie de paraître ingrate et de perdre le peu de chance que j'avais.

— Ce Mr Stephens, qui m'a acheté l'ordinateur… qu'est-ce qu'il veut que je fasse ? C'est pas moi qui dois faire un procès, si ? Vous ne pouvez pas le faire, vous ?

Papa se trouvait à présent dans la salle de bains, en train de dévisser le miroir.

— Eh bien, si, bien sûr, mais il faut qu'il s'arrange avec les avocats de la partie adverse pour qu'ils t'écoutent, qu'ils prennent ta déposition, comme ils disent, et puis nous irons tous au tribunal et on te demandera de témoigner et ainsi de suite…

— Comment, témoigner ? ai-je hurlé. Je ne me souviens même pas de l'accident ! C'est comme si j'avais même pas été là !

— Ne t'énerve pas, mon petit chou, a dit maman, suave. Dieu, ce que je peux la détester, parfois !

Jenny suçait son pouce. Arrête ! je lui ai dit. Tu es trop grande pour ça, j'ai dit, et elle a fondu en larmes. Quelle sale bête je suis. Je l'ai attirée vers moi et embrassée. Elle a cessé de pleurer et n'a pas remis son pouce dans sa bouche, mais maintenant j'aurais préféré qu'elle le fasse.

Papa a repris : Mr Stephens est quelqu'un de très bien, très gentil et compréhensif. Tout ce qu'il veut, c'est que tu décrives à ta manière à quoi ressemblait la vie avant l'accident, tu sais, l'école et tout ça, les *cheerleaders*, tes projets d'avenir et ainsi de suite, tout ce genre de choses. A ta manière. Il dit que si toi tu le racontes ça fera beaucoup plus d'effet que si c'est simplement nous.

— Ouais. C'est sûr. Eh bien, je le ferai sans doute pas. J'aime déjà pas penser à tout ça, j'ai certainement pas envie d'en parler à un avocat ou devant un juge dans un tribunal. Alors sans doute que je vais refuser d'en parler. On peut pas m'obliger, si ?

— Allons, fillette, sois raisonnable, a dit papa, en revenant dans la chambre.

— On causera de ça plus tard, d'accord ? a suggéré maman. Elle vient à peine de rentrer, Sam. Tu as faim, mon petit chou ? Tu veux que je te prépare quelque chose, un sandwich ou de la soupe ? Plus de repas d'hôpital, t'es pas contente ? Elle avait sa voix joyeuse de maman de télé.

— Ouais, j'ai dit, et je suppose que j'étais contente : j'ai horreur des repas d'hôpital. J'ai faim. Peut-être un sandwich ou un peu de soupe, ce serait bien.

Maman s'est levée pour se précipiter dans la cuisine, et papa a lentement rassemblé ses affaires avant de la suivre. J'ai roulé jusqu'à la porte, je l'ai fermée et j'ai mis le nouveau loquet en place. Ça marche, ai-je dit à Jenny.

— Chouette ! a-t-elle fait, en m'imitant.

— Je suis désolée de t'avoir crié dessus.

— Ça fait rien. Tu sais faire marcher l'ordinateur ? Tu peux me montrer comment on s'en sert ?

J'ai dit bien sûr, je me suis propulsée vers la table et j'ai allumé l'ordinateur. Chouette, j'ai dit, avec un clin d'œil à Jenny, et j'ai ri. Aussitôt, elle est venue se blottir près de ma chaise, un bras sur mes épaules, et on a commencé à s'amuser avec l'ordinateur de Mr Stephens, en écrivant nos noms et des messages idiots sur l'écran.

J'étais rentrée à la maison, et beaucoup de choses étaient comme avant. Mais quelques-unes, des choses importantes, étaient différentes. Et pas seulement ma chambre. Avant l'accident, j'avais tout le temps honte, et j'avais peur. A cause de papa. Parfois j'avais même envie de me tuer. Maintenant, j'étais surtout en colère et j'aurais voulu ne jamais mourir.

Mais avant, par contre, avec Jenny profondément endormie dans son lit au-dessus de moi, je restais éveillée la nuit à imaginer des façons de me tuer. Mourir me paraissait le seul moyen de mettre fin à ce que je faisais avec papa, même si, parfois, je me figurais qu'il avait tout à coup décidé de me laisser tranquille, quand il se conduisait normalement, et je pensais alors qu'il avait peut-être décidé que ce qu'il me faisait faire avec lui était mal, vraiment mal, et qu'il le regrettait et ne viendrait plus près de moi quand nous serions seuls à la maison ou dans la voiture pour me tripoter ou se faire tripoter par moi.

Pendant les périodes où il me laissait tranquille, je me disais que j'avais peut-être rêvé tout ça, les rêves, c'est comme ça, ou simplement imaginé, parce que quand j'étais petite comme Jenny, avant que papa ait commencé à me toucher de cette façon, j'avais imaginé des choses dont j'avais eu honte, des choses sexuelles, plus ou moins. Tout le monde fait ça. Donc peut-être que j'avais imaginé ceci aussi. Quelques semaines s'écoulaient, et je commençais à oublier que ça s'était vraiment passé, et alors je me sentais coupable de m'être sentie si troublée et embarrassée.

Mais un soir il venait me rechercher chez les Ansel ou chez quelqu'un d'autre dont j'avais gardé les gosses, et dans l'obscurité de la voiture il glissait sa main sur le siège vers moi et la posait sur ma jambe, puis il m'attirait près de lui et faisait glisser sa main le long de ma jambe, sous ma jupe, et je savais que son pantalon était déboutonné et qu'il voulait que je mette ma main sur lui de nouveau, alors je l'y mettais, et puis on se faisait des choses l'un à l'autre, comme il m'avait appris, des choses que je savais que mes amies faisaient avec leur petit copain après les soirées dansantes à l'école, ou en voiture avec des garçons plus âgés, mais moi je n'aurais jamais fait ça avec un garçon et je faisais semblant d'être dégoûtée quand elles me les racontaient.

Quand nous arrivions à la maison, je rentrais en courant depuis la voiture et je montais droit dans ma chambre, avec le cœur battant et un bruit terrible dans les oreilles. C'était affreux. Je me jetais sur mon lit dans le noir tout habillée et je l'écoutais pousser le verrou en bas, monter lentement l'escalier, entrer dans la chambre où il couche avec maman, et fermer la porte. J'entendais grincer les ressorts du lit quand il s'étendait à côté de maman, et bientôt je l'entendais ronfler. Je restais là pendant des heures, aussi immobile qu'une bûche, jusqu'à ce que le rugissement dans mes oreilles s'apaise enfin et que j'aie le courage de sortir du lit et de me déshabiller dans la chambre obscure, d'enfiler ma chemise de nuit et d'aller au bout du couloir à la salle de bains, et puis de revenir me mettre au lit, où je restais éveillée à essayer d'imaginer des façons de me tuer qui ne bouleverseraient pas trop Jenny. D'habitude, je me décidais pour des somnifères et la vodka de papa, dans le placard de la cuisine. Comme Marilyn Monroe. Mais je ne savais pas comment me procurer des somnifères, alors le lendemain je renonçais toujours et au lieu de me tuer j'essayais de me persuader que j'avais seulement rêvé ce qui s'était passé dans la voiture en revenant de chez les Ansel.

Ce n'était pas très difficile, parce que papa, sauf quand il avait envie de faire ça avec moi, me traitait normalement le reste du temps, comme s'il n'était rien arrivé de mal. Chaque fois, le lendemain au petit déjeuner c'était le même vieux papa, grognon et distrait, autoritaire avec les garçons et moi et Jenny, ignorant maman comme toujours pendant qu'elle s'agitait dans la cuisine et nous distribuait de la nourriture en s'inquiétant de son régime, à son habitude. Elle ne mange jamais rien devant les autres, mais elle n'arrête pas de grossir. Elle n'est pas obèse, mais elle est grosse.

— Regarde Nicole, lui dit toujours papa. Regarde-moi. Nous ne faisons jamais de régime, on mange simplement trois fois par jour, et on n'est pas gros. Ce que tu devrais faire, Mary, c'est arrêter de grignoter entre les repas.

— Nicole a *quatorze* ans, répond maman. Et dans ta famille, tout le monde est maigre comme un clou. Et je ne grignote *pas*. C'est mon métabolisme. Là-dessus elle boude et s'efforce de changer de sujet. Rudy, n'enlève pas ton bonnet aujourd'hui ; tu commences un rhume, elle dit, et elle nous fait activer le mouvement pour pas qu'on manque le bus.

La vie normale chez les Burnell.

Enfin, c'est ce qui *était* la vie normale. Parce que, après l'accident, les choses avaient changé. D'abord, quand les autres partaient à l'école le matin, je restais à la maison. Mr Dillinger, le directeur, est venu un jour m'apporter un paquet de devoirs de la part de mes professeurs pour que je puisse rattraper le reste de ma classe et passer en neuvième avec les autres. C'est une énorme asperge qui porte un nœud papillon et a toujours des pellicules sur sa veste ; il s'est assis au salon avec moi et maman, tout chaleureux et tout joyeux, il parlait vraiment fort, comme si le fait d'être assise dans une chaise roulante m'avait rendue sourde, et ensemble ils ont entrepris de me convaincre de retourner à l'école et d'aller en classe avec les autres. Il m'a expliqué que le conseil d'administration de l'école avait donné son accord pour qu'un camion spécial m'y amène et me ramène chez moi. N'est-ce pas *épatant* ? qu'il disait, comme si j'étais censée sauter en l'air en criant hourra pour le conseil.

— Pas question, j'ai dit. Je ne retournerai jamais dans cette école, j'ai dit, et j'ai remarqué qu'il ne discutait pas beaucoup. Maman non plus, mais maman ne discute jamais beaucoup quand il y a un officiel dans les parages. Elle se contente de dire ce qu'il lui suggère et de donner son accord. Après, papa lui explique ce qu'elle aurait dû dire.

De toute façon, je ne crois pas que Mr Dillinger avait très envie de me voir pousser mes roues d'un bout à l'autre de l'école en rappelant à tout le monde l'accident et les enfants qui y sont restés. Ils avaient engagé une bonne dame de Plattsburgh, à ce qu'on m'avait dit, et organisé des séances spéciales de thérapie de groupe et des réunions pour les gosses après l'accident, et la situation était redevenue plus ou moins normale. D'ailleurs, Mr Dillinger savait que je pouvais travailler à la maison et me maintenir tout de même en avance sur la plupart des gens de ma classe, sauf les vraies grosses têtes. Et l'année suivante, toute ma classe irait au lycée à Plattsburgh et alors je serais le problème de quelqu'un d'autre.

Ça ne me disait rien de rester seule à la maison avec maman toute la journée, ça c'est certain, mais je n'avais pas vraiment besoin de voir les autres, à l'école. Je n'avais pas envie de les regarder se balader dans les couloirs et la cafétéria, filer au petit coin entre les cours pour se mettre du rouge à lèvres et partager une cigarette, s'en aller à l'entraînement des *cheerleaders* ni traîner ensemble sur le parking après la classe. Je n'avais pas envie de les interrompre dans leurs conversations ou leurs activités en arrivant dans ma chaise roulante : Salut les filles, ça va ? Je savais de quoi j'aurais l'air à leurs yeux, comment elles se tairaient un instant à l'arrivée du monstre et puis changeraient de sujet de conversation afin de ne pas lui causer de gêne ou de chagrin parce qu'elles étaient en train de parler de quelque chose qu'elle ne peut plus faire, comme la danse ou le sport, ou simplement traînailler. Pauvre Nicole, l'infirme. C'est ce qu'elles auraient de mieux à me donner : de la pitié. Et quel que soit le nombre de séances de thérapie de groupe auxquelles les gens auraient assisté, en me voyant tous penseraient instantanément aux gosses qui ne sont plus là, ceux qui n'ont pas eu ma chance, et peut-être qu'on me détesterait à cause de ça. Et je ne le leur reprocherais pas.

A l'hôpital, de nombreux élèves de l'école, même des petits de l'école du dimanche où je faisais la classe, étaient venus me rendre visite, d'abord comme des délégations officielles, en groupes de trois ou quatre à la fois, mais ils semblaient toujours intimidés et c'était embarrassant, surtout avec les gens de mon âge, mes amis, soi-disant, dont je sentais l'impatience de s'en aller, et moi-même j'étais contente quand ils partaient. Et puis il n'y a plus eu que ma meilleure amie, Jody Plante, et une ou deux autres, quand elles trouvaient quelqu'un pour les conduire, et ça pouvait aller. Mais lorsque j'ai quitté l'hôpital pour rentrer à la maison, il ne nous restait pas grand-chose à nous dire. Nous vivions désormais dans des mondes différents, elles ne savaient rien du mien, et je n'avais plus envie de rien savoir du leur.

Pendant quelque temps, après mon retour à la maison, Jody m'a téléphoné et elle est même venue une ou deux fois, et elle papotait joyeusement de l'école, de potins de *cheerleaders* et des garçons, les trucs habituels. Mais elle se forçait, je le savais, et moi je crois que je n'ai jamais eu envie de l'appeler, et bien entendu je ne pouvais pas aller chez elle, alors elle a bientôt cessé de me téléphoner, et elle a aussi cessé de venir.

Je restais dans ma nouvelle chambre, avec la porte fermée au loquet, sauf quand je sortais pour manger ou aller au petit coin. Le soir, il fallait que je dîne à table avec toute la famille, mais le matin et à midi je mangeais seule, en général. Un samedi matin, maman et papa ont déménagé tout ce qui se trouvait dans les armoires – les assiettes, les verres, les provisions, tout – et l'ont rangé dans le bas, de manière que je puisse l'atteindre de ma chaise roulante. C'était l'idée de papa. Je pense que maman aurait préféré que je continue à devoir lui demander son aide chaque fois que j'avais envie d'un sandwich ou d'un bol de céréales. Mais comme Jenny allait à l'école, désormais, maman aussi était souvent partie, elle travaillait au *Grand Union*, à Marlowe, et il fallait bien qu'elle se fasse à l'idée que je me débrouillerais seule dans la cuisine.

Pendant la journée, j'avais la maison pratiquement à moi, mais je restais tout de même dans ma chambre. Un soir, papa a ramené pour moi une télé noir et blanc portable qu'il avait achetée d'occasion à Ausable Forks, et il l'a branchée sur le câble normal, et j'ai donc pu regarder la télé sans quitter ma chambre. Des feuilletons et des jeux, surtout, ce qui me convenait. Et des vidéos musicales. Et Oprah et Donahue et Geraldo. Après un mois de ces machins-là, on a l'impression que tout ça c'est un seul show, la pub et le reste, et qu'il y a des années qu'on le regarde. Mais je pouvais m'amuser avec l'ordinateur de Mr Stephens, et j'avais beaucoup de travail pour l'école et des livres que m'apportait Mrs Twichell, la bibliothécaire de l'école, surtout des romans débiles pour jeunes adultes, des histoires de relations raciales et de divorce, que je n'aime pas mais que je lis tout de même parce que les auteurs ont l'air de désirer si fort qu'on les lise qu'on se sentirait impoli de ne pas le faire.

Avec papa aussi, la situation avait changé. J'étais devenue une fille en chaise roulante, et je crois que ça lui faisait peur, ainsi qu'à la plupart des gens. On voit ça dans la rue, ils vous dévisagent et puis ils détournent les yeux, comme si vous étiez un monstre. Quant à papa, on aurait dit que j'étais en verre filé et qu'il avait peur de me casser s'il me touchait. Sans doute aussi qu'il ne me trouvait plus jolie et ne pouvait plus prétendre, comme avant, que je ressemblais à une belle star de cinéma. Miss Amérique, qu'il m'appelait. Comment va ma Miss Amérique, aujourd'hui ?

Mais ça, il ne le faisait plus. Ça m'arrangeait. S'il me touchait, par hasard ou parce qu'il ne pouvait faire autrement, comme le jour où il a été obligé de me porter en haut de l'escalier au tribunal de Marlowe, quand j'ai dû faire ma déposition pour Mr Stephens et les autres avocats, il reculait immédiatement en évitant de me regarder.

Moi je le regardais, par contre. Je regardais au-dedans de lui. J'avais changé depuis l'accident, pas seulement dans mon corps, et il le savait. Son secret m'appartenait désormais ; il était à moi. Avant, c'était comme si je l'avais partagé avec lui, mais ça c'était fini. Avant, tout était fluide, changeant, trouble, et moi pas très sûre de savoir ce qui s'était passé ni de qui c'était la faute. Mais désormais je voyais en lui un voleur, un minable petit voleur furtif dans la nuit, qui avait dérobé à sa propre fille ce qui aurait dû demeurer son bien permanent – comme s'il m'avait volé mon âme ou quelque chose, quoi que ce fût que Jenny possédait encore et moi pas. Et puis l'accident m'avait volé mon corps.

Alors je ne possédais plus grand-chose. Ma nouvelle chambre, peut-être, et l'ordinateur de Mr Stephens, qui ne m'appartenaient pas vraiment et, de toute façon, ne valaient pas grand-chose. Non, la seule chose précieuse qui m'appartenait, il se trouve que c'était le pire secret de papa, et j'avais l'intention de m'y accrocher. C'était comme si je l'avais gardé sur mes genoux dans un coffret fermé à clé, la clé bien serrée dans ma main, et que ça lui avait fait peur. Chaque fois qu'il me voyait le fixer, il tremblait.

Je me rappelle la première fois que Mr Stephens est venu chez nous, combien papa avait l'air tendu et inquiet quand il m'a véhiculée dans le salon et présentée. A croire que Mr Stephens était un officier de police ou quoi, sans doute parce que cet avocat est un tellement grand crack et que papa craignait que je dise quelque chose qui éveille ses soupçons.

Bien sûr, il craignait aussi que je refuse de coopérer dans leur procès. Je n'avais toujours pas accepté, pas explicitement, mais au fond de moi j'avais décidé d'y aller et de dire ce qu'ils voulaient que je dise, ce qui consistait seulement, ils me l'affirmaient, à répondre la vérité aux questions de Mr Stephens et des autres avocats. Je me disais que ça ne pourrait pas faire de mal, puisque la vérité, c'était que je ne me souvenais de rien quant à l'accident proprement dit, donc rien de ce que je raconterais ne pourrait être utilisé pour accuser quelqu'un. C'était un accident, voilà tout. Ça arrive, un accident.

Mr Stephens était un grand type maigre avec une masse légère de cheveux gris qui lui donnait l'air d'un pissenlit monté en graine et à qui un coup de vent pourrait enlever tous ses cheveux, le laissant chauve. Il m'a plu, pourtant. Il avait un petit visage pointu, des lèvres rouges et un sourire sympathique, et il me regardait droit dans les yeux en me parlant, chose que la plupart des gens sont incapables de faire avec moi. De plus, il s'est penché pour me serrer la main quand papa nous a présentés, et j'ai apprécié. Les adultes ne le font presque jamais, surtout avec des filles. Et avec une fille en chaise roulante, je l'ai remarqué, ils vont jusqu'à reculer d'un pas en mettant les mains sur les hanches ou dans leurs poches, comme si vous aviez quelque chose qu'ils n'ont pas envie d'attraper. Mr Stephens, lui, après m'avoir serré la main, quand papa est allé se planter nerveusement sur le perron, il a tiré une chaise de cuisine près de mon fauteuil et s'est assis en mettant sa tête au niveau de la mienne, et j'ai eu l'impression qu'il se rendait compte que j'étais une personne normale.

Il avait une drôle de façon de parler, rapide et comme s'il avait toujours réfléchi d'avance à ce qu'il voulait dire, la façon des gens des grandes villes, sans doute, ou simplement celle des avocats, mais j'aimais bien ça, parce qu'une fois qu'on fait confiance à un type comme ça, il y a moyen d'avoir une vraie bonne conversation avec lui. On peut se concentrer sur le sens des mots sans avoir besoin de se demander tout le temps ce que pense l'autre personne.

— Eh bien, Nicole, il y a longtemps que j'avais envie de te rencontrer, et pas seulement parce que j'ai entendu raconter tant de bien sur toi dans toute la ville, mais aussi parce que, comme tu le sais, c'est moi qui te représente ainsi que ton père et ta mère et quelques autres personnes, a-t-il commencé, en allant droit au but. Nous essayons d'obtenir une compensation, si maigre soit-elle, pour tout ce que vous avez souffert, et en même temps d'éviter qu'un tel accident se reproduise jamais. Et toi, Nicole Burnell, tu es pratiquement au cœur du dossier que je tente d'établir. Mais sans doute préférerais-tu laisser dormir tout ça, je parie, de manière à reprendre le cours de ton existence le plus vite et avec le moins de heurts possible, n'est-ce pas ?

J'ai répondu que oui, qu'en réalité je préférerais ça. Il a attendu que je continue, alors c'est ce que j'ai fait. J'ai dit que je n'aimais pas penser à l'accident, dont je ne me souvenais pas, de toute façon, et que j'avais vraiment horreur d'en parler aux gens, parce que je ne savais même pas ce que signifiait cet accident, et puis qu'il me paraissait évident que quelqu'un qui ne s'y trouvait pas ne pouvait pas savoir ce qu'il signifiait, alors pourquoi essayer ? D'ailleurs, j'ai dit, le seul résultat, c'est que les gens me plaignent, et ça je déteste.

De son poste sur le seuil, papa est intervenu : Ce qu'elle veut dire, Mitch... Mr Stephens l'a fait taire d'un geste de la main.

— Pourquoi détestes-tu qu'on te plaigne ? m'a-t-il demandé. Ça t'ennuie si je fume ?

Maman a bondi du canapé en disant : Je vais chercher un cendrier, Mr Stephens. Je m'excuse, nous ne fumons pas, et je n'ai pas pensé...

— En fait, ça m'ennuie, ai-je répondu. Si je n'avais pas la permission de fumer dans ce foyer chrétien, pourquoi lui ? Et c'était à moi qu'il avait posé la question, pas à elle.

— Pas de problème, a déclaré Mr Stephens en m'adressant un large sourire, comme s'il était un professeur et que je venais de réussir un test, et il a dit à maman : Je vous en prie, Mary, ça va comme ça. Pas de cendrier. Je peux attendre. Puis à moi : Continue, Nicole, explique-moi pourquoi tu détestes qu'on te plaigne. On ne peut pas s'en empêcher, tu sais. Vraiment pas. Quand les gens te voient dans ce fauteuil, surtout s'ils savent ce qu'était ta vie il y a à peine six mois, ils sont tristes pour toi. Inévitable. Je vais être honnête : on vient seulement de se rencontrer, et déjà je t'admire – qui ne t'admirerait pas ? Tu es une fille courageuse, intelligente et solide, ça se voit du premier coup d'œil. Et je ne te connais pas, je ne sais rien de l'intérêt ni des promesses de ta vie avant l'accident. Mais, écoute, même *moi* je te plains. Ça te déplaît tant que ça ?

J'ai répondu que oui, certainement, parce que ça ne faisait que me rappeler que je n'étais plus normale. On ne peut penser qu'on a eu de la chance de ne pas mourir que pendant un certain temps, j'ai dit. Et puis on commence à se dire qu'on n'a pas eu de chance.

— De ne pas mourir, tu veux dire. Comme les autres enfants.

— Oui. Comme Bear et les jumeaux Ansel et Sean et tous les autres gosses du bus qui sont morts là-bas, ce matin-là.

— Nicole ! s'est écriée maman.

— C'est la *vérité* ! j'ai dit.

— C'est la vérité, a confirmé Mr Stephens d'une voix calme et posée, comme s'il la corrigeait au sujet de l'heure qu'il était, et j'ai eu la certitude qu'il comprenait ce que je ressentais et que maman n'en avait pas la moindre idée. Je pense que papa comprenait, mais il ne pouvait pas le dire, pas à moi. Je ne le lui aurais pas permis.

— Ce qui serait étrange, m'a dit Mr Stephens, c'est que tu ne ressentes *pas* ça vis-à-vis des autres enfants.

Alors il m'a fait parler de l'année dernière à l'école, raconter comment je m'étais présentée au concours des *cheerleaders* quand j'étais en septième et comment j'avais réussi facilement, ce qui est inhabituel pour une fille de septième, et comment l'automne dernier j'étais capitaine, et ça compte, ça, à Sam Dent, parce que les équipes de football et de basket-ball des garçons sont importantes pour la ville. J'ai aussi été la reine du bal de la moisson, et je sortais avec Bucky Waters, le capitaine de l'équipe de foot, même s'il n'était pas mon petit ami.

J'ai dit à Mr Stephens que je n'avais jamais vraiment eu de petit ami, pas pour de bon, mais que c'était chouette d'aller danser avec Bucky parce qu'il avait à l'école la réputation d'un play-boy qui n'allait pour de bon avec personne, et moi j'avais la réputation d'être une bigote coincée, à ce que croyaient certains. Bucky avait été élu roi du bal de la moisson, naturellement, et pendant quelque temps tout le monde nous a considérés comme un couple, mais nous savions que ce n'était pas vrai. Ça, je ne l'ai pas raconté à Mr Stephens, mais après le bal, Bucky a vraiment essayé de me peloter à la soirée chez Jody Plante, et je ne l'ai pas laissé faire, alors il a été furieux et il est parti, et j'ai su plus tard qu'il était allé avec d'autres joueurs de foot boire de la bière dans la voiture du frère aîné de Gilbert Jacques.

On est resté amis, pourtant, Bucky et moi, et on a laissé les gens croire ce qu'ils voulaient. Ça l'arrangeait que les autres me prennent pour sa petite amie, au moins pendant la saison de foot et de basket-ball, et ça m'arrangeait aussi parce que comme ça personne ne m'ennuyait, puisque lui c'était un tel caïd et tout ça. Les garçons manquent tellement de maturité, ai-je dit à Mr Stephens. En tout cas les garçons de Sam Dent.

— Tu as revu Bucky depuis l'accident ? a demandé Mr Stephens. Maman était à la cuisine, en train de préparer le thé, et papa était sorti de la pièce, pour aller au petit coin, je pense.

— Non.

— Pas une fois ?

— Eh non !

— Et les autres, tes copines ?

— J'en ai vu quelques-unes à l'hôpital. Mais plus ces derniers temps.

— Personne ?

J'ai senti que j'allais me mettre à pleurer et à avoir l'air idiote si on ne changeait pas de conversation, alors je lui ai demandé : Dites-moi ce que je dois faire pour ce procès.

Ça l'a lancé sur le sujet des dépositions et des avocats pour l'Etat et pour la ville, et quand papa est revenu de la salle de bains et que maman est entrée avec son thé et ses gâteaux, dont je savais qu'elle avait déjà mangé un paquet dans la cuisine, Mr Stephens était en train de m'expliquer combien ce serait dur pour moi de répondre à certaines des questions que poseraient ces autres avocats. Ils travaillent pour les gens que nous voulons poursuivre, tu comprends, et leur boulot consiste à minimiser les dégâts. Le nôtre, Nicole, c'est d'essayer d'en tirer le maximum. Si tu y penses comme ça, comme à des gens qui font leur boulot, pas des bons et des mauvais, simplement notre point de vue et leur point de vue, alors ce sera plus facile pour toi.

Personne ne s'intéressait à la vérité, c'est ça qu'il m'expliquait. Parce que la vérité, c'est qu'il s'agissait d'un accident, voilà tout, et que personne n'était responsable. J'ai dit : Je ne mentirai pas.

— Certaines questions te sembleront très personnelles, Nicole. Je veux simplement te prévenir.

— Peu importe ce qu'on me demandera. Je dirai la vérité, ai-je dit, et j'ai regardé papa en face. Il s'était assis près de maman sur le canapé, et s'est mis à examiner son thé quand j'ai dit ça, comme s'il y avait aperçu une mouche. Je savais à quoi il pensait, et lui aussi savait ce que je pensais.

— Très bien, très bien, je ne souhaite pas que tu mentes, a protesté Mr Stephens. Je veux que tu sois tout à fait sincère. Tout à fait. Quoi que les autres avocats ou moi-même te demandions. Ils auront une kyrielle de questions à te poser, mais je serai là pour te conseiller et t'aider. Et il y aura un sténographe officiel pour tout enregistrer, et c'est ça qui sera communiqué au juge, avant le procès. Ce sera pareil pour tout le monde. On prendra les dépositions des Otto et des Walker, de la conductrice du bus, et même de tes parents, mais je veillerai à ce que tu passes la dernière, Nicole, afin que tu puisses continuer à te rétablir avant de devoir aller faire ça. Ça se passera dans le courant de l'été, a-t-il ajouté à l'intention de maman et papa. Et le procès aura lieu pendant l'automne, probablement.

— Quand accordera-t-on les dédommagements ? a demandé papa, et maman et lui se sont penchés en avant, quêtant la réponse.

— Ça dépend, a fait Mr Stephens. S'il y a appel, ce qui sera sans doute le cas, ça pourrait traîner un certain temps. Mais nous serons là à l'arrivée, Sam, ne vous inquiétez pas. Il a posé sa tasse sur la table basse et s'est levé ; il pensait à ses cigarettes, je parie. Il a dit au revoir, et papa l'a reconduit à sa voiture, où ils ont discuté ensemble un moment.

Je suis rentrée dans ma chambre, j'ai fermé la porte et mis le loquet. Qu'ils discutent de leur procès sans moi, si ça leur chantait ; pour l'instant, j'avais joué mon rôle et je ne voulais plus en parler avant d'y être obligée.

Tout ça, même si Mr Stephens me plaisait et m'inspirait confiance, me donnait l'impression d'être avide et malhonnête. J'ai regardé mon portrait d'Albert Einstein. Qu'est-ce qu'il aurait fait, lui, s'il avait été dans un accident et eu de la chance, comme moi ?

Je me suis soulevée de mon fauteuil et jetée sur le lit et, dans le mouvement, ma jupe s'est relevée, et je suis restée assise là pendant une minute à regarder le reflet dans la fenêtre de mes jambes mortes et inutiles. Elles avaient l'air d'appartenir à quelqu'un d'autre. Je me suis demandé ce qu'elles valaient un an plus tôt, ce dernier automne, au grand match de Keene Valley et ensuite au bal de la moisson, quand Bucky Waters et moi, couronnes en tête, dansions dans le gymnase devant l'école entière. Et pour *qui* ? C'était ça la vraie question. Pour moi, mes jambes valaient tout alors et rien à présent. Mais pour maman et papa, rien alors et, à présent, un ou deux millions de dollars.

Après ce soir-là, je m'en souviens, une longue période s'est écoulée pendant laquelle personne ne semblait parler du procès, en tout cas pas avec moi, et je n'ai plus eu aucune nouvelle de Mr Stephens. Ce qui était très bien. Je n'avais certainement pas envie de soulever la question et j'imagine que papa et maman, pour différentes raisons, ne le souhaitaient pas non plus, alors on aurait pu croire que ça n'était jamais arrivé. Que je l'avais rêvé, comme pour papa et moi ; et comme alors, je me sentais coupable de m'être laissé bouleverser à ce point. Quand on vit avec des gens tels que ma mère, qui pense que Jésus s'occupe de tout, sauf de sa ligne, tels que mon père, qui passe son temps à siffloter en s'affairant avec son marteau et sa scie, on a tendance à se sentir coupable de ses émotions. Du moins, c'était mon cas.

Et puis un soir, on était en train de dîner ensemble ; c'était en juin, je m'en souviens, parce que papa et maman essayaient de me persuader d'assister avec les autres aux cérémonies de remise des diplômes. J'avais terminé deuxième de ma classe, et Mr Dillinger leur avait dit que tout le monde trouvait que ce serait épatant si de ma chaise roulante je prononçais le discours de clôture devant la ville entière.

Ça me paraissait une idée épouvantable, et c'est ce que j'ai dit. J'avais fait un travail de recherche pour le cours d'anglais sur Sam Dent, le type dont la ville porte le nom, et ça m'avait valu un A+, alors Mr Dillinger et Mrs Crosby, le prof d'anglais, affirmaient que moyennant quelques petites modifications ça ferait un discours parfait pour l'occasion. Les modifications qu'ils envisageaient, je le savais sans même qu'ils m'en parlent, consistaient à faire de Sam Dent un exemple pour les jeunes qui allaient recevoir leurs diplômes, ce qui signifiait que je devrais couper tout ce qu'il avait fait de mal, entre autres voler leurs terres aux Indiens et payer pour se faire exempter pendant la Guerre civile, des trucs que beaucoup de gens faisaient en ce temps-là mais qui étaient tout aussi mal alors qu'ils le seraient aujourd'hui.

— Allons, fillette, disait papa, tu seras la star du spectacle.

— Tu parles d'une star. Ce que tu veux dire, c'est que maman et toi, vous serez les stars du spectacle !

C'était ça la raison principale pour laquelle je ne voulais pas y aller. Bien sûr, ils pensaient que j'avais seulement honte d'être dans ma chaise roulante, ce qui était vrai en partie, mais cette honte, j'étais peu à peu en train de la dépasser. Deux fois par semaine depuis ma sortie de l'hôpital, maman me trimballait à Lake Placid pour des séances de kinésithérapie au Centre olympique ; il y avait là beaucoup d'enfants et de jeunes gens encore plus mal en point que moi, et certains d'entre eux étaient devenus mes amis, si bien que je commençais à me voir un peu plus clairement dans la vie. Je ne me sentais plus tellement anormale, et je ne me souciais plus autant de savoir si j'étais chanceuse ou malchanceuse. J'étais les deux à la fois, comme la plupart des gens.

Non, la raison pour laquelle j'étais déterminée à éviter les cérémonies de fin d'année était que papa et maman semblaient déterminés à me convaincre d'y aller et que c'était pour eux-mêmes qu'ils voulaient ça, pas pour moi. Ils ne s'en rendaient pas compte, bien sûr, mais moi oui. Parfois j'avais presque pitié d'eux, à cause de ce besoin désespéré qu'ils avaient que je sois une star, et c'est pour ça que, dans le passé, avant l'accident, je m'étais toujours pliée à leurs désirs. Mais c'était fini. A présent je ne faisais plus que ce que je voulais, pour *mes* raisons à moi. Pour mes raisons à moi, je ne les accompagnais plus à l'église, je n'enseignais plus à l'école du dimanche, je ne fai sais plus de baby-sitting chez personne en ville (encore que personne ne me le demandait), je n'allais pas au cinéma ni au restaurant avec la famille. Non, je restais à la maison, derrière la porte de ma nouvelle chambre, et ça aussi je le faisais pour mes raisons à moi. Et à personne d'autre.

Quoi qu'il en soit, en plein milieu de cette discussion, le téléphone a sonné et maman s'est levée pour répondre. Papa déteste parler au téléphone et ne répond jamais lui-même, même s'il est debout juste à côté quand ça sonne. Il s'écarte et laisse l'un d'entre nous le faire à sa place. Avant, ça m'était égal, je me précipitais toujours dès que le téléphone sonnait, avec l'espoir que ce soit pour moi. Plus maintenant, évidemment.

Une minute plus tard, maman est revenue à table, l'air soucieux. C'était Billy Ansel, a-t-elle annoncé à papa. Il veut passer. Pour nous parler, à ce qu'il a dit.

— Il a dit de quoi ? a demandé papa d'un ton soupçonneux, et pourtant je croyais savoir qu'il aimait bien Billy Ansel. Tout le monde l'aimait bien. En fait, le héros local, c'était lui plutôt que Sam Dent. Si on voulait un discours de cérémonie sur un personnage modèle, c'est à propos de lui qu'on aurait dû charger quelqu'un de le faire.

— Non, a répondu maman.

— Il avait bu, tu dirais ?

— Je ne peux pas dire ces choses-là, Sam, tu le sais très bien.

J'écoutais. C'était nouveau, ça : Billy Ansel buvait, et papa et maman ne paraissaient pas contents à l'idée qu'il vienne parler avec eux.

Rudy et puis Skip ont demandé à sortir de table, papa a dit bien sûr, et ils sont partis regarder la télé dans le salon, suivis de Jenny. D'habitude, c'est à ce moment que je disparais, moi aussi, que je quitte la table en direction de ma chambre ; cette fois je suis restée.

— Il vient maintenant ? Tout de suite ? a demandé papa.

Maman s'est levée et a commencé à ôter le couvert. C'est ce qu'il a dit.

Papa s'est tourné vers moi. Tu fais quoi, ce soir, fillette ? Il aurait bien voulu se débarrasser de moi.

— Rien.

— Pas de devoirs ?

— Ils sont faits. D'ailleurs on est vendredi.

— Rien de bien à la télé ?

— Non. Je pensais attendre ici, pour voir Billy Ansel, ai-je dit, mais à l'instant où je disais ça je me suis rendu compte que je n'avais pas du tout envie de le voir. A cause de l'accident. C'était peut-être pour ça que papa et maman étaient si nerveux à l'idée qu'il arrive.

Depuis quelques années, après la mort de la femme de Billy, j'étais devenue la baby-sitter habituelle de ses gosses, et maintenant eux aussi avaient disparu. J'étais peut-être bloquée dans un fauteuil roulant, mais je n'étais pas morte, moi, comme ses jumeaux, alors l'idée de le voir me pétrifiait de honte. Je ne voulais être vue par *personne* dont les enfants avaient été tués dans l'accident, et surtout pas par Billy Ansel.

— A vrai dire, maintenant que j'y pense, j'aimerais autant rester dans ma chambre quand il viendra.

— Très bien, a fait papa, manifestement soulagé, tandis que j'écartais ma chaise de la table et traversais la cuisine pour aller dans ma chambre.

— Papa, quand il viendra…, ai-je commencé, en m'efforçant de trouver ce que je souhaitais qu'il dise de ma part à Billy Ansel ; je me rappelais toutes les fois où j'avais bordé Jessica et Mason dans leurs lits, je me rappelais combien ils aimaient que je leur lise les histoires de Babar l'Eléphant avant qu'ils s'endorment, je revoyais leurs visages, leurs visages éveillés et confiants, leurs visages d'enfants sans mère. Et j'ai dû renoncer – je n'aurais rien pu dire à Billy, sinon : Je suis désolée. Je suis désolée que tes enfants soient morts alors que la fille de mes parents ne l'est pas.

— Dites-lui simplement que je dors, ai-je dit en entrant dans ma chambre.

Peu après, j'ai entendu arriver le pick-up de Billy et ses pneus ont fait crisser le gravier de l'entrée. Il a frappé à la porte et papa l'a salué avec son air de fausse surprise : Eh, Billy, qu'est-ce qui t'amène par une nuit pareille ? Entre, entre, débarrasse-toi.

J'ai coupé le son de ma télé et, l'ours Fergus sur mes genoux, j'ai roulé ma chaise contre la porte afin de mieux les entendre. Maman lavait la vaisselle devant l'évier ; Billy et papa ont raclé le plancher avec leurs chaises en s'installant à la table de la cuisine. Billy n'avait encore rien dit. Je me suis demandé quel air il avait quand il buvait. Avant, il sortait beaucoup le soir, c'est pour ça que j'allais si souvent garder ses jumeaux, et en général, quand il quittait la maison, il disait qu'il allait boire quelques bières avec les gars au *Rendez-Vous* ou au *Spread Eagle*, en cas d'urgence ou quoi, mais quand il rentrait il n'avait jamais l'air ivre ni rien. Seulement triste, comme d'habitude. A cause de sa femme, je suppose. Ça, et le Viêt-nam. C'était bien connu qu'il avait fait le Viêt-nam, et ces types-là sont toujours un peu tristes.

— Aimerais-tu une tasse de thé, Billy ? a demandé maman. Il reste un morceau de gâteau, si tu veux.

— Non. Non, merci, Mary, a-t-il fait d'une voix terne.

— Alors, a dit papa. Qu'est-ce qui t'amène ce soir ?

— Eh bien, Sam, je préfère te dire la vérité. C'est ce procès où vous vous êtes tous engagés. Je voudrais que vous laissiez tomber.

— Je ne vois pas en quoi ça te regarde, Billy, a répliqué papa. Je pouvais dire à sa voix qu'il était souriant mais vraiment furieux. C'est ce qu'il fait quand il est furieux, il continue à sourire mais il baisse sa voix d'un ton. C'est plus effrayant comme ça.

— Ça me regarde.

Papa a protesté : Je ne vois pas pourquoi. Il y a beaucoup de gens en ville qui sont engagés dans des procès. Nous ne sommes guère uniques, Billy. Je veux dire que je peux comprendre ce que tu ressens, c'est déprimant, bien sûr, mais c'est la réalité. On ne peut pas interrompre tout ça simplement parce qu'à ton avis c'est une mauvaise idée. La moitié de la ville est en procès avec l'un ou l'autre, ou s'apprête à le devenir.

— Eh bien, moi, je ne fais de procès à personne. Et je ne veux rien avoir à faire là-dedans, non plus.

— OK, très bien. Reste en dehors.

— C'est exactement ce que j'ai essayé de faire. J'ai réellement essayé de rester en dehors de tout ça. Mais il se trouve que ce n'est pas si facile, Sam. Vous êtes allés vous chercher ce grand crack d'avocat new-yorkais, ce Mitchell Stephens – vous, Risa et Wendell Walker, les Otto…

— Oui, et alors ? Des tas de gens ont des avocats.

— Mais c'est le vôtre qui va me citer comme témoin, Sam. M'obliger à déposer devant le tribunal. Il est venu au garage cet après-midi, tout sucre tout miel.

— Et pourquoi ne le ferait-il pas ? a demandé maman. Tu n'as rien eu à voir avec cet accident.

Elle n'est pas dans le coup. Même moi, je sais que Billy roulait juste derrière le bus ce jour-là, de manière à pouvoir faire des signes à ses gosses, comme il le faisait toujours. Ça faisait de lui la seule personne qui, sans être dans le bus, avait vu l'accident se produire, ce qui signifiait qu'il était le seul à pouvoir dire si Dolorès conduisait prudemment. Il était évident qu'on ne pouvait faire de procès à personne si Dolorès conduisait dangereusement, et seul Billy connaissait la vérité sur ce point.

— Et si ce salaud m'assigne à comparaître, poursuivait Billy, ignorant maman, alors tous ces autres avocats vont s'aligner derrière lui et essayer de l'imiter.

— Non, ça n'arrivera pas, Billy. Le dossier de Mitch Stephens est mince, comparé à ceux de certains de ces gars, et très concentré. A ce qu'il m'a expliqué, tout ce qu'il lui faut c'est que tu racontes ce que tu as vu ce jour-là, quand tu roulais derrière le bus. Je sais que c'est une chose pénible d'avoir à faire ça, témoigner et tout ça, mais ça ne devrait prendre que quelques minutes de ton temps, et puis ce sera fini.

— Faux, a dit Billy. Complètement faux. Les autres bavards vont l'imiter, ou inventer leur version de ce qu'il fait, et il y aura toutes sortes d'appels, et je resterai englué dans ce foutoir pendant cinq ans au moins. Et, croyez-moi, Mary et toi aussi, a-t-il ajouté. Cette chose ne cessera jamais, Sam.

— Mais voyons, a dit papa. Tu sais que ça ne…

— Est-ce que *tu* sais, a interrompu Billy, que nous avons des avocats qui font des procès à des avocats, parce que des gens ont été assez stupides pour signer avec plus d'un de ces salauds ? Et on a des gens qui changent d'avocats, parce que ces fils de putes les achètent, ils leur font des prix et marchandent sur les pourcentages ?

J'espérais que papa et maman n'avaient pas fait ça, changé d'avocat, à cause de l'ordinateur de Mr Stephens. Billy a repris :

— Il y a des gens d'ici, que je ne me donnerai pas la peine de nommer – mais tu les connais, Sam, ce sont des amis à toi –, ils ont même intenté un procès au conseil d'administration de l'école, parce qu'ils ne sont pas satisfaits de l'usage qu'on a décidé de faire de l'argent qui a été récolté en ville l'hiver dernier et du fourbi que des gens ont envoyé de partout. Il y a un groupe de nos concitoyens qui est d'accord avec le conseil et souhaite consacrer l'argent à un terrain de jeux commémoratif et faire don du fourbi à l'hôpital de Lake Placid, et un autre qui voudrait que l'argent serve à réduire les impôts locaux de cette année et qu'on organise une vente de charité ou quelque chose pour se débarrasser des objets.

Il a ri, mais ça ne l'amusait pas. Je savais que papa et maman faisaient partie du second groupe, mais je suppose que Billy l'ignorait.

— Hier, poursuivait-il, j'ai entendu que quelqu'un veut attaquer l'équipe des sauveteurs, juste ciel ! L'équipe des *sauveteurs*. Parce que soi-disant ils n'ont pas travaillé assez vite. Cette ville entière, a conclu Billy d'une voix soudain morte, cette ville entière est devenue complètement cin-glée. J'aimais bien ce patelin, dans le temps, je m'intéressais vraiment à ce qui s'y passait, mais maintenant… maintenant je crois que je vais vendre ma maison et mon garage et me tirer de ce foutu bordel.

Là, maman a été bouleversée – par le mot *bor-del*, pas à l'idée que Billy s'en aille. Billy, s'il te plaît, elle a dit, les enfants. Comme s'ils pouvaient l'avoir entendu avec la télévision. C'étaient ses oreilles à elle qu'elle essayait de protéger, pas les leurs. Je ne peux pas tolérer qu'on parle comme ça dans cette maison, elle a dit. Très juste, dans cette maison chrétienne.

Il s'est excusé, et ils sont restés silencieux tous les trois pendant une minute.

— Je pensais que si vous deux, vous laissiez tomber ce procès, a repris Billy d'une voix sourde, alors les autres retrouveraient progressivement la raison et vous suivraient. Vous êtes de braves gens, des gens raisonnables, Mary et toi. On vous respecte.

— Non, Billy, nous ne pouvons pas laisser tomber, a répondu papa. Je ne devrais pas avoir besoin de te le dire, parce que j'ai une fameuse ardoise à ton garage, mais nous avons besoin de cet argent, Billy. Pour les notes d'hôpital et des trucs pareils. Pour vivre, simplement.

— Bon Dieu, je paierai les notes d'hôpital de Nicole, si c'est de ça qu'il s'agit. Les Walker se retireraient si vous le faisiez. Les Otto aussi. Et les Otto, je ne crois pas que tout ça leur plaise, à eux non plus. Alors votre avocat n'aurait plus aucune raison de s'occuper de l'affaire. Je parie qu'il ferait ses paquets, compterait ses pertes et rentrerait chez lui.

— Tout ça ne plaît à aucun de nous, Billy.

— Si vous deux réussissiez à faire renoncer un petit malin comme Stephens, alors les autres gens de la ville commenceraient peut-être à voir clair, et ils pourraient tous faire leur deuil convenablement et se remettre à vivre. Ce patelin est devenu odieux à habiter, Sam. Odieux.

— Pas pour nous, a dit papa.

— Non, pas pour nous, a bêlé maman, en écho.

Quelle idiotie de dire une chose pareille. Même moi j'étais choquée. J'ai entendu la chaise de Billy heurter le plancher quand il s'est levé.

— Pas pour vous. Bon. Pas pour vous. Il devait penser que c'étaient les gens les plus stupides qu'il avait jamais rencontrés. Et puis, naturellement, à cause de ce qu'ils avaient dit, il s'est souvenu de moi. Comment va Nicole ? Elle est là ?

Maman s'est hâtée de répondre : Elle se repose, dans sa chambre.

— Ouais. Eh bien, c'est dommage. Je ne l'ai pas encore vue, vous savez. Depuis l'accident. Je suppose que personne ne l'a revue. Dites-lui bonjour de ma part. Il parlait d'une voix basse et triste qui m'a serré le cœur, et j'ai eu envie de me précipiter dans la cuisine et de me jeter dans ses bras.

Mais je ne l'ai pas fait. Je suis restée là, près de la porte, j'écoutais en caressant l'ours Fergus. Je me suis tout à coup rendu compte que je tremblais de la tête aux pieds.

A ce moment-là, je détestais mes parents comme je ne les avais encore jamais détestés. Je les détestais à cause de tout ce qui s'était passé avant – papa à cause de ce qu'il savait et de ce qu'il avait fait, et maman à cause de ce qu'elle n'avait pas su et pas fait – mais aussi à cause de ce nouveau truc, cet affreux procès. C'était mal, ce procès. Purement et au regard de Dieu, ainsi que maman en particulier aurait dû le savoir, c'était mal ; et en plus, ça rendait Billy Ansel encore plus triste que ne l'avait fait la vie elle-même, ce qui me paraissait stupide et cruel ; et voilà qu'on avait l'impression que la moitié des gens de la ville se conduisaient de cette façon, en rendant fous de chagrin tous ceux qui les entouraient, pareil que papa et maman avec Billy, afin de ne pas devoir affronter leur propre peine et la surmonter.

Pourquoi ne s'en apercevaient-ils pas ? Pourquoi ne pouvaient-ils réagir comme de braves gens et dire à Mr Stephens : Non, oublions ce procès. On trouvera le moyen de se débrouiller par nous-mêmes. C'est trop pénible pour trop de gens. Au revoir, Mr Stephens. Remportez vos talents d'avocat à New York, où les gens aiment se faire des procès.

J'ai entendu la porte se refermer derrière Billy, et puis papa et maman sont montés dans leur chambre, sans doute pour discuter en privé de la situation, une chose qu'ils faisaient de plus en plus souvent, parler seuls dans leur chambre. Nous devenions une étrange famille, divisée entre parents et enfants, et même entre enfants nous étions divisés, Jenny et moi d'un côté et les garçons de l'autre. Plus personne dans la famille ne faisait confiance à personne.

Ça remontait à l'époque où papa avait commencé à me tripoter et à me faire garder son secret, mais lui et moi étions seuls à le savoir, alors on continuait tous à vivre comme si nous formions encore une famille normale, dont les membres ont besoin les uns des autres et se font confiance, ainsi que c'est censé se passer. Mais désormais on aurait dit que tout le monde avait des secrets, pas seulement papa et moi. Papa et maman avaient leurs secrets, Jenny et moi avions les nôtres, Rudy et Skip les leurs, et on avait chacun nos propres secrets solitaires qu'on ne partageait avec personne.

Je savais que tout ça était directement lié à ce qu'il y avait eu entre papa et moi avant l'accident, et, ensuite, à l'accident lui-même, qui m'avait transformée ainsi que ma façon de voir les autres, et puis, après l'accident, à ce procès – qui avait dressé papa et maman contre moi, même s'ils ne s'en doutaient pas encore, et moi contre tout le monde.

C'est sans doute parce que j'avais compris ça, après le départ de Billy, que s'est déclenchée dans ma tête l'ébauche d'un plan dont je ne pouvais parler à personne, certainement pas à papa et maman, ni à Jenny, qui n'aurait rien pigé, ni aux garçons, qui auraient cafardé. Si notre famille devait être fragmentée de telle manière, me suis-je dit, je pouvais aussi bien en tirer avantage et, pour une fois, agir strictement par moi-même.

Le premier soupçon m'en a saisie à la façon d'une illumination, là, assise contre ma porte avec mon cher vieux nounours Fergus sur les genoux. J'ai tout à coup compris que moi seule – et pas mes parents, ni les Walker, ni les Otto –, je pouvais obliger Mr Stephens à renoncer au procès. Je pouvais obliger leur grand crack à se retirer de l'affaire. Et papa comprendrait que je l'aurais fait. Ce qui me ferait bien rire. Et à cause de ce que je savais de lui, il ne pourrait plus rien y changer, après. Ça n'aurait pas vraiment d'importance, mais ensuite nous pourrions peut-être redevenir une famille normale. Mari et femme, parents et enfants, frères et sœurs, tous confiants les uns dans les autres, sans secrets.

Sauf le gros secret, bien entendu. Lequel resterait toujours là, quoi que je fasse, telle une énorme tache de naissance violacée sur mon visage, une chose visible de lui seul chaque fois qu'il me regarderait, et de moi, chaque fois que je m'apercevrais dans un miroir.

Le jour de la remise des diplômes est arrivé, est passé et, oui, je suis restée à la maison, et la direction de l'école m'a envoyé les miens par la poste, ainsi que la note officielle attestant que j'étais inscrite en neuvième, pour l'année suivante, au lycée de Lake Placid, et qu'une camionnette spéciale serait affectée à mon transport. A la dernière minute, papa et maman ont failli partir sans moi à la cérémonie, rien qu'à eux deux, tout endimanchés, mais je les en ai dissuadés. C'était une idée stupide, mais caractéristique de leur part. Ils ne supportaient pas d'être tenus à l'écart des feux de la rampe.

— Ce n'est pas la même chose que d'assister sans moi à la messe du dimanche, où les gens se sentent tristes pour moi et fiers de vous, leur ai-je expliqué. A l'école, les gens vous trouveront tout simplement bêtes, et c'est de vous et non de moi qu'ils auront pitié.

— Ne parle pas comme ça à ta mère, a protesté papa. Ils étaient tous assis au salon, en train de regarder la télévision ensemble comme une brave famille américaine – c'était sans doute *Les Simpsons*, la seule émission que toute la bande trouve drôle. Même Jenny. Moi, je ne la supporte pas ; je trouve ça insultant.

— En réalité, papa, c'est à vous deux que je parlais, ai-je répliqué, et je suis sortie de la pièce en marche arrière, puis j'ai pivoté pour entrer dans ma chambre. Je n'avais plus peur de lui et il le savait, mais il ne pouvait rien y faire.

L'été étant là et l'école fermée, les enfants restaient davantage à la maison et, comme maman travaillait désormais à plein temps à *Grand Union*, je devais garder les petits. Ça ne me dérangeait pas, puisque je n'avais nulle part où aller, à part la kinési- thérapie à Lake Placid deux après-midi par semaine, pour lesquels *Grand Union* donnait congé à maman afin qu'elle puisse me conduire au Centre olympique. Presque tous les jours, Rudy et Skip s'échappaient, ils filaient dans les bois, allaient pêcher ou nager dans l'Ausable, descendaient en ville sur leurs vélos pour traînasser avec leurs copains sur le terrain de jeux. Je les laissais faire, du moment qu'ils revenaient avant maman, et je mentais pour eux quand maman demandait où ils avaient été toute la journée, puis- qu'ils étaient censés ne pas s'éloigner de la maison.

Jenny restait près de moi et se montrait assez facile à amuser, surtout si je lui permettais de jouer dans ma chambre avec ses poupées Barbie, ce que je faisais presque tout le temps. On a beau- coup bavardé, cet été-là, un peu comme si elle avait eu quelques années de plus que son âge réel et moi quelques années de moins, et c'est un de mes meilleurs souvenirs en ce qui concerne notre famille. J'avais l'impression d'avoir de nouveau dix ans et la compagnie d'une sœur qui avait dix ans, elle aussi, parce que Jenny me retrouvait à mi-distance. Parfois, j'oubliais presque tout ce qui m'était arrivé de mal, et je me sentais de nouveau en sécurité et entière, intacte et innocente.

On jouait ensemble avec les poupées Barbie, on lisait les mêmes livres, on parlait de trucs genre sorcières et fantômes, en se demandant si on y croyait ou pas, et on écrivait des poèmes comiques sur des gens qu'on trouvait stupides et ridicules, comme Mr Dillinger et Eden Schraft, la postière. Des bêtises :

Il y avait une fois un nommé Dillingre
Dont le cerveau n'avait qu'un cylindre
Celui de sa femme n'en avait pas du tout
Mais comme elle l'avait appelé "mon chou"
Il croyait lui faire un effet fou.

Eden Schraft était un peu tarte
Elle avait appris l'alphabet sur le tard
Elle triait le courrier dans un seau en plastique
Et léchait ses timbres sur un plat en argent.

D'une certaine manière, ces matins et après-midi d'été seule à la maison avec Jenny ont été les derniers jours de mon enfance ; c'était l'impression que j'avais, alors même que ça se passait.

Et puis, un soir, papa a frappé à la porte de ma chambre en demandant : Tu es là, Nicole ? Je peux entrer un instant ?

— Oui, papa, j'ai dit. Je suis là. Où pensait-il que j'étais ? J'ai roulé jusqu'à la porte pour défaire le loquet et il est entré. J'ai avancé la main vers la télévision et coupé le son ; je savais qu'il avait quelque chose à m'annoncer. Il ne venait plus jamais seul dans ma chambre, sauf s'il y était obligé. En vérité, il ne s'adressait presque plus à moi directement, sans doute parce qu'il ne se sentait jamais sûr de ce que j'allais lui répondre. Il savait que je le détestais.

Il s'est assis sur le lit, a posé ses mains sur ses genoux et s'est mis à les étudier. Il a de grandes mains. A mes yeux, elles ressemblent à des bêtes, épaisses et couvertes de poils. Aux siens, je suppose que ce ne sont que des mains.

— Nicole, a-t-il dit, puis il s'est raclé la gorge. Demain, Nicole, demain Mr Stephens voudrait que tu ailles faire ta déposition au tribunal de Marlowe. Je me suis dit, malgré que ce soit un jour de semaine, je vais prendre congé de mon travail, comme ça je pourrai te conduire, et maman pourra rester à la maison avec les petits, si ça te va.

— D'accord, j'ai dit. Comme tu veux.

— Comme je veux. On peut dire que t'es…

— Quoi ? Je suis quoi ?

— Je sais pas. Eh bien, distante, je crois. Distante. C'est pas facile de te parler.

— Papa, ai-je fait en le regardant bien en face, nous n'avons pas grand-chose à nous dire. Si ?

— Quoi ?

— *Si ?*

Il a poussé un profond soupir, l'air de s'apitoyer soudain sur son sort. Bon, alors, c'est d'accord ? Je te conduirai vers neuf heures et demie, demain matin. C'est d'accord ?

— D'accord, j'ai dit. Comme tu veux.

— Si tu pouvais ne pas tout le temps dire ça.

— Dire quoi ?

— Comme tu veux.

— Pourquoi ?

— C'est juste que… on croirait que tu es prête à faire tout ce que je veux, comme si tu étais en mon pouvoir ou quelque chose. Seulement c'est sarcastique. C'est ça que je n'aime pas, le côté sarcastique.

Je l'ai regardé sans répondre. Parfois je me demande lequel est le plus à côté de la plaque, lui ou maman. Lentement, il s'est levé et est reparti vers le salon, et je les ai entendus tous les deux monter dans leur chambre.

Le lendemain matin, il m'a conduite à Marlowe. On a fait tout le trajet sans échanger un seul mot ; une ou deux fois, papa a commencé à siffloter un petit air qui, après quelques secondes, se dissipait dans le silence. Il faisait une journée superbe, limpide, avec de légers nuages blancs flottant au-dessus des montagnes du côté de Sam Dent. Papa a rangé la voiture sur le parking et m'a véhiculée jusqu'à l'entrée principale du bâtiment de briques rouges, qui a plutôt l'air d'un hôpital psychiatrique que d'un tribunal, ça m'a donné la chair de poule. A ma grande surprise, je me sentais très nerveuse, la bouche sèche, j'avais peur de ce que j'allais faire.

En soufflant beaucoup, papa m'a portée tout en haut du grand escalier ; je me tenais toute raide et ne voulais pas m'accrocher à lui, et je devais lui paraître plus lourde que je ne l'étais en réalité. Comme s'il se coltinait cinquante kilos de parpaings. Il m'a posée sur une chaise normale et, pendant qu'il redescendait chercher mon fauteuil, j'ai regardé autour de moi et constaté que je me trouvais dans une belle et vaste pièce aux murs tapissés de livres, au centre de laquelle une énorme table était entourée de ces grandes chaises recouvertes de cuir.

Il y avait là Mr Stephens, vêtu d'un costume d'avocat, foncé à fines rayures, et il m'a serré la main avec un plaisir manifeste. Il était content de me voir, je m'en rendais compte, et ça m'a un peu détendue. La première fois que je l'avais vu, chez nous, il était habillé normalement, d'une chemise à carreaux et d'un pantalon de laine, et il m'avait paru encore plus amical et gentil ce jour-là. Il m'avait plu, mais il n'était pas ce qu'on pourrait appeler impressionnant, sans doute à cause de sa coiffure. Cette fois il avait l'air important et élégant, et j'étais contente que ce soit lui mon avocat et non un des autres types qu'il m'a présentés, un certain Mr Garay et un certain Mr Schwartz. Eux aussi avaient mis leurs beaux costumes, mais comparés au sien les leurs faisaient Prisunic, et ils étaient tous les deux petits et un peu chauves et l'un des deux, Mr Garay, avait vraiment très mauvaise haleine et essayait d'y remédier à coup de pastilles à la menthe. Bonne chance.

Mr Schwartz, debout à l'extrémité de la table, brassait obstinément un tas de papiers désordonnés, comme s'il cherchait un document égaré. Toutes les deux minutes, Mr Garay marchait jusqu'au bout de la table où se trouvait Mr Schwartz, regardait par-dessus son épaule, attendait, puis revenait et se plantait d'un air énervé près de moi et de Mr Stephens.

— Bien, Nicole, tu es prête à affronter ça ? m'a demandé celui-ci, avec un sourire et un clin d'œil. Nous sommes du même bord, et nous sommes plus malins que ces types-là, tel était son message.

— Je suis prête, ai-je déclaré, et je l'étais.

Là-dessus papa est arrivé avec mon fauteuil et l'a déplié pour moi, je m'y suis installée, et puis Mr Stephens m'a poussée près de la table et s'est assis sur le siège voisin du mien, à ma droite. Il a demandé à Mr Schwartz où était le sténographe, et Mr Schwartz a relevé le nez de ses papiers, cligné des yeux, et demandé à Mr Garay : Dave, vous pouvez dire à Frank que nous sommes prêts. Nous sommes prêts, n'est-ce pas ?

— Oui, absolument, a répondu Mr Stephens. Papa a tiré une des chaises de cuir de la table vers le mur, à côté de la porte, et il s'est assis jambes croisées en essayant de prendre un air dégagé, comme s'il faisait ça tout le temps.

Mr Garay est sorti et revenu quelques instants plus tard suivi d'un petit bonhomme noiraud que j'ai reconnu pour l'avoir vu à l'église de papa et maman – c'est en ces termes que j'y pensais alors. Ce n'était plus mon église, ça c'est certain. Ce type apportait un enregistreur et quelques papiers, il a salué papa au passage d'un hochement de tête et d'un sourire, et papa lui a répondu d'un hochement de tête. Je me suis rendu compte alors que c'était sans doute la troisième ou la quatrième fois que papa venait dans cette pièce, et qu'il avait donc peut-être bien une raison de prendre un air dégagé. Il commençait à s'habituer à ces histoires juridiques.

— Voici Frank Onishenko, il est notre sténographe, et il va enregistrer tout ce que nous dirons. On appelle ceci un interrogatoire préliminaire, Nicole, m'a expliqué Mr Stephens. Ces messieurs vont te poser quelques questions, et je ferai éventuellement certains commentaires à propos de ces questions ou de tes réponses. Ensuite Mr Onishenko rédigera une transcription que nous signerons, et nous en recevrons des copies officielles, de manière à éviter toute surprise. N'est-ce pas, messieurs ?

Mr Schwartz a levé le nez. Quoi ?

— J'expliquais simplement à Nicole ce que nous faisons ici, a dit Mr Stephens. Vous êtes prêts ?

— Ouais, bien sûr, a répondu Mr Schwartz, d'un ton qui suggérait qu'il aurait préféré s'occuper d'autre chose. Mr Garay non plus n'avait pas l'air de beaucoup s'intéresser à ce qui se passait. Je suppose que j'étais le témoin de choix de Mr Stephens, en quelque sorte sa pièce à conviction numéro un, et qu'ils pensaient n'avoir pas grand-chose à me demander qui leur fût favorable. Ils étaient déjà au courant des faits, et j'étais de toute évidence exactement ce dont j'avais l'air, une pauvre adolescente en chaise roulante, une victime – utile seulement pour la cause de Mr Stephens et, bien entendu, celle de papa et maman, des Walker et des Otto. Mais pas pour celle de Mr Schwartz ni celle de Mr Garay.

Mr Stephens s'est alors lancé dans un discours juridique. Des trucs comme : "Conformément à la décision du juge Florio" et "Toutes les parties appelées à comparaître aujourd'hui pour la déposition ordonnée par la cour, blablabla". Il a parlé ainsi pendant un bon moment. "Antérieurement à cette date… de nombreuses découvertes et enquêtes… portées à ma connaissance… le défendeur, l'Etat de New York… le codéfendeur, la municipalité de Sam Dent, comté d'Essex, Etat de New York…" Et cetera, et cetera. C'était très impressionnant, faut dire, et si ce n'avait été mon avocat, s'il n'avait été ici dans le but de me protéger, j'aurais eu sérieusement peur de lui.

Il a continué à grogner et à aboyer de la sorte pendant quelque temps, et les autres avocats l'ont coupé une ou deux fois pour prononcer eux aussi leurs discours légaux. Après chaque tirade, ils reprenaient tous les trois des conversations qui, disaient-ils, étaient officieuses, alors Mr Onishenko coupait son enregistreur et m'adressait un petit sourire, comme si nous étions des acteurs en répétition, obligés d'attendre là pendant que le metteur en scène discutait avec un des autres acteurs.

Enfin, les avocats ont paru avoir aplani toutes leurs difficultés techniques et Mr Onishenko m'a demandé de jurer de dire la vérité toute la vérité et rien que la vérité.

J'ai dit : Je le jure, et alors Mr Schwartz m'a regardée en face, il a souri et m'a fixée dans les yeux comme si les paroles que j'allais entendre devaient faire de nous des amis pour la vie. Nicole, a-t-il proféré, bonjour.

— Bonjour.

— Nicole, je vais vous poser une série de questions relatives à cette affaire. Si à un moment quelconque vous ne comprenez pas la question ou si vous souhaitez que je la répète ou que je la formule autrement, dites-le-moi et je le ferai. D'accord ?

— Oui.

— Bien. Pourriez-vous me dire votre nom complet ?

— Nicole Smythe Burnell.

Je ne le lui ai pas signalé, bien sûr, puisqu'il ne le demandait pas, mais Smythe est le nom de jeune fille de maman. A l'école, l'automne dernier, j'avais l'intention de commencer à me faire appeler Smythe Burnell. Plus de Nicole. Plus de Nickie, de Nike ni de Nicodème. A partir de maintenant, Smythe.

— Quel est votre domicile actuel ?

— Boîte 54, route de Bartlett Hill, Sam Dent, New York 12950.

— Depuis quand habitez-vous à cette adresse ?

— Depuis ma naissance. Le 4 décembre 1975. (J'ai eu l'idée d'ajouter ça, pour qu'il ne me demande pas mon âge.)

— Très bien. Et avec qui habitez-vous actuellement à cette adresse ?

— Avec mes parents, Sam et Mary Burnell, mes deux frères, Rudolf et Richard, âgés de onze et dix ans, et ma sœur Jennifer, qui a six ans.

Ça a duré un bon moment comme ça – Mr Schwartz posait ces questions ennuyeuses, comme s'il remplissait pour moi un formulaire de demande d'emploi, et j'énumérais les données fondamentales de ma vie jusqu'alors. Mais j'aimais ça. J'aimais que ce soit aussi objectif et impersonnel que si nous avions parlé de quelqu'un d'autre, d'une fille qui ne se trouvait même pas dans la pièce.

Après quelque temps, pourtant, il s'est mis à me poser des questions plus personnelles, sur ma santé et mes activités quotidiennes, par exemple. Je me rendais compte qu'il avait déjà dû mener sa petite enquête, parce qu'il était évident d'après ses questions qu'il connaissait déjà les réponses à la plupart. Ça me faisait penser à ce jeu télévisé, *Jeopardy*, où l'animateur donne les réponses et le concurrent doit trouver les questions. Sauf qu'ici le concurrent, Mr Schwartz, paraissait plus au fait que l'animateur, moi.

A un moment donné, il m'a interrogée sur la façon dont j'occupais désormais mes journées. Il a voulu que je lui parle de ma nouvelle chambre au rez-de-chaussée et que je raconte comment j'y passais presque tout mon temps, comment je n'étais pas retournée à l'école, et ainsi de suite. Quand il a évoqué la remise des diplômes, j'ai dit que je n'y avais pas assisté et je pensais qu'il allait demander pourquoi, mais il ne l'a pas fait. Il essayait de me faire paraître chouchoutée et gâtée, je m'en rendais compte, mais de toute manière, j'étais contente qu'il ne me questionne pas plus sur ma vie familiale ou sur l'école. Ce qu'il voulait savoir, par contre, c'était quel genre de kinésithérapie je pratiquais, et je le lui ai expliqué ; et puis il m'a demandé si je souffrais maintenant, tout à coup, comme ça. J'ai dit :

— Non, pas vraiment.

— Vous ne souffrez pas ?

— En réalité, je ne sais pas.

— Que voulez-vous dire Nicole ? Vous ne savez pas ?

— Eh bien, je veux dire, c'est comme si je ne sentais rien. Je n'ai aucune sensation. Dans mes jambes, je veux dire. Au-dessous de la taille. C'est pour ça que je suis dans un fauteuil roulant, Mr Schwartz. Ce n'est pas comme si j'étais paralysée ou quoi. Simplement, je ne *sens* rien là, dans le bas. C'est pour ça, la kinésithérapie, c'est pour empêcher les muscles de s'atrophier à force de ne pas servir. Parce que même si, fondamentalement, ils sont normaux, mes muscles et mes os et tout ça, en réalité c'est comme s'ils étaient morts.

J'ai jeté un coup d'œil à Mr Stephens et je l'ai vu pincer les lèvres pour ne pas sourire. Il a déclaré, à l'intention du compte rendu de Mr Onishenko, qu'il citerait une série de rapports médicaux en même temps que les dépositions du docteur Robeson et des autres médecins de l'hôpital de Lake Placid qui s'étaient occupés de moi, et j'ai vu Mr Garay prendre quelques notes sur un bloc de papier jaune réglé. Et à moins que les rapports médicaux ne soient pris en considération, a ajouté Mr Stephens, je m'opposerai bien entendu à ce type de questions.

Après ça, Mr Schwartz a voulu que je leur parle de ma vie sociale.

— Maintenant ou avant ? ai-je demandé.

— Avant.

Erreur. Il n'allait pas apprécier ce que j'allais lui raconter. J'ai commencé avec les *cheerleaders* en expliquant combien c'est important pour tout le monde, à l'école, et puis je lui ai parlé du bal de la moisson et de Bucky Waters, aussi, et Mr Stephens a eu l'air de s'agiter. Je racontais la vérité, pourtant. Plus ou moins. C'était questions et réponses, sans choix multiples. Sur le papier ou comme ceci, dans une déposition, je devais apparaître comme une espèce de Miss America Junior. Je parle d'avant l'accident.

Je savais, bien sûr, que c'était là qu'il devrait finalement m'amener, à l'accident lui-même, et en effet, peu après il m'interrogeait sur ce qui est arrivé ce matin-là.

— Maintenant, le 27 janvier 1990, est-il arrivé un moment, Nicole, où vous avez quitté la maison de vos parents sur la route de Bartlett Hill ?

— Oui.

Pendant un certain temps, il m'a posé un tas de petites questions, pour préciser des détails tels que : quelle heure était-il, où le bus nous ramassait-il, qui se trouvait avec moi à l'arrêt, et ainsi de suite. J'étais avec mes frères, ai-je dit, Rudy et Skip. Jenny était malade, elle est restée à la maison ce jour-là.

— Y avait-il quelque chose d'inhabituel dans le comportement de la conductrice, Dolorès Driscoll, ou dans le fonctionnement du bus, ce matin-là ?

— Quel genre de chose ? Je veux dire, je ne me rappelle pas bien.

Mr Stephens est intervenu : Je fais objection à la forme de cette question. Notez-le.

— Le bus était-il à l'heure ? a repris Mr Schwartz.

— Oui.

— Et où vous êtes-vous assise ce matin-là ?

— A ma place habituelle, à droite, au premier rang.

— Mais, dans votre souvenir, il n'y a rien eu d'inhabituel pendant le trajet, ce matin-là ?

— Jusqu'à l'accident ?

— Oui.

— Non. Si, il y a eu quelque chose. C'est quand Sean Walker est monté : il pleurait et ne voulait pas quitter sa mère. Alors je l'ai pris à côté de moi et je l'ai calmé, et Dolorès et la mère de Sean ont bavardé un instant. Et puis, quand Dolorès a redémarré, une voiture a surgi du virage devant le *Rendez-Vous* et a failli renverser la mère de Sean. Elle n'a rien eu, mais Sean a eu très peur, parce qu'il avait vu ça par la fenêtre.

Après ça, il n'a plus souhaité m'interroger sur les arrêts successifs, ce qui me convenait parce que, sauf au moment où on avait embarqué Sean, le reste du trajet avait été pareil à tous les autres et je ne savais pas trop si je me rappelais des détails du jour même de l'accident ou si je les imaginais à partir de mes expériences habituelles.

— Vous souvenez-vous du temps qu'il faisait ce matin-là ? m'a-t-il demandé.

— Je crois qu'il neigeait. Pas fort, au début. Il ne neigeait pas du tout quand nous sommes sortis de chez nous, mais ça commençait un peu quand on s'est arrêtés devant chez Billy Ansel.

Mr Stephens s'est de nouveau interposé : A moins que le rapport du Bureau de la Météorologie nationale pour le bourg de Sam Dent en date du 27 janvier 1990 ne figure au dossier, je ferai objection à cette question.

— Je produirai ce rapport, a dit Mr Schwartz. Ensuite il m'a demandé si j'avais vu Billy Ansel ce matin-là.

J'ai répondu que oui, qu'il roulait derrière le bus dans son pick-up, ainsi qu'il le faisait tous les matins, il suivait toujours le bus. J'ai précisé : J'ai dit que j'avais vu le camion de Billy, pas Billy lui-même. Je m'assieds devant. Ce sont les gamins de l'arrière qui regardent toujours Billy et qui lui font signe.

— Qui étaient-ils ?

— A l'arrière ? Je ne sais pas. Les gosses de Billy, bien sûr, et Bear Otto, et quelques autres.

— Objection, a dit Mr Stephens. Notez que je fais objection. Elle a dit : "Je ne sais pas."

Mr Schwartz a glissé un petit sourire en douce vers moi, sa vieille amie.

— Est-il arrivé un moment où tous les enfants avaient été ramassés ?

— Oui.

— Vous vous rappelez ça, a-t-il dit. Style : comme c'est intéressant.

— Oui. Au fur et à mesure que j'en parle, ça me revient.

Et c'était vrai, ce qui m'étonnait sans doute autant que ça étonnait les avocats. Mr Stephens paraissait inquiet.

— Notez mon objection. Elle a dit : "Au fur et à mesure que j'en parle."

— Vous rappelez-vous s'il est arrivé un moment où le bus est passé de la route de Staples Mill sur la route de Marlowe au lieu appelé Wilmot Flats ?

— Oui, ai-je dit. Il y a un gros chien brun qui a traversé la route là-haut, juste devant la décharge, Dolorès a ralenti pour ne pas le toucher, et il a filé dans les bois. Ensuite Dolorès a tourné pour prendre la route de Marlowe, comme d'habitude. Ça me revient assez nettement.

— Ça vous revient ? a demandé Mr Schwartz, les sourcils levés.

— Oui.

Mr Stephens est intervenu : Notez qu'elle a dit : "*Assez* nettement." Pas : "Nettement."

Alors Mr Schwartz m'a posé d'autres questions sur Billy, genre : après qu'on a tourné sur la route de Marlowe, à quelle distance son pick-up était-il du bus ?

— Je ne sais pas, ai-je dit. Il neigeait assez fort, à ce moment-là. Dolorès avait mis les essuie-glaces.

— Elle avait mis les essuie-glaces ?

— Oui.

— Vous vous en souvenez ?

— Oui.

— Eh bien, alors, a poursuivi Mr Schwartz, qu'avez-vous remarqué d'autre à ce moment ? Avant l'accident proprement dit ?

— J'avais peur.

— Vous aviez peur ? De quoi ? Je parle d'*avant* l'accident. Vous comprenez ce que je vous demande, Nicole ?

— Oui, je comprends. Dolorès roulait trop vite, et j'avais peur.

— Mrs Driscoll roulait trop vite ? Qu'est-ce qui vous fait penser ça, Nicole ?

— Le compteur. Et la route descend fort à cet endroit.

— Vous pouviez voir le compteur ?

— Oui. J'ai regardé, parce qu'il neigeait tellement. Et parce qu'il me semblait qu'on allait très vite dans cette descente. J'avais peur.

Mr Stephens, je l'ai remarqué, était devenu silencieux.

— Bon, alors, Nicole, à quelle vitesse diriez-vous qu'elle roulait ? Dans la mesure où vous vous rappelez.

— Soixante-douze miles à l'heure.

— Vraiment ? Soixante-douze miles à l'heure ? Vous en êtes certaine ?

— Oui.

Je tournais le dos à Mr Stephens, à ce moment, et je ne le voyais pas, mais je l'imaginais effondré sur son siège, en contemplation devant ses ongles.

— Vous croyez que le bus que conduisait Mrs Driscoll roulait à ce moment-là à près de soixante-dix miles à l'heure ? m'a demandé Mr Schwartz.

— Non, ai-je répondu, je sais qu'elle faisait du soixante-douze. Le compteur est grand et bien visible de l'endroit où j'étais assise. J'étais au premier rang, juste à côté, pratiquement.

— Je vois. Lui avez-vous dit quelque chose à ce propos ?

— Non.

— Pourquoi pas ?

— Eh bien, je suppose que j'avais peur. Et puis je n'ai pas eu le temps.

— Pas eu le temps ?

— Non. Parce qu'à ce moment le bus est sorti de la route. Et il s'est écrasé.

— Vous vous en souvenez ?

— Oui, ai-je dit. Maintenant. Maintenant que j'en parle.

— Elle a dit "Maintenant que j'en parle". Notez-le, a fait Mr Stephens d'une voix lasse.

— Que vous rappelez-vous de l'accident lui-même ? Exactement ?

— Je me souviens que le bus a fait une embardée, il a filé à droite tout à coup, et il a heurté le garde-fou et le talus de neige au bord de la route, et puis il a basculé sur l'accotement et tout le monde hurlait… Et c'est tout. Je suppose qu'après ça j'étais inconsciente. C'est tout. Après j'étais à l'hôpital.

Mr Schwartz a souri en prenant quelques notes sur son bloc. Mr Garay faisait la même chose, furieusement. Vous avez des questions, Mr Stephens ? a demandé Mr Schwartz, sans relever la tête.

J'ai fait semblant de retendre ma jupe sur mes genoux, mais je voyais du coin de l'œil que Mr Stephens me regardait fixement, et pendant un long moment il n'a pas dit un mot. Il respirait fort, par le nez. Evidemment il ne savait pas si j'avais dit la vérité ou non, mais il ne se sentait pas de me poser trop de questions pour s'en assurer, car il risquait de me demander des choses auxquelles Mr Schwartz et Mr Garay adoreraient m'entendre répondre.

J'ai regardé papa, qui était penché en avant sur sa chaise, la bouche à moitié ouverte, comme s'il voulait dire quelque chose mais n'osait pas.

— Je n'ai pas de question, a dit Mr Stephens calmement.

— Je n'ai pas d'autre question, a dit Mr Schwartz. Mr Garay ?

— Pas de question, a dit Mr Garay.

— Merci, Nicole. Tu peux partir maintenant, a fait Mr Stephens. Il ne s'était pas levé ; assis sur son siège, il glissait des papiers dans sa serviette. En jetant un coup d'œil au bout de la table, j'ai vu que Mr Schwartz et Mr Garay faisaient de même, en plus rapide. Mr Onishenko avait coupé l'enregistreur et écrivait quelque chose sur une étiquette autocollante. Je me suis écartée de la table et j'ai fait rouler mon fauteuil vers papa, qui s'était mis debout mais semblait un peu vacillant.

Au moment où je passais à côté de lui, Mr Stephens m'a dit, d'une voix si basse que j'ai été seule à l'entendre : Tu ferais un fameux joueur de poker, ma belle.

J'ai répondu : Merci, et me suis éloignée rapidement. Papa était sous le choc, ça se voyait, le visage blême et les épaules basses, comme s'il venait de recevoir un direct à l'estomac. Sans doute que la signification de ce que j'avais raconté à Mr Schwartz était à peine en train de s'inscrire dans son cerveau, à force de s'y répéter, et qu'il n'avait pas encore commencé à réagir.

Je me suis approchée de lui et, afin de retarder encore sa réaction, et peut-être aussi parce que je ne voulais pas qu'il se ridiculise devant les avocats – après tout, il était mon père – j'ai dit : Allons-y, papa. Il faut qu'on rentre, maintenant.

Tel une sorte de serviteur muet, il a hoché la tête en signe d'assentiment et m'a soulevée de mon fauteuil pour me porter dans l'escalier. Cette fois j'ai entouré de mes bras son cou et ses épaules et je me suis cramponnée, afin qu'il ait moins de peine à transporter mon poids jusqu'à la voiture.

Pendant qu'il m'installait sur le siège avant, j'ai vu Mr Schwartz et Mr Garay monter dans une voiture grise genre tape-à-l'œil garée dans Court Street et filer en vitesse. Ils avaient desserré leurs cravates, souriaient, et, en gros, paraissaient très satisfaits d'eux-mêmes.

Papa s'est hâté de remonter au tribunal pour récupérer mon fauteuil, mais je savais que ça lui prendrait plus de temps que nécessaire parce que lui et Mr Stephens souhaiteraient se dire quelques mots là-haut en privé. Mr Stephens serait sans doute incroyablement furieux contre papa de ne pas l'avoir prévenu que je me souvenais si bien de l'accident, et papa répéterait avec insistance que lui non plus ne s'y attendait pas.

A ce point, papa serait arrivé à la conclusion que j'avais menti, cependant, et il tenterait d'en persuader Mr Stephens. Elle a menti, Mitch, elle ne se souvient pas du tout de l'accident, elle n'a aucune idée de la vitesse que faisait Dolorès. Et Mr Stephens devrait lui faire remarquer que, Sam, ça n'a aucune importance, qu'elle ait menti ou non, il n'y a plus de procès, plus de procès pour *personne*. N'y pensez plus. Dites aux autres de ne plus y penser. C'est fini. En ce moment, Sam, la seule chose dont vous ayez à vous préoccuper, c'est la *raison* pour laquelle elle a menti. Une gosse qui fait ça à son père n'est pas normale, Sam.

Mais papa savait pourquoi j'avais menti. Il savait qui était normal et qui ne l'était pas. Mr Stephens ignorerait toujours la vérité, mais papa la connaîtrait à jamais. Il a rangé mon fauteuil dans le coffre de la voiture qu'il a contournée pour monter du côté du conducteur, et il est resté assis là quelques instants, les clés dans la main, l'air de ne pas très bien comprendre à quoi elles servaient. Pendant un bon moment, il est resté silencieux.

Finalement, il s'est penché en avant pour mettre le contact et m'a dit, lentement, d'une voix étrange, à moitié morte : Bon, Nicole, que dirais-tu si on s'offrait une glace chez Stewart ? Il y a longtemps qu'on n'a plus fait ça.

— C'est une bonne idée, papa, ça me plairait vraiment.

Alors il a démarré et roulé jusque chez Stewart, de l'autre côté de la rue, et nous a acheté à chacun un énorme cornet à la pistache, c'est la glace que nous préférons tous les deux mais que personne d'autre n'aime dans la famille.

Après avoir quitté Marlowe, on a longé le bras oriental de l'Ausable en direction de Sam Dent ; des gouttes tombaient du cornet de papa et je lui passais des serviettes en papier. On est passés près du champ de foire, à l'entrée de la ville, et j'ai vu qu'on était en train d'y aménager l'allée centrale. Je ne m'étais pas rendu compte que l'été était si avancé. L'hiver et le printemps s'étaient écoulés, et voilà que l'été aussi, et c'était comme si je m'étais trouvée dans un autre pays, en voyage.

— C'est déjà le moment de la foire ? ai-je demandé. C'était beau, et un peu triste. La grande tribune blanche et la scène couverte lui faisant face avaient été repeintes de frais, et la pelouse tondue à l'intérieur de la piste de course ovale devant la tribune étalait son vert vif et brillant sous l'immense ciel bleu. Lorsque j'avais l'âge de Jenny, cette tribune me paraissait gigantesque et inquiétante, surtout quand on y allait le soir et qu'elle était pleine d'une foule bruyante d'inconnus. A présent, sa structure me semblait petite et presque gentille, et elle ne serait plus remplie d'inconnus ; je connaîtrais les visages et même les noms de presque tous les gens assis sur les travées de bois, ils me feraient signe en m'appelant : Viens, Nicole, viens t'asseoir avec nous. La piste qui contournait la pelouse en passant entre la scène et la tribune avait été si bien ratissée et arrosée qu'elle avait l'air couverte d'un glaçage au chocolat. Parmi les pins, derrière la tribune, on voyait les hangars et les enclos pour le bétail et les salles d'exposition où, au cours des ans, j'avais gagné des rubans pour mes réalisations parascolaires : mes lapins angoras, Tweedle Dee et Tweedle Dum ; ma carte en relief de Sam Dent en 1886, modelée en plâtre de Paris, avec des maisons en balsa, des forêts en lichen et des champs peints ; et mon affiche "Dites Non à la Drogue". Toutes m'avaient valu des rubans bleus, que papa avait encadrés et accrochés au mur du salon, où ils se trouvaient toujours, même s'il y avait longtemps que je ne les avais plus regardés. Le squelette d'une grande roue et les longs bras de la pieuvre étaient déjà en place, et une bande de jeunes gens et de garçons torses nus et bronzés, avec des tatouages sur les bras et la cigarette à la bouche, s'activait à monter les stands de jeux et les tentes ; c'étaient sans doute les mêmes forains qui, l'année précédente, nous avaient fait du gringue et nous avaient interpellées, Jody et moi et les autres filles, lorsque nous nous baladions sur la piste en essayant de les ignorer mais en trouvant toujours une excuse pour faire demi-tour au bout de la rangée de stands et pour revenir sur nos pas, plus lentement cette fois, en échangeant des regards entre nous et en roulant des yeux quand les garçons nous criaient de venir tenter notre chance.

— Tu aimerais y aller, cette année, Nicole ? m'a demandé papa. Il avait ralenti et regardait le champ de foire avec moi, sans doute avec certaines des mêmes idées en tête.

— C'est quand ? Quand est-ce que ça commence ?

— Ça commence demain, ça dure toute la semaine, jusqu'à dimanche soir.

— Je sais pas, papa. Peut-être bien. Laisse-moi y réfléchir, d'accord ?

Il a dit bien sûr, et nous avons repris notre route vers la ville.

On a encore eu une conversation avant de rentrer à la maison, dont je pense que, d'une certaine manière, elle a été responsable de ma décision de me rendre à la foire, bien qu'il n'y ait pas vraiment de rapport. Au moment où papa arrêtait la voiture dans notre cour, je lui ai demandé : Il n'arrivera rien à Dolorès, n'est-ce pas ?

Il a coupé le moteur et nous sommes restés un moment assis sans parler, en écoutant les tic-tac de la pendule du tableau de bord. A la fin, il m'a répondu : Non. Personne ne souhaite poursuivre Dolorès. Elle est des nôtres.

— La police ne lui fera plus rien, maintenant ?

— Il est trop tard. De toute façon, Dolorès ne peut plus conduire le bus scolaire ; la direction de l'école y a veillé tout de suite. Je ne pense pas qu'elle en ait encore envie. Tout le monde sait qu'elle a assez souffert.

— Mais maintenant, tout le monde va dire que c'est sa faute, non ?

— La plupart des gens, oui. Ceux qui ne connaissent pas la vérité diront que c'est la faute de Dolorès. Les gens ont besoin de s'en prendre à quelqu'un, Nicole.

— Mais nous connaissons la vérité, ai-je dit. N'est-ce pas ?

— Oui, a-t-il répondu, et pour la première fois depuis l'accident, il m'a regardée en face. Nous connaissons la vérité, Nicole. Toi et moi. Ses grands yeux bleus s'étaient remplis de larmes désolées, et tout son visage semblait implorer mon pardon.

Je lui ai fait un pâle petit sourire, mais il n'a pas pu me sourire en retour. D'un coup, j'ai vu qu'il ne serait plus jamais capable de sourire. Plus jamais. Et alors j'ai compris que j'étais parvenue exactement au résultat que je voulais.

— Bien, ai-je dit. C'est fini, maintenant.

Il s'est détourné de moi pour sortir de la voiture, et quand il est arrivé de mon côté avec mon fauteuil roulant et a ouvert la portière, je lui ai dit :

— Papa, je crois bien que j'ai envie d'aller à la foire.

Il s'est absorbé dans le dépliage du fauteuil et n'a pas répondu.

— Allons-y dimanche après-midi, pour tout voir. Le dernier jour est toujours le plus intéressant. Toute la ville sera là, et on pourra s'asseoir à la tribune, et tout le monde nous verra ensemble. On pourra aussi aller voir le bétail, et les manèges, l'allée centrale, les jeux, tout. Tous ensemble, en famille.

Il a hoché la tête d'un air sombre, m'a sortie de la voiture et m'a installée dans mon fauteuil. Ensuite il m'a poussée jusqu'en haut de la rampe et on est entrés dans la maison.

DOLORÈS DRISCOLL

Chaque année au mois d'août depuis notre mariage et même avant, séparément, quand nous étions gosses, Abbott et moi avons toujours assisté à la foire du comté, qui devrait normalement être organisée à Marlowe, puisque c'est le chef-lieu, et se tient néanmoins à Sam Dent, sur notre beau vieux champ de foire, le long du bras oriental de l'Ausable. Abbott adore la foire, et surtout la course de stock-cars ; plusieurs semaines à l'avance, ça le met dans tous ses états, presque comme un gamin.

Quant à moi, à part le plaisir que j'ai de son enthousiasme, je peux me passer de la foire, ce n'est jamais qu'une des haltes qui jalonnent l'année, mais j'avoue que j'apprécie les expositions de bétail. J'aime par-dessus tout me promener entre les étables, sans doute à cause de mes souvenirs d'enfance, vu que mon père élevait des vaches laitières. Les stalles obscures et tièdes, les odeurs de copeaux de bois, de foin et de fumier frais, les mouvements lents et paisibles des bêtes et leurs grands yeux humides – tout ça me va droit au cœur, quels que soient mes problèmes, et je me sens au bord des larmes quand je longe ces hangars bas en m'arrêtant ici ou là pour admirer et parfois pour interpeller une Jersey particulièrement belle ou une jolie Holstein noir et blanc, le genre de vaches que mon père élevait.

Ce n'est pas pareil pour Abbott. Il est plus à l'aise dans l'éclat, la bousculade et le bruit de l'allée centrale et, ainsi que je l'ai dit, à la course de stock-cars, qu'il préfère regarder du haut de la grande tribune. Il… faut… perspective… pour… participer, m'explique-t-il. Ça représente un problème, évidemment, du fait qu'il est depuis quelques années condamné à la chaise roulante. D'ordinaire, ce qui se passe, c'est qu'un ou deux gars du patelin nous aperçoivent avant même que nous arrivions à la tribune et ils s'y mettent à deux, un de chaque côté, et portent Abbott dans sa chaise jusqu'au gradin supérieur, où il peut bloquer son frein et assister au spectacle tout son content, jusqu'à la fin. Ensuite, d'habitude, les mêmes gars reviennent pour le descendre et dès qu'il est en bas je le reprends en charge et je le pousse vers le parking.

Cette année, pourtant, ça s'est passé autrement. J'aurais sans doute dû m'y attendre, et cependant j'ai été prise au dépourvu. Bien que je ne pense pas qu'Abbott ait été surpris le moins du monde – il y a peu de choses qui le surprennent, cet homme. Mais je ne lui en avais pas parlé, on n'en avait pas discuté, et je me figurais qu'il s'était écoulé assez de temps pour que les gens aient surmonté leurs premières réactions confuses à l'accident et soient parvenus au-delà, ainsi que je l'avais plus ou moins fait moi-même ; durant ces longs mois solitaires, je m'étais tenue à l'écart des regards et, je l'espère, des esprits, ça me semblait la moindre des choses ; avec le temps, je pensais que les gens auraient désormais dépassé leur rancune et leurs sentiments conflictuels vis-à-vis de moi, et qu'ils se sentiraient de nouveau libres de se comporter envers Abbott et moi comme les chers amis et voisins qu'ils avaient toujours été. Sam Dent était depuis toujours notre communauté, et pour notre vie entière. Nous en faisions partie, depuis toujours, et eux faisaient partie de nous ; je croyais que rien ne pouvait modifier ça. Une véritable famille. Certes, il arrive des choses terribles dans toutes les familles, des morts, des maladies, des divorces et des querelles sanguinaires, juste comme dans la mienne ; mais ces choses ont toujours une fin, elles passent, et les familles restent, ainsi que l'avait fait la nôtre. Ce doit être pareil pour un village, me disais-je. Mais je suis une optimiste, à ce que dit Abbott. Trop, je suppose.

C'est le dimanche en début de soirée que nous y sommes arrivés, le dernier jour de la foire, et j'ai dû garer le fourgon tout au bout du parking, une fameuse trotte jusqu'à la tribune sur ce terrain défoncé. Il y avait eu un orage un peu plus tôt, un de ces orages de la fin août qui traversent les montagnes, rapides et lourds comme les trains de marchandises en provenance du Canada, et nous avions attendu à la maison qu'il s'éloigne vers le Vermont, ce qu'il a fait vers six heures en laissant le ciel sans nuages, bleu ardoise, et l'air humide et frais, nettoyé. Pour la première fois de l'été, on sentait l'arrivée de l'automne.

A cause de cet orage, nous sommes arrivés tard et nous n'avons pas eu le temps de visiter les étables, ni de flâner dans l'allée centrale ainsi qu'Abbott aime le faire. La course de stock-cars commence juste au coucher du soleil, car c'est indiscutablement plus drôle d'être assis en haut des vieux gradins de bois à regarder les voitures se démolir les unes les autres là, en bas, sous les projecteurs, que ce ne le serait en plein jour, quand ce spectacle pourrait paraître idiot aux yeux de quelqu'un de normal. Moi, du moins, je trouverais ça un peu gênant à la lumière du jour, même si je suppose qu'Abbott s'en moque. Il n'est pas aussi sensible au ridicule que la plupart des gens, à cause de son attaque, sans doute, et de ce qu'elle lui a appris.

Du fond du parking, nous sommes donc arrivés à la barrière et avons longé la pelouse du côté opposé à la tribune, ce qui n'était pas facile car le chemin était défoncé et trempé, et l'herbe avait été piétinée par les foules toute la semaine. Nous étions de bonne humeur pourtant, Abbott et moi ; c'était notre première sortie en public depuis l'hiver. Après l'accident, j'avais assisté aux services funèbres, mais seule, sans même Abbott pour m'accompagner ; une façon de témoigner, pourrait-on dire, sans doute. Je restais dans mon coin, ne parlais à personne et m'en allais dès la fin de l'office. Il me semblait que je devais faire ça, que ça représentait quelque chose de très important entre les enfants et moi. Je ne crois pas que les gens, les adultes, avaient vraiment envie de me voir là, parmi eux, ce qui était compréhensible, mais je devais le faire – pour les enfants qui, s'ils avaient pu donner leur avis, m'auraient certaine-ment demandé d'assister à leurs funérailles et de dire une prière pour chacune de leurs chères âmes disparues. Et c'est ce que j'ai fait. Ils m'auraient trouvée lâche si j'étais restée à la maison.

Après cela, néanmoins, je me suis tenue à l'écart de toutes les activités de la ville, celles de l'église, les réunions, les ventes de gâteaux et ainsi de suite, et je me suis plus ou moins tournée vers l'ouest et le sud, j'ai orienté notre vie du côté de Lake Placid, où je devais de toute façon em-mener Abbott deux fois par semaine pour sa théra-pie. Naturellement, je ne conduisais plus le bus scolaire ; quinze jours après l'accident, la direc-tion de l'école m'a informée par lettre recomman-dée qu'on n'avait plus besoin de mes services, mais j'avais déjà pris cette décision toute seule, merci. Et comme Eden Schraft ne m'a pas pro-posé, ainsi qu'elle le faisait d'habitude, de distri-buer le courrier pendant les mois d'été, j'ai renoncé à ça aussi ; un peu plus à contrecœur que je n'avais renoncé au bus, pourtant, car ce boulot-là ne me rappelait rien de pénible. Maintenant, chaque fois que je vois un de ces gros bus scolaires jaunes International, je ne peux que regarder ailleurs ou bien me concentrer sur un seul détail, par exemple la somme des chiffres sur la plaque minéralogique ou les mains que ces chiffres donneraient au poker, jusqu'à ce qu'il soit hors de vue.

Je me suis mise à faire toutes nos courses de ménage au *Grand Union* de Lake Placid, et j'ai même commencé à lire le journal de Lake Placid, c'est comme ça que j'ai trouvé mon emploi de chauffeur pour les hôtels. Nous avions besoin d'argent – depuis l'attaque d'Abbott, je suis seule à gagner le pain de la famille. Il y a eu d'abord le *Manoir*, qui avait mis une annonce demandant un chauffeur avec camionnette, à temps partiel, pour emmener leurs clients à l'aéroport de Saranac ou les en ramener. Ils n'ont pas fait la relation entre mon nom et le fameux accident de Sam Dent, et bien entendu je n'ai pas cité la direction de l'école en référence. Ensuite, de ma propre initiative, j'ai pris quelques hôtels en plus et je me suis procuré un de ces bipeurs qu'on se met à la ceinture et une CB, et bientôt j'étais de service vingt-quatre heures sur vingt-quatre, cinq ou six jours pleins par semaine à Lake Placid, où j'allais conduire ou chercher des gens à l'aéroport, faisais parcourir la zone commerciale du centre ville à des chargements de chasseurs de souvenirs canadiens, et les emmenais admirer les curiosités locales : le Whiteface, le tremplin olympique, la maison de John Brown et la tombe de Kate Smith. Lake Placid peut être un patelin intéressant si on le considère du point du vue d'un touriste.

Parfois, par simple bonté d'âme – parce qu'il s'ennuie facilement et aurait préféré rester à la maison avec sa radio, ses livres et ses revues –, Abbott m'accompagnait, et ça me remontait un peu le moral. Je me sentais très seule à cette époque, comme encore sous le choc de l'accident, je crois, et Abbott était la seule personne avec qui j'arrivais à communiquer. Mais bientôt l'hiver a passé, le printemps est apparu et s'est épanoui en quelques semaines, et puis l'été est venu, et à présent, à la fin de l'été, j'avais recommencé à me sentir moi-même, plus ou moins – je savais, bien sûr, que je ne serais plus jamais la même. On ne peut pas ressusciter les morts. Je le savais.

En tout cas, le moment et l'occasion me paraissaient appropriés pour réintégrer la vie de mon village – me montrer sur le champ de foire avec mon mari, et nous mêler à la foule sans en faire une histoire, juste dire salut à ceux qui sembleraient disposés à bavarder avec moi, et nous amuser pendant quelques heures, ainsi que des gens normaux, et puis rentrer chez nous. Fatigués mais contents, comme on dit.

Si j'avais peur, ou le trac ? Oui, bien sûr que oui ! Mon fils Reginald m'avait avertie : Maman, laisse tomber, oublie ce foutu patelin. Venez ici, papa et toi, vendez la maison, pour l'amour du ciel, et venez vous installer à Plattsburgh avec moi. Je peux vous installer un appartement à l'étage, ou aménager la cave ou quelque chose, et je m'occuperai de vous deux. Comme si nous étions une paire de vieux gâteux. Je pense qu'il avait ses raisons ; depuis que Tracy et lui s'étaient séparés, il vivait seul dans leur maison. Reginald a toujours été très attaché à sa maman, et il en a un peu honte en secret ; et, s'il n'est pas revenu à Sam Dent pour se rapprocher de son père et de moi, sa dignité ne l'empêchait pas d'essayer de nous persuader de nous rapprocher de lui.

La grande pelouse ovale devant la tribune est entourée par une piste dont on se sert en général pour les courses de trot. Mais ce soir-là, piste et pelouse étaient entièrement couvertes de vieilles voitures peinturlurées de couleurs criardes, éclaboussées de rose vif, de bleu turquoise ou de jaune, avec des slogans, des devises, des noms de filles et d'énormes numéros sur les portières et sur les toits. Garés parmi ces voitures sans dessein ni ordre apparent, j'ai vu des semi-remorques, des dépanneuses, des pick-up et même, ici et là, quelques jolis petits coupés, et il y avait au moins deux ou trois cents personnes en train de flâner entre les véhicules en buvant de la bière et en prenant du bon temps. Il y avait surtout des jeunes gens et des jeunes femmes, et des adolescents, tous amateurs de voitures et de mécanique. Les garçons, les hommes, et aussi pas mal des filles, circulaient et se mêlaient avec familiarité entre les dépanneuses, les pick-up, les coupés et les vieilles bagnoles bariolées, comme s'il s'agissait d'animaux chéris et admirés qu'ils auraient élevés eux-mêmes. Toute une bande de beaux jeunes gens musclés en excellente santé paradant les uns devant les autres, les garçons avec leurs manches roulées pratiquement au-dessus de l'épaule de manière à exposer leurs biceps bronzés et leurs plus récents tatouages, les filles en shorts ou jeans moulants et bains de soleil, la chevelure frisée, crêpée ou ondulée à la dernière mode des chanteuses et des héroïnes de feuilletons à la télé. Un peu partout, sur les capots de leurs voitures, ils avaient des enregistreurs qui jouaient des musiques tonitruantes, rock ou country, et des frigos de bière glacée, et on voyait par endroits des couples en train de danser.

L'obscurité était presque tombée. Devant la tribune, d'énormes projecteurs avaient été allumés pour éclairer une courte section de la piste détrempée qui avait été délimitée entre les gradins et la scène surélevée leur faisant face. Sur la pelouse, le reflet pâle des projecteurs et les éclats de lumière provenant de l'allée centrale et des manèges – rais et cercles rouges, jaunes, violets et verts –, telles les lueurs d'un feu d'artifice, illuminaient les visages des jeunes gens qui traînaient là. Passant entre deux berlines cabossées, je me suis engagée sur la pelouse avec eux et j'ai poussé la chaise roulante d'Abbott sur l'herbe entre les pick-up, les semi-remorques et des groupes de gosses avec des boîtes de bière à la main. J'entendais dans le lointain qu'on commençait à annoncer l'ordre des premières manches.

Abbott a tourné la tête et m'a dit : Faut pas… arriver… tard. J'ai forcé l'allure, mais tout en le poussant vers la tribune à travers ce vaste rassemblement de voitures et de camions de toutes sortes, je ne cessais de chercher des yeux mon vieux break, Boomer, dont j'avais de bonnes raisons d'espérer qu'il participait à la course ce soir-là, ressuscité et piloté par Jimbo Gagne. Ce ne serait pas facile de le reconnaître – ils enlèvent toutes les vitres et les phares, et on peut à peine dire quels étaient à l'origine la marque ou le modèle de la voiture, sauf à la forme de ses pare-chocs et de sa calandre, et des choses comme ça. Quant à son premier propriétaire, n'en parlons pas.

Pendant toute la traversée de la pelouse vers la tribune, j'ai gardé l'œil ouvert, mais je n'ai rien aperçu qui ait avec Boomer une ressemblance plus que superficielle. Boomer, bien sûr, c'était le nom que mes garçons et moi avions donné à ce vieux break Dodge qui, dans les années soixante-dix, m'avait servi de premier bus et qui, après cent soixante-huit mille miles, avait fini par couler une bielle et s'écrouler. Je l'avais poussé derrière la grange et mis sur cales, au cas où Abbott ou moi ou un des garçons auraient besoin de pièces détachées, ce qui ne s'est jamais produit parce que les garçons étaient alors obsédés par le tout-terrain et les quatre-quatre et moi j'ai d'abord eu le GMC et puis l'International. Et puis Abbott a eu son attaque. Au bout de quelques années, on a plus ou moins oublié le vieux Dodge là-derrière, et avec le temps la prairie, les mauvaises herbes et les ronces ont poussé tout autour. Jusqu'à un jour de juin, cette année, où Jimbo Gagne est arrivé chez nous sans s'être annoncé pour me demander de le lui vendre. Il disait qu'il aimait son rapport puissance-poids – il ne manquait ni de l'un ni de l'autre – et qu'il avait envie de le remettre en état pour participer à la course de stock-cars quand viendrait la foire.

J'ai dit : Bon Dieu, Jimbo, tu peux l'avoir. Enlève-le de là et garde-le, j'ai dit, et je lui ai aussitôt rédigé un acte de vente pour un dollar. Il était le premier de la ville à être venu chez nous normalement et de lui-même depuis l'accident, et je suppose que je lui en étais reconnaissante, je lui aurais sans doute donné mon Voyager presque neuf pour un dollar, s'il me l'avait demandé Jimbo est un des anciens du Viêt-nam de Billy Ansel, c'est lui qui travaille au garage depuis le plus longtemps, neuf ou dix ans maintenant, et bien qu'il habite toujours à Ausable Forks dans un mobile-home avec sa femme et une douzaine de chiens de traîneau qu'il loge dans des fûts à essence disséminés sur son terrain, il est pratiquement de chez nous, parce qu'on l'associe au garage de Billy Ansel. Les gens critiquent sa façon de loger ses chiens dans des fûts, mais je ne vois pas en quoi des fûts sont pires pour des chiens qu'un mobile-home pour des gens. Jimbo est un grand type dégingandé, avec des yeux et des cheveux bruns, qui porte une de ces longues moustaches à la Fu Manchu et un anneau d'or à l'oreille, et qui a l'air carrément mauvais. Mais en réalité c'est un homme très timide et sensible, un monsieur respectueux et poli sous son déguisement de pirate, et quand il est venu avec la dépanneuse de Billy pour enlever mon vieux Boomer, il m'a traitée avec courtoisie et gentillesse. Il savait qu'au premier regard je me souviendrais de la dernière fois que j'avais vu cette dépanneuse, quand elle avait lentement retiré le bus de la sablière pleine d'eau en ce matin enneigé de janvier dernier, et il m'a donc téléphoné avant de venir pour me dire à la blague qu'il me prévenait au cas où je préférerais ne pas être là quand il enlèverait ce vieux Boomer.

— Je sais combien vous êtes sentimentale avec ce tas de ferraille, Dolorès. C'est comme moi avec certains de mes chiens. Mais je ne vais pas mettre votre bahut au rancart. En fait, je vais donner une deuxième vie à ce vieux camarade. Vous devriez peut-être envisager ça de cette façon, a-t-il suggéré.

C'est ce que j'ai fait, mais je me suis aussi assurée de ne pas être là quand il arriverait avec la grosse dépanneuse bleue. Pour tout dire, Abbott et moi sommes allés à Placid ce soir-là, dîner au restaurant *Ponderosa*, où on sert de bons biftecks pas chers et où il y a un grand buffet de hors-d'œuvre qu'Abbott apprécie particulièrement, parce qu'il peut tout atteindre de sa chaise roulante. Il y retourne toujours se resservir, et y va même pour moi. Reste… assise… c'est moi… qui sers, dit-il. Chacun… doit… servir… parfois.

Je n'ai pas tellement tendance à le remarquer, mais de temps en temps ce pauvre Abbott doit se sentir envahi par une bouffée de remords à cause de la façon dont je me suis occupée de lui pendant ces dernières années de notre vie commune, et les rares occasions où il peut accomplir pour moi une petite tâche matérielle ont certainement plus d'importance à ses yeux qu'aux miens. J'essaie de rester vigilante et disponible pour de telles occasions, mais elles ne se présentent pas souvent, eu égard à son état. Pour moi, ça n'a aucune importance, parce que c'est son intelligence qui s'occupe de moi, et non son corps. Jadis, avant son attaque, il prenait merveilleusement soin de moi avec son corps, ce corps tendre et doux qui faisait toujours mes délices, je dois le dire, en me prodiguant tous les services nécessaires et affectueux qu'une femme peut imaginer, et par conséquent je ne faisais pas assez attention à son intelligence qui, dès le début, était supérieure à la mienne, plus logique et plus juste. Maintenant, Abbott et moi vivons ensemble tels de parfaits frère et sœur, et je ne crois pas que j'aurais été assez intelligente pour faire ça avant son attaque.

Une fois au bord de la pelouse, nous avons dû, afin de parvenir au coin droit de la tribune, traverser la piste derrière un des camions de pompiers, et j'ai vu là quelques gars que j'ai reconnus, des pompiers volontaires de Sam Dent, et je sais qu'ils m'ont vue et reconnue – je suis assez facile à identifier, même dans la mi-obscurité : grande, rouquine, et en train de pousser ce petit bonhomme en chaise roulante. Pourtant, ne voulant pas me placer en position de demandeuse, je leur ai juste adressé un bref salut de la tête, ce dont je me suis aussitôt félicitée car aucun de ces garçons n'a fait mine de nous apercevoir, Abbott et moi, quand nous sommes passés à côté de leur camion pour traverser la piste.

Nous sommes arrivés à la barrière, j'ai payé, et nous avons accédé au bas de la tribune. Celle-ci était déjà presque comble, et des tas de gens se tenaient debout au niveau du sol près de la balustrade. J'en connaissais beaucoup, naturellement – presque toute la ville de Sam Dent assiste à la course de stock-cars – et je les ai vus nous jeter un coup d'œil et puis vite se retourner vers la piste et la scène en face, ou donner un coup de coude à leur voisin qui nous lançait à son tour un regard rapide et inexpressif. Personne ne nous adressait la parole, ni à moi ni à Abbott, ni ne paraissait s'apercevoir de notre présence. Je savais que l'affront n'était pas destiné à Abbott ; il était pour moi. Mais comme Abbott était avec moi, on l'ignorait, lui aussi. Ça m'a rendue furieuse.

Plusieurs fois, j'ai voulu dire bonjour, afin de provoquer une réaction, mais avant que j'aie pu ouvrir la bouche, l'intéressé m'avait tourné le dos.

J'ai examiné l'escalier pendant une seconde ; il me semblait raide et long. Ici en bas, sur le devant, je serais peut-être capable de voir une partie de l'action par-dessus la foule massée contre la balustrade ; mais pas Abbott. Cramponne-toi, mon chou, lui ai-je dit. Je crois que j'arriverai bien à te monter là-haut d'une manière ou d'une autre.

Il a gardé le plein usage du bras et de la main gauches, même si, bien sûr, il a tout perdu à droite ; par conséquent, quand il a empoigné fermement l'accoudoir gauche, il a dû affaler son corps entier de ce côté de la chaise pour faire levier, ce qui la déséquilibrait. Néanmoins, c'était la seule façon de procéder. Je l'ai fait pivoter et je l'ai tiré en arrière jusqu'à la première marche, en me disant je vais le hisser une marche à la fois, en me disant aussi que peut-être quelqu'un de gentil, en voyant mes efforts, viendrait à mon aide. Il faudrait sans doute que ce soit un étranger. Un touriste, même. J'ai grogné, tiré, la chaise a suivi avec une secousse, et nous avons gravi une marche. Puis une autre. Puis une troisième, et bientôt nous avons atteint le premier palier.

Essoufflée, le dos et les jambes brûlants et tremblants de fatigue, j'ai dû m'arrêter pour reprendre haleine quand tout à coup, de tous les gens que je n'avais *pas* envie de voir, voilà que Billy Ansel était debout à côté de moi, suivi d'une femme que je ne connaissais pas, qui grimpait l'escalier derrière lui.

Il m'a adressé un large sourire, ce qui n'est pas de sa part une expression très caractéristique, en s'exclamant d'une voix sonore : Eh, salut, Dolorès, on est venue voir les stock-cars, hein ? Bravo, Dolorès ! et pendant un instant j'ai cru à une moquerie cruelle. Son sourire découvrait ses dents à travers sa barbe, comme s'il les serrait. Il s'était fait beau, dans son style habituel : pantalon kaki, chemise blanche et mocassins, mais j'ai vu qu'il portait un petit sac de papier contenant une bouteille, et j'ai compris alors qu'il était ivre.

J'ai jeté un coup d'œil à la femme qui l'accompagnait. Elle devait avoir trente-cinq ans et essayer d'en paraître vingt – pieds nus, moulée dans un short effrangé et un T-shirt sur le devant duquel étaient imprimés les mots : la poisse, ça existe. Plus grande que Billy et maigre comme un clou, elle avait les cheveux noirs et une petite tête que sa coiffure rase, si en vogue à une époque chez les adolescentes, faisait paraître plus petite encore. Elle avait peint et repeint ses lèvres minces avec un rouge éclatant dans l'espoir de leur donner l'air plus charnues ; ça ne marchait qu'à distance. Pas le genre de femme qu'on s'attendrait à rencontrer en compagnie de Billy Ansel. Elle aussi était ivre.

— Nom de Dieu, Dolorès, on dirait que vous et ce brave Abbott avez besoin d'un coup de main, a fait Billy en passant le sac à son amie. Oh, pardon, voilà Stacey, a-t-il ajouté. Stacey Gale Morrison, d'Ausable Forks. Stacey Gale, j'te présente Dolorès et Abbott Driscoll, vieux amis de Sam Dent. L'sel de la terre, tous les deux.

— 'chantée, a déclaré Stacey Gale. Elle n'a pas tendu la main, et moi non plus.

— Où vous allez comme ça, Dolorès ? Tout en haut ? J'vais vous aider.

— Non, ça va, j'ai dit. Je me débrouillerai.

— 'z y arriverez pas. Allez, mettez-vous d'un côté, j'empoigne l'autre, et on va hisser l'ami Abbott jusque là-haut, pas de problème. A quoi ça sert, les voisins, hein ? Faut se tendre l'un à l'autre une main secourable, 'ce pas, Abbott ? Faut que les voisins s'entraident. Pas vrai ?

Abbott a tourné la tête et regardé en face le visage barbu de Billy, où il voyait sans doute des choses tristes que personne d'autre n'apercevait. Vous… aidez… Dolorès… m'aider, lui a-t-il dit. Puis il a ajouté : Merci… tout… le monde…

— Comment, Abbott ? J'ai pas bien saisi ? Qu'est-ce qu'il a dit, Dolorès ? Sans vouloir vous offenser, Abbott…

Je le lui ai expliqué, mais je ne suis pas certaine qu'il ait compris.

— Très juste. On y va, Dolorès, a-t-il déclaré en empoignant un côté de la chaise, j'ai pris l'autre, et ensemble nous avons soulevé Abbott et son siège et gravi l'escalier en progressant de côté, comme des crabes. Stacey Gale suivait, quelques marches au-dessous, l'air un peu désorientée par toute l'affaire.

Au sommet, nous avons déposé la chaise, j'ai serré le frein et je l'ai parquée là, sur le palier. Les gens qui étaient assis au dernier rang se sont poussés en silence sur le banc pour faire de la place à Stacey Gale, puis à Billy et enfin à moi. J'ai remarqué quelques visages familiers le long de cette rangée – certains des Hamilton et des Prescott, quelques Atwater des Wilmot Flats et encore une bande de gens de la ville – mais tous regardaient droit devant eux, comme s'ils ne nous avaient pas vus arriver.

Une fois assise à la place du bout, avec Billy Ansel à ma droite et Abbott à ma gauche, j'ai baissé la tête et caché mon visage dans mes mains. Oh, que c'était dur pour moi. Beaucoup plus dur que je ne l'avais imaginé. Mon cœur battait la breloque, les oreilles me brûlaient. Je regrettais vraiment que nous soyons venus.

— Eh, Dolorès, a fait Billy en me plaquant un bras pesant sur les épaules. Faut vous amuser, Dolorès, c'est tout. Chaque fois qu'on a l'occasion de prendre du bon temps, faut y aller. Le reste on s'en fout, je vous le dis. Qu'ils aillent au diable.

Il m'a tendu sa bouteille. Pendant un instant, j'ai été tentée, mais j'ai fait non de la tête et c'est lui qui a bu une goulée. Et Abbott ? m'a-t-il demandé à voix basse en s'essuyant la bouche du dos de la main. Il est preneur ?

— Non. Abbott ne boit pas.

Billy s'est excusé, je vois pas bien pourquoi, puis a passé la bouteille à Stacey Gale. Elle a avalé une longue rasade qu'elle tentait de faire passer pour une petite gorgée, et Billy a souri d'un air approbateur et posé la main sur son genou nu.

Je ne savais que penser de la transformation de Billy depuis l'accident. Il me faisait peur ; mais surtout, il me faisait de la peine. Cet homme avait eu de la noblesse ; et voilà qu'il était détruit. L'accident avait détruit bien des vies. Ou, pour être exact, il avait fait éclater les structures dont dépendaient ces vies – dont elles dépendaient, me semble-t-il, à un degré plus considérable que ce que nous avions cru au début. Un village a besoin de ses enfants pour beaucoup plus de raisons qu'on ne le croit.

Je pensais aux Walker, Wendell et Risa, qui s'étaient séparés, ils divorçaient et avaient mis leur motel en vente. Une semaine plus tôt, j'étais tombée sur ce pauvre gros Wendell, assis sur un tabouret, en train de rembobiner des cassettes de location au *Video Den*, à Ausable Forks, où je me sers en films, ces temps-ci, et il m'a raconté que Risa vendait des hot-dogs chez Stewart, à Keene. La conversation a été brève, je crois que nous étions tous les deux mal à l'aise de nous retrouver là.

Et les Lamston : partis à Plattsburgh et vivant de l'aide publique dans un garni minable au bord du lac. Kyle Lamston avait été interné quelque temps à l'hôpital psychiatrique, en désintoxication, après quoi, ainsi que je l'ai appris par la suite, il s'était aussitôt remis à boire, mais avec une rage vengeresse, cette fois ; il s'était définitivement endommagé le cerveau et ne pourrait plus jamais travailler.

Durant tout le printemps et l'été, il y avait eu des histoires sur les Flats, assez graves pour qu'on en parle dans les journaux, avec des Bilodeau et des Atwater qui trafiquaient de la drogue en petites quantités, de la cocaïne et de la marijuana qu'ils faisaient venir en douce du Canada. Trois ou quatre Bilodeau et autant d'Atwater, des jeunes, ceux qui un an auparavant étaient des parents, des chefs de famille, pourrait-on dire, étaient à présent détenus dans la prison de Ray Brook.

Par toute la ville, il y avait des maisons vides et des mobile-homes à vendre qui, l'hiver précédent, avaient été des foyers où vivaient des familles. Un village a besoin de ses enfants, tout autant et de la même façon qu'une famille. Sans eux, elle dépérit, la communauté se disperse en individus isolés, éparpillés au gré du vent. Prenez les Otto. Bear disparu, c'était difficile d'imaginer ces deux-là ensemble. Une douleur intense isole, de toute façon, mais dans certaines circonstances, elle peut être tout ce qui vous reste et, après une grande perte, il faut faire usage de ce qu'on a, même si ça vous isole encore plus de tous les autres. Les Otto avaient de la chance, cependant – en plus de leur chagrin, ils avaient ce nouveau bébé. Sinon, j'en suis certaine, leurs vies aussi auraient été détruites.

Je me demandais si mes propres enfants, Reginald et William, avaient accompli ça pour Abbott et moi, si leur présence dans nos vies nous avait maintenus ensemble en paix durant toutes ces années. Quand nous étions jeunes, Abbott et moi, nous étions si obsédés l'un par l'autre, si ensorcelés par ce que nous prenions pour nos étonnantes similitudes que si je n'étais pas deux fois tombée enceinte par hasard, nous aurions pu perdre contact avec tout et tout le monde, et peut-être ne serions-nous jamais devenus adultes. Notre obsession l'un de l'autre était semblable à cet isolement que provoque une grande douleur ; elle était comparable à une extrême tristesse. Sans nos enfants, nous ne nous serions peut-être jamais aperçus de nos différences, or c'est ça qui a permis à notre amour de durer. Nous serions restés pareils à un couple d'adolescents, chacun noyé dans la vision que l'autre avait de lui, si absorbés en nous-mêmes que nous n'aurions jamais été capables de nous entraider au fil des ans ainsi que nous l'avons fait.

J'ai regardé Billy Ansel, et je me suis rendu compte que ce qui m'effrayait et m'attristait le plus chez lui, c'était qu'il n'aimait plus personne. Cet homme n'avait plus que lui-même. Et on ne peut pas n'aimer que soi-même.

A peu près à ce moment, j'ai remarqué une sorte de bourdonnement, en bas, du côté de l'entrée de la tribune opposée à celle par où nous étions arrivés. Des gens s'étaient massés là, tout un tas de gens de Sam Dent, apparemment, qui s'agitaient autour de quelque chose ou de quelqu'un devant la barrière, et le reste de la foule regardait dans cette direction en tendant et tordant le cou pour voir ce qui s'y passait.

Et puis, au centre de l'attroupement, près de la barrière, j'ai aperçu la haute silhouette de Sam Burnell et, derrière lui, sa femme, Mary, et trois de leurs enfants, les plus jeunes, Jenny, Skip et Rudy. Un instant plus tard, quelques personnes dans la foule ont fait un pas en arrière, et j'ai vu que Sam poussait une chaise roulante, et que sa fille Nicole y était assise. C'était un spectacle surprenant. Tout le monde souriait, et les gens les plus proches de Nicole tendaient la main comme pour la toucher. Quelques personnes ont commencé à applaudir et d'autres, de plus en plus nombreuses, les ont imitées tandis que Sam et sa famille, Nicole en tête, se frayaient un chemin de la barrière au pied de l'escalier à l'autre extrémité de la tribune. Un doux sourire illuminait le joli visage de Nicole – c'est une fille ravissante, de toute façon, à quatorze ans elle est belle comme une star de cinéma, pratiquement – et elle agitait lentement une main, telle une sainte dans une procession religieuse ou quelque chose comme ça, et les gens applaudissaient en reculant pour laisser passer sa chaise roulante.

Billy m'a poussée du coude en disant à voix basse : Ce que nous avons là, Dolorès, c'est l'héroïne locale. Et il a gloussé d'un air sagace que je ne savais comment interpréter.

Je me suis tournée vers Abbott :

— Billy dit que Nicole est l'héroïne locale.

— Ça… m'étonne… pas.

Plusieurs hommes, trois ou quatre, se sont rassemblés autour de la chaise roulante de Nicole et l'ont soulevée, tel un trône, et, suivis de son père, Sam, et du reste de la famille, ils l'ont portée jusqu'en haut en grande pompe sous des applaudissements nourris, des applaudissements réguliers et respectueux auxquels s'étaient joints même des étrangers, des gens qui devaient être des touristes, qui ne pouvaient savoir qui elle était ni ce qui nous était arrivé, à elle et à notre ville.

— Qu'est-ce qu'elle a de si extraordinaire, c'te gamine ? a demandé Stacey Gale, les mains écartées, prête à applaudir, elle aussi.

Pas facile de répondre à cette question. C'était en partie, je le savais, le fait que Nicole Burnell avait survécu à l'accident et subi une perte terrible, perte rendue évidente par sa chaise roulante, et que c'était la première fois, après des mois d'absence, qu'elle revenait enfin parmi nous, qu'elle revenait en triomphe, en quelque sorte. C'était en partie le fait qu'elle apparaissait comme une belle jeune fille purifiée par son malheur. Ça me rappelait la façon dont je considérais certains des anciens du Viêt-nam qui travaillaient pour Billy Ansel. Et c'était en partie, je le savais aussi, moi, Dolorès Driscoll, à cause de ma présence, ce soir-là, et de la façon dont les gens se sentaient obligés de me traiter. S'ils ne pouvaient me pardonner, ils pouvaient au moins acclamer Nicole, et alors sans doute ne ressentiraient-ils plus aussi mal le fait que je sois, moi aussi, des leurs.

Si elle avait été capable de me comprendre, c'est ainsi que j'aurais répondu à la question de

Stacey Gale. Mais Billy Ansel lui a dit : Cette gamine a évité à cette ville une centaine de procès. Elle nous a tous sauvés des tribunaux, alors que la moitié de ce foutu patelin semblait ne rien souhaiter de mieux que de s'y rendre.

Abbott a tourné la tête et lancé un regard inquisiteur à Billy, qui l'a vu et a soudain paru mal à l'aise.

— Vous en avez entendu parler, n'est-ce pas ? a-t-il demandé.

— Non, a répliqué Abbott d'un ton ferme.

— Je pensais que vous étiez au courant de ce fatras juridique.

Abbott et moi avons tous deux fait signe que non.

— Oh. Bof, c'est pas tellement important, je suppose. Billy a bu un coup rapide au goulot de sa bouteille et repris, sans la quitter des yeux : Je veux dire que c'est pas de l'histoire ancienne, en réalité. Mais les histoires, n'importe lesquelles, ça voyage vite dans ce patelin, alors je pensais que vous saviez. Vous avez un peu perdu le contact, tous les deux, je suppose.

— Un peu beaucoup, j'ai dit. J'attendais toujours.

— Ouais. Eh bien, voilà. Nicole Burnell était censée aider ce grand avocat new-yorkais à poursuivre la ville et l'Etat pour négligence. Elle était comme son témoin. Il s'est tu un instant. Je pensais que vous saviez tout ça.

Nous avons de nouveau secoué la tête.

— Ouais, eh bien, quand elle a refusé de l'aider, quand elle a pas voulu dire au juge ou à je sais pas qui ce qu'on attendait d'elle, cet avocat, un type que Sam et Mary et les Otto et qui sait combien d'autres personnes en ville avaient embauché, il a été obligé de laisser tomber. Et alors tous les autres gens qui voulaient aller en justice, ils ont laissé tomber aussi. Les Otto ont été les premiers. Je crois qu'ils avaient jamais été bien sérieux et qu'ils ont sans doute été contents du prétexte. C'est juste devenu trop… trop compliqué, je suppose. Les gens se sont dit, merde, les Burnell se sont retirés, les Otto aussi, c'est un grand foutoir, alors, merde, faut se remettre à vivre. Vous savez.

Je lui ai raconté qu'un avocat était venu à la maison pour essayer de nous persuader de participer au procès, mais je ne me souvenais pas du nom du bonhomme. Un grand type. Avec une grosse Mercedes-Benz. Abbott l'a remballé, remarquez. Sans doute ce même avocat dont vous parlez, ai-je dit.

— Ouais. Sans doute.

Les hommes qui avaient porté Nicole dans l'escalier jusqu'en haut de la tribune l'avaient installée là, dans la travée, de la même façon dont Billy et moi avions placé Abbott de ce côté-ci, et la famille Burnell avait trouvé à s'asseoir à l'autre bout du même banc supérieur. La course était sur le point de commencer et les gens avaient reporté leur attention sur la piste, où une série de vieilles voitures étaient en train de se ranger en file indienne, s'alignant à grand bruit pour pénétrer sur le terrain en vue de la première manche.

— Quel... témoignage... Nicole... ? a demandé Abbott.

— Pardon ?

— Abbott demande en quoi consistait le témoignage de Nicole.

— Oh. Billy regardait les voitures. Dans l'ombre de la piste au-delà des camions de pompiers, ces demi-épaves vibraient et se balançaient sur leurs roues et les rugissements de leurs moteurs évoquaient des roulements de timbales. C'est une partie du plaisir : ce formidable vacarme incontrôlé. Les seize conducteurs partants attendent en emballant leurs moteurs le plus fort qu'ils peuvent, des nuages de fumée et d'étincelles s'en échappent et tout le monde hurle de joie et d'excitation. Debout sur la scène en face de la tribune, le présentateur, un petit bonhomme un peu chauve en veston de satin vert, qu'on entendait à peine en dépit de l'excellente installation de haut-parleurs, désignait un concurrent après l'autre en leur décochant commentaires et plaisanteries, puisque la plupart des conducteurs sont du pays et qu'il y a des blagues locales que tout le monde ici connaît.

Et puis, sur la piste, un des arbitres en veston vert a agité un petit drapeau jaune et, l'une après l'autre, quatre de ces vieilles bagnoles déglinguées et bariolées ont pénétré en rugissant sur le terrain, lequel ressemblait plus à une arène, une vaste fosse boueuse rectangulaire, qu'à la zone d'arrivée d'un champ de courses. Les quatre ont traversé devant nous, à grands coups de volant et demi-tours intrépides, fonçant en avant et s'arrêtant sur place, jusqu'à se retrouver tous quatre alignés sur la droite, l'un à côté de l'autre et le dos tourné à la direction d'où ils étaient venus. Au signal, une seconde série de quatre voitures s'est ruée sur le terrain et, faisant voler la terre autour des pneus, a stoppé net, tourné et reculé vers la première, pare-chocs arrière (ou ce qu'il en restait) contre pare-chocs arrière. Une troisième vague a déferlé puis freiné à mort, et dès que leurs calandres ont été nez à nez avec celles de la deuxième, le dernier lot est entré, a pivoté rapidement en faisant un tête-à-queue, changé de sens et placé ses quatre pare-chocs arrière contre ceux des quatre précédents. Dès lors ils étaient prêts – quatre rangées de quatre voitures chacune, formant le carré comme seize gladiateurs en armure, avalant du feu et exhalant de la fumée, grognant et feulant au visage les uns des autres. Les conducteurs casqués, des jeunes gens et des garçons, avaient pour la plupart des sourires sauvages et donnaient des coups de poing en l'air ou adressaient à travers l'emplacement de leurs pare-brise de grands signes à la foule enthousiaste. Le spectacle était fascinant, même pour moi.

J'ai jeté un coup d'œil vers ma gauche, pour voir si Abbott jouissait de ce moment, son préféré durant la foire mais, à ma surprise, il ne prêtait aucune attention aux voitures. Il fixait Billy Ansel, derrière moi, d'un regard intense, et j'ai compris qu'il attendait une réponse à sa question. En quoi consistait le témoignage de Nicole ?

J'hésitais à parler ou à me taire, ce qui n'est pas dans mes habitudes, je suis rarement indécise. J'ai horreur de cet état, et j'ai donc décidé de ne pas dire un mot. Que les hommes règlent ça, ai-je décidé. J'étais consciente de me trouver d'une certaine manière au centre de la question, il s'agissait sans doute de mon honneur, mais je ne savais pas comment. Je me fiais à mon mari, il saurait.

Billy se tenait tout ramassé, soi-disant absorbé par la scène qui se déroulait en bas, mais je voyais bien qu'il était conscient du regard d'Abbott. La fille, Stacey Gale, était partie sur une planète à elle.

Finalement, Billy a risqué vers Abbott un coup d'œil embarrassé et s'est fait prendre. Pas mal, hein, Abbott ? a-t-il fait. Ces bons vieux stock-cars.

Abbott n'a pas répondu. Quand il veut, son regard seul vaut tout un discours. Sans un mot, simplement en restant immobile et en nous fixant de cet air pénétrant, il peut nous lancer, Reginald, William ou moi, dans un flot balbutié d'excuses ou d'explications compliquées, jusqu'au moment où il sourit enfin et où nous pouvons nous arrêter. Je me dis parfois que c'est à cause de ça que Reginald est parti à Plattsburgh et que William s'est engagé : pour échapper au regard de leur père. Pour protéger leur intimité. Moi, bien sûr, je n'ai jamais vraiment pensé avoir besoin de ce genre d'intimité.

— Vous vous demandez toujours ce qui a pu se passer avec Nicole Burnell, je suppose, a dit Billy. Eh bien, je ne sais pas quoi vous dire. Y a pas grand-chose de plus que ce que je vous en ai dit. Leur avocat, ce Mitchell Stephens, il a pas pu faire témoigner Nicole dans le sens qu'il voulait, c'est tout. Alors j'imagine qu'il n'a plus eu le sentiment d'avoir un dossier solide, et il est rentré chez lui. Et depuis, d'autres personnes en ont entendu parler, et elles ont commencé à s'interroger, elles aussi, et leurs avocats ont renoncé l'un après l'autre. Si bien que, finalement, on dirait que nous ne verrons aucun procès. Et c'est en train de réconcilier les gens, a dit Billy. Cette petite nous a rendu à tous, à tous les gens de ce patelin, un fameux service. Même à vous, Abbott. Même à vous, Dolorès, croyez-moi.

— Pourquoi… nous ? a demandé Abbott. Billy semblait avoir compris, je n'ai donc pas traduit.

Mais ce qu'il a fait, par contre, c'est bégayer un peu, et puis déclarer plus ou moins que ce qui était bon pour la ville était bon pour tous ses habitants, ce qui, à mon idée, semblait éluder quelque peu la question. En outre, il n'avait pas encore répondu à la première question d'Abbott. En quoi consistait le témoignage de Nicole ? En bas, la première manche était bien engagée et les voitures se lançaient les unes contre les autres avec un bruit incroyable, allant et venant dans la boue en rugissant et s'efforçant de se réduire réciproquement à merci. La moitié seulement des seize roulait

311

encore, telles d'énormes bêtes blessées, rampant dans la boue en tentant de s'échapper ou, si elles le pouvaient, de se mettre en place pour assener un dernier coup de boutoir avant d'être écrasées à leur tour. Stacey Gale trépignait avec le reste de la foule, hurlant chaque fois qu'une des voitures restantes réussissait à en heurter une autre et que celle-ci s'immobilisait, incapable de repartir, éliminée.

Billy a déposé sa bouteille sur le banc à côté de lui et s'est mis à se tordre les mains, et une bouffée de sympathie pour cet homme m'a envahie. Je savais déjà ce qu'il allait dire, et Abbott aussi, certainement. Billy était le messager porteur de mauvaises nouvelles, et personne ne veut jouer ce rôle. D'une voix basse et mal assurée, il nous a dit : Faut que vous le sachiez, je suppose. Faut que quelqu'un vous le dise.

J'ai fait oui de la tête, mais Abbott n'a même pas cligné un œil.

— Le témoignage de Nicole, a dit Billy, concerne l'accident. Elle était assise à l'avant, près de vous, Dolorès. Je crois que j'étais le seul autre témoin, mais je roulais à une certaine distance de vous et je ne faisais pas très attention. Alors ce que Nicole avait à dire comptait beaucoup. Parce que moi aussi, on m'a convoqué, Mitchell Stephens m'a cité comme témoin, et quand ils ont fait ça je leur ai dit, à lui et aux autres avocats, que franchement je ne pouvais pas affirmer avec certitude à quelle vitesse vous rouliez ce matin-là.

Quand le bus a basculé. Ce qui est la vérité devant Dieu. Tout ce que je sais, c'est à quelle vitesse moi je roule *d'habitude*, là-haut. Cinquante-cinq à soixante, c'est ce que je leur ai dit. Nicole, elle, était tout à fait certaine. Elle a affirmé qu'elle se le rappelait très nettement – qu'elle savait à quelle vitesse vous rouliez quand le bus est sorti de la route. C'est ça qu'elle leur a raconté.

Il s'est tu et a observé la piste, en bas, où le vainqueur de la première manche venait d'être désigné : la voiture numéro 43, une Hudson rose en forme de scarabée, avec une inscription "Mort à l'APA*" peinte sur son toit, "Tatum" sur le capot, et "le Tombeur au pouvoir" sur les flancs. Le "Tombeur", c'était le nom que le conducteur s'était donné, je suppose. En réalité, c'était Richie Green, un brave gosse, pas vraiment un tombeur. Tatum, c'est Tatum Atwater. Les dépanneuses et des pick-up équipés de treuils se hâtaient de dégager la piste en traînant sur la pelouse les carcasses fumantes des perdants, et un deuxième groupe de seize voitures se préparait à entrer dans l'arène.

— A quelle vitesse cette enfant a-t-elle raconté que je roulais ? ai-je demandé. Afin d'épargner cette peine à Abbott, sans doute.

— Soixante-douze miles à l'heure.

Il a évité de me regarder en disant ça, mais il l'a dit. Je dois rendre à Billy cet hommage.

---

* Adirondacks Park Administration. *(N.d.T.)*

— Elle leur a raconté que je roulais à soixante-douze miles à l'heure ?

— Oui. Dolorès, je pensais que vous étiez au courant.

— Comment l'aurais-je été ?

— Impossible, je sais. Je pensais simplement que vous étiez au courant, comme tout le monde. Je suis désolé, Dolorès, a-t-il ajouté.

— Non, ne soyez pas désolé envers moi, Billy. Pas du moment que vous connaissez la *vérité*.

— Eh bien, ouais, je connais la vérité.

— Nous sommes deux, alors, ai-je conclu.

Nous étions trois, bien entendu, en comptant Nicole. Quatre, en vérité, avec Abbott. Mais Abbott connaissait la vérité simplement parce qu'il se trouve qu'il me croyait, et ça, je ne pouvais que le supposer. Abbott ne s'était pas trouvé avec moi ce matin de janvier, sur la route de Marlowe, avec la neige qui commençait à tomber et la vue sur les montagnes et la vallée si belle que quand on la regarde on a les jambes en coton et on est obligé de reprendre son souffle pour ne pas dire une sottise, avec les enfants sages et joyeux dans le bus scolaire, et moi chargée de les ramasser à l'heure dite près de leurs maisons éparpillées autour du village et de leur faire parcourir plusieurs miles sur ces routes étroites et sinueuses, jusqu'à ce que nous arrivions à la grand-route et commencions notre descente vers l'école, en bas, dans la vallée. Abbott ne se trouvait pas avec moi ce jour-là. J'étais seule.

Maintenant, en plus de la vérité, je savais ce que presque tout le monde en ville savait et croyait et, sinon, ce qu'ils étaient sans doute, en cette minute même, en train d'apprendre de la personne assise ou debout à côté d'eux ici à la foire – ils apprenaient que Dolorès Driscoll, la conductrice du bus scolaire, était responsable du terrible accident du bus scolaire de Sam Dent en janvier dernier. Ils apprenaient que Dolorès avait roulé à une vitesse excessive, qu'elle avait conduit dangereusement, qu'elle avait mené le bus dans une tempête de neige à près de vingt miles à l'heure au-dessus de la vitesse limite, que Nicole Burnell, la belle adolescente qui était arrivée à la foire dans sa chaise roulante, une enfant qui avait failli mourir elle aussi dans l'accident, était assise à côté de la conductrice, que Nicole avait vu à quelle vitesse roulait le véhicule, et qu'elle l'avait raconté au tribunal. C'était à cause de Dolorès Driscoll que le bus était sorti de la route et avait basculé du haut du talus dans la sablière pleine d'eau glacée. C'était à cause de Dolorès Driscoll que les enfants de Sam Dent étaient morts.

Qu'ai-je éprouvé alors ? Je me souviens de m'être sentie soulagée, mais le mot est faible. Tout de suite, sans y penser, j'ai eu l'impression d'être débarrassée d'un poids énorme, un poids que je traînais avec moi depuis huit à neuf mois, depuis le jour de l'accident. Une gigantesque pierre, ou l'albatros du poème, ou un joug. Je le traînais, et parce qu'il y avait si longtemps que je le traînais, je m'y étais habituée ; et voilà qu'en un instant il était parti, envolé, disparu, et que je prenais soudain conscience du poids terrible que j'avais porté durant tant de mois. C'est étrange, n'est-ce pas ? On s'attendrait à ce que j'aie éprouvé de la colère, que je me sois sentie injustement accusée, des choses comme ça. Mais non. Pas du tout. Je me sentais soulagée. Et, par conséquent, reconnaissante. Reconnaissante envers Billy Ansel qui m'avait révélé ce qu'avait fait Nicole. Et envers Nicole qui l'avait fait.

Et pour une fois, sans doute la première de notre vie commune, je ne savais pas ce que pensait ou ressentait Abbott. Plus bizarre encore, ça m'était égal. Il pouvait éprouver de la colère ou de la rancune, il pouvait même croire que je lui avais menti. Ça m'était égal ; ce qu'Abbott pensait n'avait pas d'importance. Je me sentais mise à l'écart comme je ne l'avais encore été en aucune circonstance et, si je n'avais jamais fait l'expérience d'une telle solitude, jamais non plus je ne m'étais sentie aussi forte.

J'ai regardé Abbott ; il n'avait aucune idée de ce que j'éprouvais et, en vérité, ça m'a fait plaisir.

A peine Billy avait-il fini de parler qu'Abbott avait reporté son attention sur la course. La seconde manche était alors presque terminée. Billy semblait concentré sur sa bouteille et, quand il ne buvait pas, sur l'examen de ses pieds. Stacey Gale était comme Abbott, complètement absorbée, apparemment, par la fumée, les bruits furieux et le spectacle des voitures en train de se mettre mutuellement en pièces.

Je ne disais rien. Assise à ma place, je contemplais ces sentiments étranges et nouveaux, je me laissais envahir par eux – soulagement, reconnaissance, solitude – en les nommant pour moi-même au fur et à mesure qu'ils apparaissaient, sur les talons les uns des autres, en séries, le mot cycles conviendrait mieux, car chaque vague de sensations paraissait être l'unique cause de la suivante. En bas, la seule voiture survivante, une vieille Impala défoncée, dont le pare-chocs avant brinquebalait, tout tordu, a été proclamée victorieuse et les dépanneuses se sont précipitées dans l'arène pour en retirer les perdants, puis les voitures de la troisième manche sont arrivées dans un vacarme tonitruant.

Soudain Abbott a levé le bras gauche, le bon, et il a désigné quelque chose. J'ai suivi son doigt du regard et vu ce qu'il voyait, mon vieux Boomer, mon break Dodge. Il portait le numéro 57. Jimbo Gagne l'avait peint en noir et avait tracé sur le capot, en grosses lettres jaunes, le numéro, son prénom et le symbole de la paix. Sur les côtés, on pouvait lire le nom du sponsor, publicité pas tout à fait gratuite pour la station Sunoco de Billy Ansel. Sur le toit du break, en lettres géantes, il avait peint le mot BOOMER. Sans ça, je ne l'aurais peut-être pas reconnu. Toutes les vitres avaient été enlevées, bien sûr, ainsi que les garnitures et les enjoliveurs, et sans pot d'échappement son moteur faisait autant de chahut que les autres, mais j'ai pu identifier sa cadence et elle m'a fait bonne impression : Jimbo ne s'était pas contenté de remettre Boomer en état de marche, après tant d'années passées à dormir sur ses blocs de ciment, il lui avait fait un réglage impeccable. Qui plus est, le break avait de l'allure : tout entier d'un noir luisant, sans chromes ni décorations criardes ; telle une voiture fantôme, sombre, sans ornements, à son affaire. Il était placé au milieu du carré, une position peu avantageuse dans une course de stock-cars, mais il était plus gros que la plupart des autres participants à cette manche et, selon les termes de Jimbo, il avait un bon rapport puissance-poids – il ne manquait ni de l'un ni de l'autre.

Ce qui s'est passé alors m'a étonnée sur le moment, mais me paraît normal aujourd'hui. On a abaissé le drapeau, et les voitures ont commencé à se rentrer les unes dans les autres, se fonçant dedans par-derrière, les plus puissantes envoyant rapidement les plus faibles contre les lourdes barrières d'acier protégeant la scène et la tribune, les poussant par le travers ou en marche arrière dans la boue, dans le tournoiement des volants, la fumée des pneus et les mottes de terre qui volaient en l'air de tous côtés. Et chaque fois que Boomer encaissait un coup, d'où qu'il vienne, la foule hurlait d'un plaisir sans mélange. Une voiture dont le capot était orné des mots *Forever Wild Development Corp.** a frappé Boomer par le flanc et l'a envoyé vers une autre voiture, celle du *Cherokee Trail Condominium**, et tout le public des gradins

* Dénominations d'entreprises de promotion immobilière. *(N.d.T.)*

s'est dressé en poussant des acclamations. Je voyais Jimbo se battre avec son volant, essayer désespérément de reprendre le contrôle, pousser le levier de vitesse d'avant en arrière et, par un mouvement de va-et-vient, il venait de libérer Boomer de la voiture Cherokee Trail, quand une autre voiture l'a heurté par-devant, l'a envoyé contre la barrière et l'y a immobilisé, et une clameur joyeuse s'est élevée. Mais, je ne sais comment, avant que les arbitres aient pu le frapper de l'un de leurs drapeaux pour le déclarer hors jeu, Jimbo était reparti et Boomer est rentré tel un bélier dans la masse des voitures au centre de l'arène. Sept ou huit des véhicules étaient morts à ce moment-là, en panne, coincés contre la barrière ou pris au piège entre deux autres épaves et incapables de bouger. Boomer vivait toujours.

Mon cœur battait furieusement. J'étais debout, à présent, tout le monde était debout, et s'il n'avait été placé au sommet de l'escalier, Abbott n'aurait rien pu voir. J'espérais que Nicole, à l'autre bout de la tribune, voyait aussi. Tout le monde avait envie d'assister à la raclée que prenait mon vieux Boomer, et ce souhait était exaucé et exaucé encore car, au volant, Jimbo semblait incapable de se libérer de la meute assez longtemps pour pouvoir frapper à son tour. Les autres conducteurs s'étaient ligués contre lui, ils se contournaient, renonçaient à de beaux coups faciles contre des voitures proches pour un choc mal ajusté à Boomer. Celui-ci n'avait plus de pare-chocs avant, et son aile avant droite pendouillait tel un membre brisé. Jimbo n'abandonnait pas, pourtant, le vieux moteur tenait bon, et chaque fois qu'une des autres voitures le heurtait en travers ou par-derrière et l'envoyait sur la barrière ou contre l'une des épaves entassées au centre, mon Boomer revenait à lui et repartait haletant à la charge.

Tant et si bien qu'à la fin, il ne restait que trois voitures capables de bouger, et elles bougeaient lentement, tels des boxeurs dont la combativité est épuisée et qui marchent à l'instinct, se tabassant à l'aveuglette, stupidement, droit devant eux, avec obstination. Il y avait une Ford Galaxie quatre portes toute déglinguée, du garage de Chick Lawrence, à Keene, avec Tom Smith au volant, et je reconnaissais la vieille Eagle brune de Jo-Ann Bruce, sponsorisée par l'auberge *Ethel's Dew Drop* à Willsboro et conduite par Marsden, le cousin de Jo-Ann. Toutes les autres agonisaient en tas défoncés et tordus, définitivement immobilisées et hors jeu. La Galaxie se trouvait à la gauche de Boomer, l'Eagle à sa droite, et l'élimination paraissait enfin certaine pour Boomer et pour Jimbo Gagne.

Alors la foule s'est mise à applaudir, ainsi qu'elle l'avait fait à l'arrivée de Nicole Burnell. Les gens ne criaient pas ; ils se contentaient de battre des mains. Les chauffeurs de la Galaxie et de l'Eagle ont emballé leurs moteurs et foncé vers Boomer, coincé au milieu, et soudain il m'a semblé que tous en même temps cessaient d'applaudir, la grande tribune est devenue silencieuse tandis que les deux voitures, franchissant l'espace qui les séparait, se précipitaient sur le break noir bloqué au centre. Boomer était embourbé, ses roues arrière patinaient, ses pneus crachaient une fumée grise et des mottes de terre. Jimbo bataillait avec le levier de vitesse sans parvenir, apparemment, à lancer le mouvement de va-et-vient qui lui aurait permis de se dépêtrer. L'instant était terrifiant – dans mon souvenir, ça se passe dans un silence absolu, et tous les assistants regardent avec le plus grand sérieux, comme si une affaire d'une importance capitale était en train de se dénouer sous leurs yeux, et non cette stupide course de stock-cars de village.

Et alors c'est arrivé. Boomer a reculé lentement, de quelques centimètres, d'un pied, d'un mètre – juste de quoi éviter d'abord la charge de la Galaxie et puis, une fraction de seconde plus tard, celle de l'Eagle – et, incapables de dévier à temps, les deux voitures se sont embouties l'une l'autre, au lieu de Boomer et, voyant ça, Jimbo est passé en première et a foncé droit devant lui, en plein sur ses deux assaillants, qu'il a repoussés, tournoyants sur eux-mêmes. La foule a explosé de joie, remplissant l'air nocturne de cris sauvages et d'acclamations, et quand Jimbo a pointé Boomer sur l'Eagle, avec son pare-chocs arrière dirigé en plein sur l'avant de l'autre voiture, les gens ont hurlé pour l'encourager : Vas-y ! Vas-y ! et lorsqu'il a enfoncé l'aile et la roue de l'Eagle, et arraché sa barre de direction, la laissant là pour morte, et qu'un des officiels est venu la frapper de son drapeau, le public a trépigné en hurlant son approbation ravie, et les gens s'envoyaient l'un à l'autre de grandes claques sur les épaules et sur le dos.

Alors Jimbo s'en est pris à la Galaxie, qui se débattait dans la boue, tentant de pivoter afin de protéger son avant. Boomer avait retrouvé sa mobilité ; Jimbo le tenait bien en main. En quelques coups de volant, il s'est éloigné de la carcasse de l'Eagle, a tourné et a dirigé vers la Galaxie l'arrière du break, où le pare-chocs tenait encore. Le gros véhicule noir avançait lentement, haletant et ahanant, réduisant la distance qui les séparait tandis que la Galaxie s'efforçait de se retourner, pour encaisser le choc à l'arrière. Les gens criaient le nom de Boomer à présent, le psalmodiaient presque : Boo-mer ! Boo-mer ! Boomer ! A cet instant, Jimbo est parvenu à arracher au vieux break un dernier élan et à l'envoyer en plein sur la Galaxie, qu'il a atteinte à la portière arrière, juste derrière le conducteur, et poussée par le travers dans la boue jusqu'au tas d'épaves, contre lequel elle s'est écrasée sans rémission, incapable de bouger. Un officiel a traversé l'arène en courant et abattu son drapeau sur le capot de la Galaxie, et Boomer avait gagné.

Toute l'assistance était heureuse. Même Abbott souriait. Quant à moi, je ne me sentais ni heureuse ni malheureuse. Je me souviens que j'avais décidé d'avance que dès la fin de cette manche, quelle qu'en fût l'issue, nous devions partir d'ici. Ou du moins, je devais partir, et Abbott serait obligé d'en faire autant. Naturellement, j'ai été contente quand ma vieille voiture est sortie victorieuse de la bagarre. Contente pour Jimbo Gagne, contente pour la ville de Sam Dent, contente aussi, je crois, pour la station Sunoco de Billy Ansel. Mais il s'agit là d'un plaisir trivial. Pas de ce que j'appelle le bonheur.

A vrai dire, là-haut, sur les gradins, après que Billy m'avait révélé ce que tout le monde en ville considérait désormais comme la vérité, en l'espace de quelques instants seulement j'étais arrivée à me sentir complètement et définitivement séparée de la ville de Sam Dent et de tous ses habitants. Je n'avais plus aucune raison de vouloir rester avec eux en haut de cette tribune, de les aider d'abord à se réjouir de voir une voiture jadis possédée et utilisée par Dolorès Driscoll se faire démolir par une bande d'autres voitures, et puis de me joindre à eux quand ce même public se réjouirait de la voir à son tour démolir les autres. Cette course de stock-cars était une chose qui avait un sens pour ces gens, mais pas pour moi.

Je ne crois pas non plus que Nicole Burnell aurait pu se joindre à eux ; ni aucun des enfants qui s'étaient trouvés avec moi dans le bus, ce matin-là. Pour nous tous – Nicole, les enfants qui avaient survécu à l'accident, et ceux qui n'avaient pas survécu – c'était comme si nous étions désormais les citoyens d'une tout autre ville, comme si nous étions une communauté de solitaires vivant de beaux lendemains, et quelle que soit la façon

323

dont les gens de Sam Dent nous traiteraient, qu'ils nous commémorent ou qu'ils nous méprisent, qu'ils se réjouissent de notre destruction ou applaudissent à notre victoire sur l'adversité, ce qu'ils feraient répondrait à leurs besoins, pas aux nôtres. Ce qui, puisqu'il ne pouvait en être autrement, était exactement ce qui devait être.

Nicole Burnell, Bear Otto, les petits Lamston, Sean Walker, Jessica et Mason Ansel, les Atwater et les Bilodeau, tous les enfants qui s'étaient trouvés dans le bus, ceux qui étaient morts et ceux qui n'étaient pas morts, et moi, Dolorès Driscoll, nous étions absolument seuls, chacun d'entre nous, et même notre solitude partagée ne modifiait pas ce simple fait. Et même si nous n'étions pas morts, en un sens très important qui ne représentait plus pour moi une énigme ni une menace, et auquel je ne tentais donc plus de résister, nous étions autant dire morts.

— Abbott, ai-je dit, allons-nous-en. Il est temps que nous partions.

Sans attendre sa réponse, je me suis mise derrière sa chaise, j'ai desserré le frein et je l'ai inclinée vers moi sur ses roues arrière, m'apprêtant à lui faire descendre les marches une par une. Ce serait pour lui une descente cahoteuse, mais je savais qu'il était capable de l'encaisser. Abbott est moins fragile qu'il n'en a l'air.

Mais au moment où je l'amenais au bord du palier, un jeune gars assis au rang devant le mien s'est levé et, à ma surprise, m'a offert son aide.

Je ne le connaissais pas personnellement, mais je le remettais : il était de Sam Dent, un des fils de Carl Bigelow, je crois, un jeune homme barbu et pansu, coiffé d'une casquette John Deere à longue visière, un garçon qui louchait un peu et avait la mine à boire beaucoup de bière là-bas, au *Rendez-Vous*, un garçon parmi cent autres de ses pareils dans cette ville. Il voulait me donner un coup de main. Un autre homme a soudain surgi de l'autre côté, un homme plus âgé, qui avait l'air d'un estivant, cheveux gris, soigné, en sandales, bermuda et chemise bleue. Et puis un troisième et un quatrième se sont mis en place et, avant que j'aie pu dire un mot, ils avaient soulevé la chaise d'Abbott et la portaient en douceur jusqu'au bas de l'escalier.

Je les ai suivis. La foule s'était tue et il semblait que tout le monde avait décidé de nous regarder descendre cet escalier. Je gardais la tête haute et m'efforçais de faire comme si je ne remarquais rien. Arrivée en bas, j'ai remercié les quatre hommes et repris la chaise d'Abbott, à qui j'ai rapidement fait passer la porte. Au moment où je sortais à mon tour de la tribune, j'ai regardé derrière moi et constaté que la quatrième partie de la course avait commencé et que la foule était redevenue attentive et bruyante. Même Billy Ansel. La vie continue, aurais-je pu dire, s'il y avait eu quelqu'un pour m'entendre. Quant à Nicole Burnell, je ne la voyais pas d'où j'étais.

Le ciel semblait un drap de lumière pâle dressé par-dessus le champ de foire, mais la pelouse était dans l'obscurité quand nous l'avons traversée pour retourner au parking, en passant entre des carcasses de voitures, des pick-up dont les moteurs tournaient au ralenti, et des dépanneuses. L'herbe était humide de rosée. A part quelques conducteurs assis ou endormis dans leurs véhicules, tout le monde se trouvait du côté de la scène et des barrières, en train de regarder la course, et le fracas des collisions et des allées et venues rugissantes des voitures nous parvenait assourdi, atténué, adouci, tels les bruits de fond d'un mauvais rêve. Surplombant l'allée centrale, la grande roue tournait lentement, s'élevant et redescendant au loin comme une gigantesque horloge. Mêlée aux appels rauques et aux incitations des bonimenteurs, la musique discrète des manèges me paraissait étrangement triste ; c'était le son de l'enfance – la mienne, celle de Nicole, celle de tout le monde. Même d'Abbott. Nos enfances disparues à jamais, qui continuaient à nous faire signe avec nostalgie.

Il ne me reste pas grand-chose à raconter. J'ai poussé Abbott jusqu'au fourgon, je l'ai arrêté à côté de la portière latérale et j'ai abaissé l'élévateur ; j'ai soulevé sa chaise et l'ai verrouillée à sa place, à côté du siège du conducteur. Ensuite j'ai fait le tour, je suis montée, et j'ai démarré. Nous sommes sortis rapidement du parking à peu près comble, où plus aucune voiture n'arrivait à cette heure-ci et d'où nous étions seuls à repartir déjà, et bientôt nous étions sur la route et roulions vers la maison.

Une fois le champ de foire et ses illuminations assez loin derrière nous, le ciel a pris une belle teinte sombre et les étoiles ont paru s'allumer toutes à la fois, en un vaste éparpillement de semences scintillantes au-dessus de nos têtes. La nuit était claire, limpide et fraîche, et j'ai senti que l'automne allait arriver vite à présent, ainsi qu'il le fait dans ces montagnes.

Sur ma gauche, le bras oriental de l'Ausable coulait dans l'obscurité, et une sapinière ténébreuse s'élevait à ma droite. Au bord de la route, à ras du sol, d'abord d'un côté puis de l'autre, je distinguais, tels des éclairs soudains, des yeux d'animaux qui scintillaient, réfléchissant la lumière de mes phares, et s'éteignaient aussitôt. Pendant un bref instant, pourtant, ils m'apparaissaient, blancs et plats, disques flamboyants, secs et froids, et c'était comme si tous les animaux étaient venus à la lisière de la forêt et si là, au bord de la route, ils m'avaient attendue, guettant mon passage et le retour rassurant de l'obscurité familière.

TABLE

BABEL

Extrait du catalogue

COÉDITION ACTES SUD – LEMÉAC

Ouvrage réalisé
par les Ateliers graphiques Actes Sud.
Achevé d'imprimer
en janvier 1998
par Bussière Camedan Imprimeries
à Saint-Amand-Montrond (Cher)
sur papier des
Papeteries de Jeand'heurs
pour le compte
d'ACTES SUD
Le Méjan
Place Nina-Berberova
13200 Arles.

N° d'éditeur : 2677
Dépôt légal
1re édition : novembre 1997
N° impr. : 1/76